海滨感旧集

凤凰树下随笔集

【增订本】

郑朝宗 著

厦门大学出版社
XIAMEN UNIVERSITY PRESS
国家一级出版社
全国百佳图书出版单位

编者的话

厦门大学，一所闻名遐迩的高等学府，经过近百年的岁月洗礼，她根深叶茂，茁壮成长。厦大校园背山面海、拥湖抱水，早年由南洋引入的凤凰木遍布校园的各个角落，于是，一级又一级的海内外求知学子满怀憧憬地相聚在凤凰树下；一届又一届的毕业生依依惜别于凤凰树下。"凤凰花开"成了学子们对母校的青春记忆，"凤凰树下"成了厦大人共同的生活空间。

建校近百年的厦门大学现已成为学科门类齐全的国家"211"、"985"工程重点大学。厦大人秉承"自强不息，止于至善"的校训，铭记校主陈嘉庚建设一流大学的嘱托，在较少政治喧闹、较多自由思考的相对安静环境中，做着相对纯粹的真学问，培育着一代代莘莘学子。一大批厦大人在不同的学术领域里成果卓著，他们除了发表论文、出版专著，贡献自己高深的科研成果之外，亦时有充满灵性的学术感悟文字、感时悯世的政治评论短札，时有思索道德人生的启示益智言语、情感迸发的直抒胸臆篇什。这些学术随笔其文字之精练，语言之优美，内容之丰富，思想之深刻，不仅体现了厦大学人深厚的学术积淀，而且也是值得传承的丰富文化宝藏和宝贵的出版传播资源。

厦门大学出版社秉承"蕴大学精神，铸学术精品"的出版理念，注重挖掘厦门大学的学术内涵。我们将以"凤凰树下随笔集"的形式，编辑出版厦大学人的学术随笔、学术短札，在凤凰树下营造弥漫学术芬芳的书香氛围，让厦大校园充满求真思辨的探索情怀。年轻学子阅读这些书札，或能获得体悟，受到激励，走向深邃的学术殿堂；社会大众阅读这些书札，或能更加切实地品读我们这所大学的真实内涵，而不至于停留在"厦门大学是个大花园"的粗浅旅游观感层次。

我们更期待《凤凰树下随笔集》走出校园，吸引全球更多的学者走入这片凤凰树下，让读者感受到这些学者除了不断有高精尖的科研成果问世外，还有深沉的文化艺术脉搏在跳动，还有浓郁的人文精神、科学精神在流淌。

厦门大学出版社

Contents

目　录

怀 清 录

——一个平凡人的一生

> 铭清逝世，倏逾百日，清明节近，哀思弥切。念其生平为人，温
> 良恭俭，居安思危，临变不惊，善处逆境，有足以淑世迪人者，作《怀
> 清录》。

她悄悄地来到这世上，又悄悄地离去了，恰似生长在幽谷里的一朵小花，自开自落，不求人知。然而，她也并非无所作为，在一个小小的环境里，一个不显眼的岗位上，她聪明勇敢而又兢兢业业地做完了命运女神分配给她的一份麻烦琐碎的工作，70 年间，未有差错。她禀性柔和，不骄不躁，看来虚弱，但当狂风吹到幽谷里来的时候，小花忽然变成青松，能顶住雪霜冰雹而毫不畏惧，她有一股平时不肯轻易外露的刚气。世间有曾经叱咤风云而后来陷入颓唐的巾帼英雄，也有能建功立业而却不善于持家教子的女中豪杰，和这些光辉照眼的人物相比，她自然显得碌碌无奇，她的名字是上不了史册的。然而，没有千千万万像她这样脚踏实地自强不息的平凡人作为后盾，少数杰出人物的丰功伟业怕也难以实现。也许是有鉴于此，当她逝世的消息传出时，凡是认识她的人都表示由衷的哀悼。"不愧清纯私谥定，岂关闻达举乡哀。"这副现成的挽联是可以移用在她身上的。

1916 年 3 月，她出生于福州一个中级职员的家庭里。13 岁那年母亲死在分娩中，遗下两个小弟弟，小的实际只有 4 岁。不久，父亲续了弦，又再生男育女，她自告奋勇把抚养同母弟的职责放在自己身上，对他们关心爱护，无微不至。她年纪虽小，却有志气，不慕荣华，一次到亲戚家里参加喜庆，偶然遭了冷遇，便抱着小弟回家，从此不再出去应酬。她的命真苦，19 岁上父亲又因病逝世，家道中落，她的担子更重了。她自幼只在私塾里读书，和我订婚后，才要求到一家教会办的女中求学，那时她 18 岁。父亲死后，她要兼管家务，每天黎明即起，生火做饭.总是在微弱的灯光下边做家务边复习功课。午后放学归来，还要帮着洗晒一家的衣服，晚上也总是在微弱的灯光下

读书到深夜。1936年夏天,我大学毕业,她已21岁了。我们是姨表兄妹,我父母看她孤苦伶仃怪可怜的,建议我们立即成婚。我没有反对,但有人散布流言说我有悔婚之意,这话传到她的耳朵里,她异常镇静,只要求和我见面一次问个究竟。原来她已决定,如果我真的负约,她不委曲求全,而要继承她父亲的职业去投考邮务局。云消雾散之后,她带着一颗真诚纯朴的心来到我家,以后不管发生什么情况,这颗心始终是坚如磐石的。

我婚后一星期便出外谋生,两三个月中从汕头、上海流浪到北平,最后才在那里找到了职业。她在家里侍奉我的父母,我父亲向来喜欢她举止娴雅,得空便教她读古文;母亲欣赏她的针线活,常叫她给家里人缝制衣

新婚燕尔——郑朝宗先生与夫人林铭清女士

裳。这年12月我有了住处,写信回家建议把她接到北平,父母同意了。她北来后的第一心愿是,趁着眼前身边没有拖累,抓紧时间补课,以便暑假后继续去读完中学。我帮她补习英文,其余课程她有自学能力,特别是数学。她是不愿当一辈子的家庭妇女的,这我知道,可她的运气真坏,1937年暑假里卢沟桥一声炮响把她的希望彻底破灭了!7月下旬,北平的局势愈来愈紧,我们考虑要不要回南方去。一个星期天,我们到清华园去看望几位老同学,他们都走了。归途中参观了三贝子花园(即现在的北京西郊动物园),整个园子,除工作人员外,只有我们夫妇和两三个游客。她立即下决心说:"明天就走!"翌日午后,我们登上南下的火车,经过丰台和天津时,眼见日本军人荷枪实弹,在站台和天桥上,横冲直撞,盘查旅客,沿途车站上行李堆积如山。我们走后两天,从北平到浦口的火车停开了,倘不是她下的决心,我们就将流落在古城里,人生地不熟,老舍小说《四世同堂》描写的那些灾难很有

可能落在我们头上,现在回想起来,真是不寒而栗啊!

抗日战争开始后头几年,我们的生活很不安定。为了另谋职业,我曾几度奔走于闽沪之间,把她安顿在上海哥哥家里。那时我的父母已迁往上海,她和从前一样在家侍奉两位老人。1939年秋天,哥哥介绍我到上海一家英国人办的学校当教师,从此我们才有了自己的家,我们在一起生活了四年。上海已成孤岛,租界以外全是敌伪的天下,真是寸步难行。我们住在亭子间里,她开始生男育女。那男的是在太平洋战争爆发那年生的,上海实行灯火管制,在一个严寒的夜里,婴儿出世,不小心着了凉,第3天起患了气管炎,全靠她细心调治,竟获平安。那女的也才2岁,几个月后染得百日咳症,又传给弟弟,在不短的期间里,小小的亭子间充满了令人听了心裂的奇怪的幼儿咳嗽声。我真佩服她的耐心和勇气,在困难面前不低头,终于安全地渡过难关。那几年我自己也常生病。有一次得了副伤寒,连续7天,总是夜里发高烧,早上热退照常到学校上课。后来自觉不妙,才由哥哥和她陪着到一家教会医院求诊,医生检查了我的胸部,悄悄地告诉他们病情险恶,能否脱险要看夜里情况如何。那时的医院是不准家属陪伴病人的,我住进了病房,她来告别,态度和平时一样镇静,只嘱咐几句就走了。其实她心里非常难过,只是善于克制。那天夜里我做了许多噩梦,天快亮时出了一身冷汗,觉得舒服多了。早上医生来察看,说病已好转。一星期后,我出院了。1942年12月,日本人接收了英国人办的那个学校,我想方设法辞去教职,于翌年7月重返福建。那是大热天,我乘船到宁波,从那里步行21天回福州,一路虽辛苦,却是单身出门,没有拖累。一个月后,她带着两个幼儿搭帆船,从浙江沈家门沿着海岸线漂回福州,途中浪涌涛翻,惊险万状,别的旅客叫喊哭泣,而她一心都在孩子身上,抱持救护,唯恐不及,一点不惊慌,更不知什么叫辛苦。这是和她结伴同行的一位亲戚告诉我的。

抗战末期,我终于在厦门大学扎了根,不再到处流浪了。那一时期以及接着来的三年解放战争时期,是我们一生所经历的第一个困难时期,每月收入总赶不上飞涨的物价,她又生下了两个女儿,一家六口的生计全凭这巧妇去安排,才得勉强度日。1949年及此后几年,她很兴奋,常去参加校内教职工眷属组织的活动,有人劝她出来就业,她很愿意,估量自己当个会计还是可以的。但她权衡利害,认为出外做事,不如留在家管好儿女。她是世间第

相濡以沫——不同时期的
郑朝宗先生与夫人林铭清女士

一等的慈母,从心坎里疼爱她的 4 个孩子,每逢孩子生病发高烧,她总是心急如焚,彻夜不眠,每隔十几分钟便给他(她)量体温,灌开水,完全不知疲倦。但她对孩子的管教却是严格的,决不允许他们有一点点的坏习气,孩子有了过错,她不滥施体罚,只抓住不放,每次总要谆谆训诲一两天。这办法果然有效,4 个孩子,从幼小到成人,从没在外边做过一件违反规章的事,也从没受过任何方式的处分。他们和她一样一直是谦虚谨慎的。遗憾的是,她管得住孩子,却改变不了我鲁莽急躁的脾气。那几年天下虽然太平,阶级斗争的弦却拉得很紧,对此她感到忧虑,时时劝告我要平心静气,少发议论。我没听她的话,果然在一次"运动"中,一个跟头栽到"泥潭"中去了。后来虽然归了队,但在整整 20 年中成了不可接触的"黑人"。我是咎由自取,而她却无辜受累。真金不怕烈火,她是经得起考验的,无论处顺境或逆境,始终保持本色,从前既不自矜,现在也不自馁,态度总是那么安详。特别是在那戾气冲天的 10 年,许多人惊慌失措,而她常用一种凛然不可侵犯的颜色面对来犯的人。她不怕死,抗战期间,在长汀和福州,日本飞机无法把她赶进防空洞,当别人都疏散到城外去时,她独个儿在家里看守门户。她也不怕困难,无论手边如何拮据,决不随

作者夫妇与父母、兄嫂

便向人借贷,也决不让孩子们中断学业,有一时期她用双手支持他们继续上学。她疼爱孩子,但在利害关头上又舍得让他们去冒不得不冒的危险。"文革"初期号召青年"步行串连",两个小的女孩都只有 20 岁上下,她明知此去凶多吉少,却硬着心肠让她们报名参加。她们参加的是一支远征到重庆的队伍,出发时经过里弄门口,她去看望,回到家里脸有泪痕,我知道她心里是痛苦的,然而她并不懊悔。几个月后,她们平安回来了,大的接受毕业分配,小的奉命上山下乡,她又叫她立即去报名参加。后来的事实证明她这样做是很有远见的,她真是理智的化身!1970 年夏天,我下放连城县,事前组织上派人通知她不必下去,她坚持要去。在乡下两年,她学会养鸡种菜,和农民相处很好,他们都称她作"老林"。她从来不怕生活艰苦,她要的是精神上的愉快。

雨过天晴,十年浩劫消于一旦,随着国运的好转,我家也回归顺境。孩

子们都各自成家立业去了，家里冷清清的剩下我们两个老人。有人劝她珍惜余年，享点清福，她还是我行我素，无动于衷。她一生不知清闲为何物，儿女的事忙完了，还有孙子的事，她的两手不会插在腰上或塞进袖子里去的。这一时期，她唯一不同于以往的表现是夜里能熟

与家人在厦大国光楼前(1953年)

睡，多年的失眠症忽然消失，一向消瘦的容颜也逐渐丰满起来，我们一家都为她高兴。然而，我却得了老年性的疾病，无法根治，而又旷日持久，难为她年逾花甲还要长期充当我的"家庭护士"。彼此都已到了暮年，心里明白自然规律不可违抗，早晚是要分手的，我自揣必先她而去，谁知造化弄人竟至如此，我还在苟延残喘，而她却一病不起！她生平难得生病，即使病了发烧，也总要挣扎起床，照常料理家务。我们都以为她体质好，耐力强，哪知一颗"定时炸弹"早已隐伏在她的肠胃里。她有呕吐的习惯，几十年来，常在吃饭的时候，忽感恶心，到了冬天，则非吐不可，喝了杯开水，也就过去了。她说这是胃冷引起的，不碍事。我们劝她找个医生诊治，她总不听。这次发病前两个月，她陪我出差，由于旅途辛苦，回来后一直感觉疲劳，常见她坐在藤椅上边织毛衣边发呆，似乎有什么心事，劝她到医院去检查，她又一推再推。那一时期，每天晚上她总要拉我出去散步。晚饭后，我们从西村出发，经过学校西门便进入校园，慢步登上小丘，在大礼堂前伫立望着大海，听涛声；然后下山折入芙蓉园，那是个美丽的地方，教学楼、本科学生宿舍、研究生宿舍都在周围，山上山下一片灯光，有一口人工湖，湖边刚摆好石椅，天冷了，坐

着不方便,我们期待明年夏天来此乘凉;出了芙蓉园,沿着北去的大路绕到南普陀,逗留片刻,再从那里回到西村:这是我们固定的路线。11月1日晚上,我们仍旧出去散步,7时归来,她还是好好儿的。9时半她到厨房刷牙,忽感胃痛,呕吐一阵,喝了些开水,上床后呻吟大作,一切老办法(喝水、擦万金油)全都失效。折磨到11时,我看情形不妙,急忙挣扎到北村宿舍找二女儿和女婿,他们疑心是急性胃肠炎,用自行车扶送到学校医院。翌日校医诊断为急性胰腺炎,急转市立第一医院,从此她不再回来了!

她住院50天,病情自始至终都是险恶的,中间出现反复多变的情况。她的态度坚忍冷静,一如常日,不论对她采取什么样的疗法,她都愿意接受,直到血管僵硬连针都扎不进去了,她还是默默无声地忍受着,医师称赞她是个最善于配合的病人。她谦恭成性,住院后许多亲友来看她,系里还安排女教师和女同学来参加护理,她深感不安,吩咐我们婉言谢绝。后来在外地工作的两个孩子回来了,连同身边的两个,一共4人日夜轮流护理,她才安下心来。她为儿女辛苦四十多年,而她们才为她尽孝四十多天,对这样微薄的报答,她心满意足。她入院后几天,我也住进第一医院的高干病房,我家六口又团聚了,虽然是含着眼泪的团聚,她却以为这是最大的安慰和幸福。她自知重病难医,又觉得已尽了人生应尽的责任,可以安心休息了,她不畏死。但她在病中偶尔也露出一点求生的欲望,她的病床是靠窗的,一天午后我去看她,她正戴着眼镜仰望对面山上的护士楼,灿烂的阳光照着楼墙,她忽然发出微弱的声音说:"什么时候我们再能一起到山上去散步啊!"我听了心里一震,直觉肝肠寸断。无可奈何的一天终于到来了,那是冬至日,早上我进入病房,两个女儿正在替她梳头、洗脸、擦身、更衣,这是每天例行的工作。她有洁癖,平时指甲、趾甲都要修得短短的,不让有一点污垢,病中也还是如此。"质本洁来还洁去",她要带着干净的一身离开人间。9时左右,我正跟她说着话,只见她双眼一翻,忽然进入休克状态。当内科主任赶来抢救时,她睁开眼睛,点头致谢。她生不累人,死也不拖延时刻,弥留的时间很短,晚上7时46分,她停止了呼吸。在她患病期间,天气一直是晴好的,她的遗体送到火葬场去的那天下午,一片明丽的阳光笼罩着海市。

这就是一个平凡人的一生,不会载入史册,更不会成为小说的题材。然而,我相信平凡之中有伟大,她的整个人格说明了这一点。她虽没有给国家民族立过功，也没有做出什么特殊的贡献，可是国家民族要生存和发展却无论如何不能缺少无数像她这样的公民。从这意义上看，她以及与她相类似的中国普通妇女真不愧称为鲁迅所说的"中国的脊梁"。

家庭合照（1960 年代）

是智者,也是仁人志士

——忆余老

人到晚年容易感旧,特别是在生病的时候。前些日子在家里养病,忽然想起了许多已经逝去的师友,其中之一便是余老。提起此老,我仿佛欠下了一笔早该归还的陈账,心里着实负疚。他去世后不久,有人建议要我写篇纪念文章,我踌躇了几天,终于没有写成,因为我不知如何下笔。那时是个严峻的时期,写作路子非常狭窄。我和余老相处十几年,对他的人品学问略知一二,但对他的生平经历却颇生疏,因此即使要写峨冠博带式的大帽子文字,也是难以措辞的。如今事隔30年,文艺界的情况有了很大变化,余老的声音笑貌重新回到我的记忆里,俨然如在目前,我想趁这机会,把它记录下来,聊以了却我的夙愿吧。

余老名謇,字仲詹,江西南昌人。他来厦门大学文学系任教恰在鲁迅先生离去之后。1938年我在长汀初次见到他时,他才五十几岁,鬓发斑白,老态龙钟,看上去很像现在的七十许人。校里同事都称他作"余老先生",这不仅仅因为他年龄大,实际还带点尊敬之意。他容貌奇伟,很有威仪,谈吐举止,全合规范,总的说来,给人以庄严肃穆的印象。不认识他的人会以为这是个道学先生,一向都是如此讲究风度的。其实不然。据别人告语,萨本栋未来厦大以前,他是另一样子。那时他不带家眷,长期住在单身宿舍里,工作之余,常到附近房间去找青年教师闲话,每每谈笑风生,不拘形迹。他喜欢喝酒,酒量大得惊人。他又热爱民间戏曲,每星期必到厦门市去看戏。这哪像道学先生,分明是个脱略形骸的魏晋名士。萨本栋来了之后,经过短时期的观察,他告诉一位青年教师说:"这位新校长和前任校长不同,是个方正严肃的人,我们可要注意检束自己的言行。"果然,从此他改变了生活方式,学校迁到长汀后便把家眷接来,下了课就待在家里,不再出去串门,有熟人来访,也不再随意戏谑。酒更是彻底戒绝,在宴会上只举杯做个样子。我在长汀看到的余老就是如此。当然,在骨子里他并不是一个道学先生,爱好生活和饶有风趣是他的天然本性,后来也未改变,只是表现的形式有所不同罢了。一个人能随环境和年龄的变迁而调节自己的生活方式,这说明他是有智慧的。余老是个智者,一切认识他的人都有此看法。

他的智慧不仅表现在处理人事方面,而且也突出地表现在课堂讲授方面。他是个杰出的教师,在校内堪称数一数二。这在老年人中是罕见的,有些老年教师学识渊博,而教学效果却一塌糊涂。余老在这方面显得特别聪明。他眼光敏锐,对学生的情况十分了解,因而能对症下药,因材施教,决不盲目地夸奇炫博,高谈阔论,白花力气。他口才极好,又善于措辞,讲起书来,从容不迫,使每一句话都落入听者心中。此外,他还能从戏曲表演中吸取一些有用的东西,如声调、眼神、手势等等,以弥补言语之所不及。这些合起来,使他的教学效果压倒群伦。听过他讲授的人用"深入浅出,雅俗共赏"八个字作为评语,这是恰当的,因为他的确能使各种不同程度的人都有所得,个个满意。尤其可贵的,像"文字学"之类比较枯燥的课程,他教起来也不吃力,也能令听者觉得有趣。

余老二十几岁中了举人,在故乡名噪一时,被称为"才子"。后来在严复当校长的时期进入北京大学(当时叫"京师大学堂"),大概也是学生中爱闹风潮的一个。我曾不止一次地听他说过闹风潮的事,学生们不知因什么事对学校不满而起哄,别的老爷们弹压无效,最后只好请校长出来讲话,严复威风凛凛地登上了讲台,把头上戴的皮帽往桌子上一掼,那风度真是美极了!余老是最善于描摹的,严复掼帽子的样子至今仍深印在我的脑子里。但他对严复的学问文章可是由衷敬佩的,一卷《天演论》不知读了多少遍。他自己早年似乎也有埋头著书成一家之言的志愿,但我和他相处的那些日子里从没见他认真地在写些什么。我曾问他:"您学殖丰富,又善属文,为什么不留下一点东西给后代的人?"他微笑着说:"有太炎先生和季刚(黄侃)他们的著作在前头,我还写些什么呢?"这是谦逊之言,但也是智慧的一种表现。到了晚年,他看出了自己力所能及的极限,因而不勉强去做他认为别人做得比他更出色的事,而把全副力量用在他的特长(教学)方面,这种态度我认为是可取的。

话虽如此,我总觉得有点遗憾。余老在声音文字之学方面的成就有多大我虽不得而知,但他对文学作品的鉴赏能力却是我常领教过的。他可算得一个了不起的文学批评家，对唐宋诗词中的名作能明辨高低，这且不说，最难得的，一篇看来普普通通的作品，经他老眼一照，也能洞察其中的妙处，并用最有说服力的语言仔细分析，道出其所以然来，使你感到切理餍心，不得不佩服他的高见。我曾多次听过这样引人入胜的评析，可惜没把它记录下来，而他自己也是说过就算，不曾用对话录或随笔的形式加以保存，咳唾珠玉，随风飘散，如今连影子都没有了！

和其他有真才实学的前辈学者一样，余老最肯诱掖后进。他从来不拒绝上门求教的人，而总是耐心地解答一切。他自谦文采不足，很少拿自己的作品示人，但对别人的创作，倘其中真有些精彩之处，便大加称赞，有时还锦上添花，替你润色。可是，他也不随便讨人欢喜，我曾眼见有人沾沾自喜地拿诗稿请他"教正"，他看过之后说几句客套话，然后用严肃的口气委婉地指出其中有待推敲的地方，在这个场合，他表现了"和而不同"的儒者态度。余老热诚对待一切人，对于无故冒犯他的人也能处之泰然。他主持文学系多年，有一时期校里来了两位青年教师，他们以新派自居，背后对余老有些议论，余老听了不置可否。他自己从不轻议别人，偶然谈及，也总是带着善意。他不认识鲁迅先生，但对鲁迅的为人很感兴趣。他说鲁迅善作青白眼，惯以青眼对待朋友，而以白眼对待自己所不喜欢的人。有一次学校总务处长来看他，他躺在床上不动，眼睛望着帐顶，总务处长恭恭敬敬地站在床边问话，他除了几声"嗯，嗯"之外，不予搭理，总务处长看到的始终只是他的眼白。这故事自然是听来的，但经他的粲花妙舌一描摹，仿佛是来自亲眼目击。在我所见的鲁迅轶事中，这一则似乎还未被收入记载。

余老教书几十年，足迹不出校园，但对国家大事并不冷漠。抗战时期，他在长汀组织了一个诗钟会，每星期举行一次。"诗钟"别称"折枝吟"，是福建文人最爱玩的一种文字游戏，只有 14 字。这种玩意儿一般只用以消磨时间，无甚意义，但做得好的也能在其中抒发情志。余老就是这样。他的诗钟句子多已散失，只记得一次做的是嵌字格"龙'、"大"第六唱，余老做了几十联，其中有两联云："孤臣有泪持龙节，降将何心抚大刀"；"细调鱼子为龙醢，漫煮匏瓜作大烹。"那时是抗战后期，国民党军队一蹶不振，有些士卒孤军苦战，有些将领觍颜投敌，第一联说的就是此事；上句用的是苏武的典，下句用的是李陵的典，珠联璧合，十分工巧。那时政治腐败，物价飞腾，人民生活极其艰苦,第二联说的就是此事;作者采取谐谑手法讽刺时政,效果加倍显著。抗战胜利后,厦大从长汀迁回鹭岛,诗钟会继续举行了一个时期。由于内战爆发,狐鼠横行,国统区的景况比从前更惨,有一次做"大"、"元"第七唱,出现了"计拙米盐怜措大,魂惊汤火痛黎元"这样的诗句,余老把它高高地取了第一名。但是,不久他就宣布解散诗钟会,洗手不干这种文字游戏了。原来他已另打主意,用实际行动去支援解放战争,促使国民党反动统治的早日灭亡。在进步学生的帮助下,他开始阅读解放区出版的书籍,同时利用自己的特殊地位暗暗为革命服务。一天,国民党特务来校抓人,有一个地下党员被追捕甚急,正在危险关头,有人把他带到余老家里,余老让他躲在一间空房里过了一夜,翌日他终于脱险了。1949年暑假前,厦门面临解放,学校突然宣布提前放暑假,进步学生为了护校坚决不同意。在一次讨论此事的教授会上,有些人赞成,有些人反对,余老三次起立声色俱厉地力争不宜提前放假,使不明真相的人大吃一惊,因为他们从没见过这位老人如此顽强地坚持己见。余老从一个清静恬退、思不出位的学者,一跃而成为敢于冒大险、伸大义的革命者,这固然主要是时代环境使然,但他本身所固有的热爱祖国、热爱正义的良好素质,无疑也起了一些作用。他不仅是一个智者,实际上也是志士仁人。

解放初期,余老受到了党和人民的尊重。他曾经积极参加政治活动,由于体力不支,很快就病倒了。1953年春天,他不幸逝世。他生前无赫赫之名,死后不久又逐渐默默无闻,但我相信他的影响会永存在他的朋友和学生们心里,并且通过他们而一代一代地流传下去,如同过去千千万万的智者和志士仁人,他们生前发出的光和热永存人间,虽然他们的名字不一定都挂在人们的口上。

1982 年 5 月 17 日

记萨本栋先生

　　萨先生与世长辞已 31 年了,他的影子仍不时出现在我的心头。论专业,他学理工,我学文科,彼此了不相涉。论关系,我们既非师徒,又非朋友,只是一般熟人。那么为什么我常怀念他呢? 这主要是由于他那可钦佩的人格深深吸引着我,使我终身不忘。

　　萨先生,福州人,早岁游学北美。本世纪 30 年代初,我在清华大学外文系读书,萨先生是物理系教授,又是学校的 12 位评议员之一。那时他只有 35 岁,风华正茂,夏天午后常见他戴白布帽,穿短外裤,手握球拍同他的夫人上网球场去。看到那种清闲优裕的生活,谁会料到他后来会因辛勤办学而过早逝世!

　　大学毕业后,我在北平师范大学工作。那时日本人已进入山海关,侵占冀东一带,成立伪政权。眼见平津危在旦夕,我想回南方去。一天我往清华园访问外文系主任陈福田先生,谈起此事时,陈先生说:"你来得正好,萨本栋先生刚被任命为厦门大学校长,过几天就要走了,我们去看他好不?"陈先生住在北院,说着便带我到附近的萨先生住宅。我们到达门前,萨先生正好送客出门,看见我们来了便相邀入室。这是我第一次和他会见,没有预料到他是那样平易近人。陈先生说明来意后,萨先生立即回答说:"欢迎郑先生到厦门大学教书,明后天我就动身南下,等接收手续办好后,再来邀请。"不久,卢沟桥事件爆发了,我回到南方。以后的一年间,在漫天烽火中我为生活而奔波,厦大之梦渺如云烟。1938 年秋天,听说厦大迁到长汀去了,我尝试写信给萨先生提起前事,几天后果然接到来电叫我到那里去教英语。萨先生信守诺言给了我深刻的印象,而我一生的去向也就这样被决定了。

　　长汀,这个僻处闽西的山城,在我小时是个神秘的地方。那时福建内地很不平静,从福州往长汀不知要经历多少难关。这回由于沿海城市的机关学校大部分内迁,情况转好,我总算平安地到达残破不堪的古汀州。萨先生住在叫作"长汀饭店"的民房里,他的一家住前进,后面几进分住几位教授和他们的家属。仅仅相隔一年余的时间,我看到一位和清华时代很不相同的萨先生,他比以前朴实干练多了。他不仅是出色的学者,而且也是出色的行政领导者。在交通条件极差的情况下,把一所大学从海滨搬到几百里外的山城,这是多么复杂而艰巨的事情,然而在他的精明指导下,几个月内就完成了,而且完成得非常之好。我到长汀时,全部中外文图书已经在作为临时图书馆的文庙里陈列出来了。文、理、法、商各院系已经正式上课,琅琅的书声冲

萨本栋校长与部分师生在长汀校门前合影

破了山城的岑寂。萨先生精力过人,他当校长还兼管各种杂务,新建筑的蓝图是他设计的,兴建时也由他亲自监工。他舍不得粉笔生涯,百忙中还担任一门课程——"微积分";后来还兼教大一英语,常和周辨明、李庆云两先生争论教学法问题。他对人依然和蔼可亲,毫无架子,但在重大的问题上却不肯含糊,有时甚至放下脸来教训人。有一个生长海外的教师,初到长汀时,因生活不习惯,常当众发牢骚。一天被萨先生听见了,便用英语和他辩论,双方争得很激烈,萨先生最后说:"假如你对此地不满,你应该知道怎么办!"萨先生为人方正,年纪不大却老成持重,因此尽管有些人不喜欢他,却也不敢不尊重他。他们在背后称他为"杀不动",意思是说他"硬得很",无法商

量。他的可贵之处是能身体力行,在艰苦面前不低头,颇有福州人所谓的"臭硬"精神。他白天忙个不停,晚上还挑灯看书,继续搞他的科学研究。每回我到长汀饭店找人谈话,夜深出来经过他的窗前,总看见他正襟危坐在那里埋头用功,这时我心里的钦佩之情油然而生。

萨本栋校长墓碑

1939年暑假前,家里一封电报把我召回上海,在那里一住4年。1943年秋天,我又回到长汀。萨先生完全变了样子,仅仅4年间,竟从雄姿英发变成老态龙钟。他已迁到山上新建的宿舍里,每天弯着腰扶着手杖步履艰难地来回于住宅和办公室之间。我早知道他有严重的胃病和风湿病,也曾替他在上海购买药品,但没料到他竟一病至此。他不止形容衰老,连精神也大不如前,谈话间常露疲劳之态,有时还带着几声轻轻的叹息。是什么重担把他压成这样的呢?我不禁暗暗发问。然而"母瘦雏渐肥",他枯槁了,他所辛苦经营的厦门大学却已壮大起来。4年前只有100多个学生,如今已增加了几倍;除文、理、法、商4院之外,又添了一个工学院。新建的教室和宿舍到处可见,古老的长汀城竟成了新兴的文化城,这是不小的功绩。抗战时期,东南各省的高等学校迁到内地去的,大部分都有损失,有的干脆自消自灭了,只有厦门大学得到发展。所以抗战后期,江浙一带的青年不怕长途跋涉,纷纷奔到长汀来,使一向寂寞的山城变得十分热闹,这多可喜啊!

　　1944 年春天,萨先生走了,他先到英国后到美国去讲学,从此没再回厦大来。1949 年春天,他因癌症在美国逝世,享年仅 47 岁。他是为厦门大学的事业积劳成疾,又因长期延误医治转成不治之症而死的。如今他的骨灰留在厦大校园里,将千秋万代受到厦大师生的崇敬和珍护。

1980 年 8 月 10 日

附:

萨 公 颂

　　公治校六年,成绩斐然,众口交颂。综其事迹.约计五端:履校伊始,即逢寇难,鹭岛濒危,朝不保夕。公乃率全校师生员工急迁闽西山区长汀,途遥路险,而开学必需之图书仪器文件标本均得安全转移,迅速复课,可颂者一。兵燹之后,山城残破不堪,公乃亲自擘画监督营建新校,旧房、衙署、文庙、废园广加改造.学校规模赖以扩充,学生人数较前倍增,可颂者二。公不辞辛苦力肩教学重担,所授课程门数之多、分量之重甚于一般教授;又为适应国家建设需要,因陋就简增设土木、机电、航空三系,延聘国内知名学者,以造就人才,苦心经营,促其成长,可颂者三。注意学生思想教育,确保校内安定秩序。汀城地邻赣、粤、江、浙诸省,学生来自各地,语音不同,习惯互异,易生纠纷.公乃严地域观念之禁,校园内绝不许设立同乡会,对各地来者一视同仁,终其任期,一校翕然,可颂者四。公既悉心治校,而又严于律己,勤政之余,继以力学,子夜更深过其门者,每见室内灯火荧然,则公方在伏案治学也;抗战时期,人民生活艰苦异常,公亦自奉如常人,食少事繁,积劳成疾,遂以不起,可颂者五。

　　赞曰:伟哉陈公,毁家兴学。公继其后,舍身治校。真可谓珠联璧合,炳耀千秋,并垂不朽者欤!

1981 年 3 月

《萨公颂》

与人为善，自强不息

——记王亚南校长

　　今年是厦门大学建校 60 周年，人们饮水思源，对过去有功于这个学校的先辈们，总是怀着崇敬的心情给予颂扬，其中常被提起的，有陈嘉庚、萨本栋、王亚南三位。陈老出于爱国热情，毁家兴学，一生为创办和充实厦门大学耗尽了心血，功居第一，理所当然。萨先生在危难之际奉命接办厦大，随后又搬迁到山城长汀，六七年间，艰苦支撑，使学校不仅没有解散，实际反得到发展，这功德也着实不浅。王先生在新中国充当厦大首任校长，开头几年，全力以赴，成绩斐然，人们至今记忆犹新。但他毕竟是在顺利的环境中，得到各方面的支持而建立功业的，对厦大的贡献，比起先前二位略逊一筹，所以只好屈居第三。这种妄评是否公允，大家可以讨论。

　　可是，我写此文的目的，主要还不是为王先生评功，而是想借此机会宣扬他身上极其珍贵的品质。王先生是著名的经济学者，关于他的学术成就，论者已多，无须外行人置喙。关于他的为人，也已有许多文章从各方面加以表彰，这里不拟重复。我认为针对目前情况，我们应该认真向他学习的，就是本文题目上指出的"与人为善"和"自强不息"这两大品质。

王亚南校长像

　　王先生是马克思主义者，同时也是人道主义者，这两者原是统一的，在他身上结合得尤其完美。他很早就以思想进步著称,但据我所知,无论在 1949 年前或后,他从没对后进的人露骄矜之态,更不会摆出一副"进步脸"拒人于千里之外。他诲人不倦,有什么问题请教他,总是热情地详加解答。他当然坚持他所深信的真理,但对别人的不同见解也不一概抹杀。在这方面,他很讲情理,决不蛮横武断。1949 年后,他竭诚拥护党所制定的方针政策,毫不动摇地执行上级的一切决定,但对运动中出现的过火行动,并不盲目赞同。他心胸仁慈,即使对他所不喜欢的人,也不忍心加以无情打击。他十分爱才,不管同辈后辈,只要有一技之长,总是人前人后夸奖不置。当然,他最注意诱掖的是青年中佼佼者,经他提携而成为一代名人的,不止一两个。他自己也因此而受到普遍的称赞。总之,与人为善是他的第一美德,这种品德历来可贵,而今天尤其难得。长期混乱、残酷的世局,使人我之间如隔万重山,互相猜疑,互相嫉妒,互相倾轧,竟成为一时的风尚,至今尚未消除净尽。面对着这种情况,一切有心人怎能不对祖国前途抱着无穷的忧戚呢?要挽回这一颓风,除了坚持党的安定团结的方针之外,还需要有一些身居显要,众望所归的人,特别是一代宗师,出来以身作则地树立胸怀广阔的榜样,以诚感人,以德诲人,像王先生那样。否则风气是很难扭转的。

王先生是一辈子手不释卷的学人。1949 年前,他的时间主要用在研究学问上面。他的书房里堆满了经济学原著,他每天在那里孜孜矻矻,乐不知疲,只有午后才出来散散步。1949 年后,他当了校长,事情忙是可想而知的,但并不因此而废书不读,每天还想方设法挤出一定时间用以治学。这种苦干的精神和萨先生很相似,他们二人都是自强不息的典型。王先生为人乐观,即使在旧社会黑暗的日子里,也从没见他愁眉苦脸,灰心丧气。他很爱笑,笑声是爽朗的。研究经济问题之余,他也爱看外国小说,谈起故事情节来,娓娓动听,逸兴横飞。这是精力充沛的表现,大约跟他所钟爱的狄更斯一样,他的精力要比别人多一两倍。这样的人目前是多么需要啊!然而放眼一看,却不免令人担心。有些人未老先衰,年方而立,似乎已到该退休的时候了,浑身没有半点劲。还有些人终日昏昏沉沉,悠悠忽忽,不知干些什么。更严重的,有些人不知吃了什么迷魂药,竟然得了彻底悲观的绝症,认为跟前一切全是灰黑的,似乎世界末日即将来临。庄子说过"哀莫大于心死"。这样的人大约可算"心死"的了。救之之法,应该请他们向王先生讨教,扫掉惰气,迎来朝气,兢兢业业,自强不息,把有涯之生奉献给无穷的事业。

　　王先生之没去今已十有一年,我对他了解不多也不深,写了以上两点,聊以表示我的敬意和怀念之情罢了。

1981 年 4 月 2 日

20 世纪 50 年代初厦门大学全景。摄影者是作者的哥哥郑朝强

悼 德 基

　　一纸讣文来自北京,告我以熊德基同志突然逝世的消息。我并不感惊愕,因为知道他已抱病多年,离休后还镇日伏案整理旧作,不知休息,这样的拼命精神必然会带来预期的后果。他今年 75 岁,近于古人所谓的"中寿",且又为革命工作而死,死可无憾。然而噩耗传来,我仍好几天心里不宁静,一直沉浸在怀旧的梦境中。

　　我认识德基是在 1946 年秋天,那时厦门大学刚从长汀迁回鹭岛,校里新聘了一批进步的教师,他是其中之一。我认识他是通过历史系教师欧阳琛的介绍,欧在清华大学读书时比我低一年级,后来毕业于西南联合大学。我住在虎头山厦大教授宿舍,一天他们二人忽然光临。欧告诉我,德基原就学于北平中国大学,后来转入西南联大,他们都是江西人。欧沉默寡言,德基则谈笑自若,雄辩滔滔,令人有一见如故之感。他当时年逾而立还是个单身汉,以此得闲常来我家坐谈。我看出他不仅精熟史学,对文艺也有研究,特别令人钦佩的是他用新观点、新理论分析历史事实和文艺现象,一般都能做到切理餍心,决不像某些理论家那样牵强生硬。因此我乐于向他请教。1947 年我为厦门《江声报》编了几个月的文学副刊,德基常帮我设计版面,有时还投来散文、语录、旧体诗之类的稿件以充实篇幅。他工于咏史,这时期共发表了 10 首七律旧作,其中大都借古事抒今情,对抗日战争及后来所谓"戡乱"时期中国民党政府的所作所为痛加讽刺抨击,像这样的进步作品,"文革"中居然有人从北京来,以断章取义的手法妄加曲解,并强令我证明作者是"居心叵测"。我天良未泯,只得硬着头皮忍受斥责,坚不答应。

　　作为教师,德基是非常称职的,他备课认真,又擅长讲授,在历史系学生中几乎有口皆碑。而尤其难得的,他还十分爱惜人才,对系里优秀的学生和青年教师格外注意提携,务使成材,今天还留在系里或校内其他机构的有关同志应该还记得这位导师当年是如何热心扶掖督促他们的。甚至对于同辈朋友，他也关心鼓励。那几年"法币"贬值，物价飞腾，迫于生活的压榨，我不得不徇朋友之请，在上海《时与文》周刊上发表了一系列评介欧洲古典小说的文章以换取稿酬，贴补家用。德基读了头一二篇，觉得还有意思，便常来催促我继续写下去，直到该刊被封闭为止。对于他的这一恩情我至今犹铭记在心。

德基来校数年，我一直以为他只是思想进步而已，并无什么特殊身份。他平日常与往来的是王亚南、郭大力、林砺儒等几位著名的新派教授，但对其他教师也不疏远。那几年国民党政府濒临崩溃，学生运动接连发生，整个学校和厦门市闹得乱烘烘的。德基是地下党的领导人之一，但他很少公开出面参加，只有一次在学生们召开的五四运动纪念会上和王亚南等一起出席发言，态度也并不激烈，他可算得一个出色的党的地下工作者，能严守纪律，相机行事，决不轻易暴露自己。1949年下半年人民解放军已进入福建，国民党的残兵败将和特务头子纷纷退守厦门，犹作困兽之斗，到处搜捕革命群众和党的地下工作者。身负重任的德基同志，在许多进步人士都已撤退之后，仍然冒着万死坚守岗位，等待上级的命令。一天晚上，特务们成群结队冲入厦大校园捉人，其中有几个来到大南新村七号猛敲大门。住在楼下的年逾八旬的法律系教授高梦熊先生战战兢兢地从床上起来开门，特务们说错了德基的名字，高老摇手说："这里没有这个人！"特务们急于抓"要犯"，便一窝蜂似的飞到别处去了。其实德基此时正在楼上熄灯屏息，坐待事变，竟然幸获平安。翌日清早他转移到其他地方，不久就奉命搭外轮往香港集中。这件事我是后来听说的，因为那年7月我离厦往英国学习。

1951年2月我从海外归来，厦门已成新的社会，疮痍未复，百废待兴，一派艰苦奋斗、争分夺秒的气象使我十分感动。德基更是忙上加忙，身兼数职，每日不是在校办公，便是到市里参加会议，早出晚归，连见面的机会都很少，遑论谈心？不久，他又奉调往福州参与筹办福建师范学院并担任领导和教学职务。我偶尔回福州，也只是与他匆匆一晤，寒暄而已，回想当年虎头山上聚谈之乐已成旧梦。1957年他终于调到北京中国社会科学院历史研究所任职。就在那年，我以愚妄自干咎戾，成为"不可接触的人"。德基虽远处北方，而暗中仍时刻关心我，遇到熟人便打听我的情况。1960年底我获赦"归队"，他一得到消息便连忙告诉钱锺书先生。过了一年，他因事来厦，一个晚上特地摸黑到大生里来看我，全然不提1957年的事，只一味鼓励我继续做学问，勿灰心丧气。他还告诉我，不久前到四川参观，眼见一座新的城市拔地而起，国家的前景是十分光明的。我由衷感激他的隆情厚谊，同时也敬佩他对党对国家的极大忠诚。然而，正如俗话说的"在劫难逃"，像他这样一位好干部，在十年动乱期间，竟也惨遭迫害，本来已是千疮百孔的躯干，更被折磨得衰弱不堪了。

1979年4月底，我北上参加中国社会科学院召开的五四运动60周年学术讨论会。下了宾馆便先去拜访钱锺书先生，值其出国讲学，怅然而返。接着去看德基，他住在东城交道口北三条胡同，路途遥远，又不好走，我在王府井大街买了一张北京市地图，然后一路摸索前行。到了地头，进去一看是个三合院，德基一家住在坐北朝南的几间房。他还没有回来，可贞出来接待我。可贞姓陈，福州人，原是厦门大学教育系毕业生，1946年在厦门侨民师范学校教书。德基曾委托我代寻佳偶，我和妻子商量，觉得可贞很合适，因为他们二人都是新派，性格也相似。一天下午，我把德基带到曾厝垵侨师和可贞见面，从此他们接触频繁，不久便结婚了。一晃30年，他们也已儿女成行，其最小者是个聪明活泼的小姑娘。这次和德基见面，彼此都格外高兴，似乎有说不完的话。那天是"五一"节前夕，他们一家举办晚宴以表庆祝，便强拉我留下参加。席间可贞畅谈她家的幸福生活，颇有谢媒之意。我在回宾馆途中百感交集，率赋一律：

> 摊图探路到君家，巷僻春深不见花。满屋诗书无俗客，绕庭欢笑有娇娃。卅年交谊情犹昔，一夕纵谈意更嘉。天缔良缘非虚语，拙媒愧对盛筵奢。

诗是蹩脚的，聊以志吾二人萍水因缘而已。

从此我们都走了下坡路：我得了无法根治的心血管病，六七年间与药品结不解缘；他也衰老不堪，几度南来，尪羸弥甚。然而他比我坚强得多，仍然埋头苦干，到处参加会议，并勤于写信。前年冬季我的妻子突然逝世，他寄来了一封感情深挚的唁函，叙述往事，历历在目，使我读了心痗不已。他不仅是我的朋友，同时也是我的亡妇的最大知己。

由于学术分门，我对德基的著作无力深究。但我知道他是个严肃的学者，厚积而薄发，笃守范文澜同志所谓"板凳要坐十年冷，文章不写一句空"

的明训。这跟他当年在西南联大时虚心接受那些史学界老辈的教导有关。作为革命者他有 50 年的光辉业绩,作为学人他努力继承我国优秀的古典史学传统,这种两美并全的成就不是一般人都能企及的。

安息吧德基,你的光辉形象将永远留在我的心里!

1987 年 12 月 26 日清晨

怀王梦鸥先生

我和梦鸥先生相处的时间不过几个春秋,但金陵一别忽忽已 35 年了。当时彼此都还只在四十上下,如今我已年逾古稀,而梦鸥怕也将近八旬了吧? 病中追思往事,不胜感旧之情!

我初次看见梦鸥是在 1939 年春天,那时我在长汀厦门大学教书,不久他也来了。一个三十多岁的白面书生,戴着一副金边眼镜,教书之外,还会导演话剧;他给我的印象是——一个典型的福州才子。这回我们只共事几个月,那年暑假我回上海家里去了,所以彼此只相识而却不熟识。

1943 年秋天,我重返长汀。几个月后,梦鸥也从当时的"陪都"重庆回到这古老的山城。他是应萨本栋先生的邀请来兼任校长秘书的。从此我们日夕过从,不拘形迹。我逐渐看出他确实是个博学多能、天分极高的人。他没念过大学,但笔下功夫要比一般中文系毕业的人高出几倍,文言白话全都拿手,难怪萨本栋十分器重他。他心灵手敏,不仅工书善画,写得一笔娟秀的赵体字,而且擅长工艺美术,学生演话剧,舞台设计的模型往往由他一手包办。他也能诗,做的惯常是福州文士喜爱的王渔洋、黄仲则一派漂亮的清诗。这些对他来说都还只是余事,他一心向往的大业别有所在。那时第二次世界大战已近尾声,纳粹匪军败如山倒,东方的日寇也正在垂死挣扎,眼看抗战胜利的日子快要来临了。他忽发奇想,要为中兴的国家制礼作乐,因此工作之余便关起门来攻读《礼记》、《乐记》以及王忠悫公遗书中的有关文章。每回我去看他,总见他聚精会神地用硃笔点读这些著作,心中暗笑他的迂,但也不免对他存着敬意,因为他确实是热爱祖国的。

梦鸥天性敦厚,是个极好相处的人。他对人谦虚诚恳,从不卖弄才华,对学生尤其热情,几乎是有求必应,他的房间里经常坐满学生。他出身贫寒,为了生计多年奔波在外,难得回家探亲。从重庆回来不久,他的母亲在福州病逝。他杜门哀痛了好些日子,大家帮他开个追悼会。他写了几首哭母的七律,记得其中有一联云:"母爱如天施不报,儿情似鬼出无归",多么感人的刻骨铭心自疚之情!他忠于职守,兢兢业业地敬事萨本栋校长,后来萨先生因病辞职,他也自动离职到别处去了。

抗战胜利后,梦鸥一度在福州师范专科学校任教,我们又有见面的机会。那时的社会依然黑暗,没有半点中兴的气象,他的制礼作乐的想法早已付诸东流,代之而起的是满腔的悲愤,有时还形诸笔墨。恰好萨本栋被任命为中央研究院总干事,又把他请去当秘书。1948年暑假,我协助萧贞昌先生到上海去为厦门大学招考新生。事了之后,我们同去南京。有天晚上,我们去访问萨先生,萨先生谈起国事,感慨万端。梦鸥也在座,他约我翌日同游玄武湖。那天下午,我们在湖滨茶座上躺了半天。他告诉我萨先生身体很不好,感情容易激动,对现状极为不满。他自己也意态消沉,全无平日谈笑风生的样子。这是我们最后一次的见面。几个月后,我在中文系主任余謇先生处看见他新作的一首感事七律,其中有一联云:"摩胸一是凭心史,放眼全非火罪言",真是沉痛之极。不久,他随着中央研究院到海峡对岸的台湾岛去了。

光阴如逝水,一眨眼就是35年。在这一段漫长的时期里,我们祖国经历了各种辛酸苦辣的变化,终于逐渐走上了安定团结、繁荣富强的道路,大家有个共同的认识,即曹子建所谓"本是同根生,相煎何太急",往日的恩仇应该一笑而泯,今后的新局必须携手共营,这才是大智大勇的行径。有这样的思想作基础,我们相信同胞骨肉无辜长期分离的悲剧终究是要结束的。到那时,我们年虽老迈,仍当勉力重临焕然一新的玄武湖滨畅叙离情。

衷心希望和梦鸥先生同心协力促此伟大理想的早日实现!

1983 年 11 月 15 日

忆吴宓先生

　　吴先生逝世已将十年了,1936 年夏天清华园一别之后,遂成永诀。抗战初期我在上海,有一位于北平沦陷后不久南下的同学告诉我,有人眼见吴先生还在清华园里住着,并且表示不管日本人采取什么手段,他誓死坚守工字厅里荷花池畔他那一间"藤影荷声之馆"。我将信将疑。后来才知道人们把美国人温德教授误认作中国人吴宓,吴先生早已随着大伙儿撤退到西南后方去了。但 1949 年后他最终落脚在哪里我一直不清楚。1979 年 5 月我上北京参加纪念五四运动 60 周年学术讨论会,有一位从西北来的同志到宾馆里找我,说要为吴先生申请平反昭雪。从他的口述,我才知道几十年来吴先生一直都在重庆西南师范学院任教,"文革"中和许多老知识分子一样遭到了冲击,这不奇怪。使我吃惊的,人们竟给他戴上"现行反革命"的帽子,其罪证据说是从他编写的讲义里发现的,后来又把他遣送回陕西省泾阳县原籍监管。据我所知,吴先生过去绝口不谈时事,学生登门求教,他先宣布戒律:只准商讨学术和爱情问题,而决不允许触及时事。我相信天长地久他这脾性是永不会改变的,说他借讲义含沙射影发泄不满情绪,显然又是"四人帮"制造的莫须有罪名。因此,当那位同志邀请我在申请书上签下名字时,我敬谨照办。回厦门后 3 个月,收到中共西南师范学院委员会的通知,说已给吴先生公开平反昭雪,恢复政治名誉,其时距吴先生之死恰满二年半。

　　吴先生是我生平所见最为稀奇古怪的一个人,他的身上充满着种种矛盾,其尖锐的程度似乎只有塞万提斯笔下的堂吉诃德差可比拟。从外表看,他和堂吉诃德也颇相似,貌古身瘦,只是身材不及后者之高。温源宁教授在英文《中国评论》周刊上给他写肖像,说"脑袋形如炸弹",里面装着火药,随时可爆炸。这篇小文使吴先生咨嗟累日。其实,他为人性躁心慈,一事不顺意会咆哮如雷,事过之后又会认真道歉。他身边有个忠实的工友吴延增,起初我以为他是吴氏家僮,后来才知道是学校派来侍候吴先生的一个普通工友。那吴延增颇识几个字,常替吴先生抄写稿件,有时我们上工字厅,听见吴先生在屋里大声呵斥吴延增,怪他办事不细心,那态度是够粗暴的。然而吴延增却从来不在背后埋怨吴先生,他常涕泪交颐地告诉我们吴先生为人如何善良,这几天情绪又怎样不安宁,等等。这使我想起了堂吉诃德和桑丘·班沙那一对奇怪的主仆。

吴先生最突出的矛盾有二:其一是自幼出洋留学接触西方文化,而回国后却与梅光迪、胡先骕等人合办《学衡》杂志,以与当时风起云涌的新文化运动对抗,结果自然是一败涂地,被目为顽固保守。认识他的人知道他和他的伙伴们不同,并非坚定的保守派,而实际是调和论者。他一方面维护旧学术,另一方面又常在《学衡》上发表评介西方新文化的论文。他坚持用文言写作,但在必要时又采取权宜之计在林语堂办的刊物上用白话发表文章。这一举动引起了一般人的惊讶和他的同伴们的深刻不满,于是在无可奈何之中他只好用"敌笑亲讥无一可"一句诗来自我解嘲了。他的另一矛盾是热心提倡旧道德,但在婚姻问题上却又服膺西法,认为夫妇之间倘无爱情尽可分离。他并未真正和他的夫人分离,只是一居西郊一居城内,每月领到薪金时,亲自回家把生活费交与夫人,然后立即回校。他有一个女友,相识十余年,始终保持 Platonic Love(柏拉图式的精神恋爱)的状态。这件事曾受到他的挚友吴芳吉诗人的强烈抗议,而他竟处之泰然。一天,那女友突然拍来电报,宣称即日要与一位年纪比她大一倍的老官僚结婚。这个打击实在太大了,一连好些天他杜门谢客,在藤影荷声之馆里啮碎心肠赋忏情诗以泄悲愤。那时谁也不敢去惊动他,我年少无知,冒昧登门,把《左传》里申公巫臣对楚庄王说的话("天下多美妇人,何必是?")规劝他。他郑重其事地告诉我:"年龄对你有利,你可以向前看,而我则只能回首前尘了!"那时他已到了不惑之年。

没兴的事一齐来。大约就在这前后,《学衡》杂志宣告停刊,由吴先生主编的另一刊物——《大公报》文学副刊也改由别人接替编辑新文艺副刊。吴先生向来以古希腊悲剧英雄自比,认为一生常受命运女神的摆弄,事事不如意。现在他的悲剧情绪更浓厚了。为了给他一点安慰,出资创办《学衡》杂志的中华书局,建议出版《吴宓诗集》。吴先生用全副精神来编此书,共选长短诗900首,分13卷(《故园集》、《清华集(上)》、《清华集(下)》、《美洲集》、《金陵集》、《辽东集》、《京国集(上)》、《西征杂诗》、《京国集(下)》、《南游杂诗》、《故都集(上)》、《欧游杂诗》、《故都集(下)》),其中除作品外,还附以大量插图,全体看来,像是一部用韵文写的自传。19世纪初期,英国诗人拜伦采用此体写了长诗《恰尔德·哈尔洛德》,一夜之间,名闻天下。吴先生未必有此奢望,但他确曾寄厚望于此书,衷心希冀它的问世能使别人对他有所了解。然而,事实是无情的,书出之后,外间竟无多大反响,到现在全国各地的图书馆里恐怕很难找到此书了。这主要应归咎于吴先生自己,他太固执。为了力求忠实全面,他把幼年时期不成熟的作品和别人恶意讥刺他的打油诗通通收入集中,使全书显得驳杂而不纯。另外,他还在《大公报》上自撰广告说:"作者自谓其诗极庸劣,无价值,但为个人数十年生活之写照,身世经历及思想感情之变迁均具于诗中……所作之诗极少删汰,亦未修改"。试问世间有这样做广告的吗?平心而论,吴先生的诗限于天赋,造诣并不甚高,但也不是全无足取。我在清华园时,他有一首《海伦曲》,当时众口传诵,颇极一时之盛。现把它抄在这里,以留纪念。

海伦曲

按希腊海伦故事,近世郎氏等多为长诗歌咏,且有演成说部者,古意今情,旧瓶新醴。予凤爱诵华茨华斯之Laodamia诗,爱仿之而作是篇,旨在叙事,兼以抒怀云。

海伦天下美,云是神人裔。祸水能灭邦,姿容真绝世。忆昔初嫁年,盛会瑶池诣。干戈莫婚姻,玉帛申盟誓。保此一家安,归彼名王婿。妖魔敢兴心,群力同诛殪。鱼水倡随乐,端居谐伉俪。大海少平波,白日忽阴曀。远国公子临,修好陈礼币。体貌极风流,仪从咸都丽。仙女授痴魂,爱神荷殊璧。婉娈媚术工,一见深情系。贿迁恩作仇,相携翩然逝。异域托新欢,绸缪忘根蒂。息妫岂无言,文君原有例。违德行不祥,因果明卜筮。义师张挞伐,大地兵氛疠。伏尸百万积,城围逾十岁。黯淡鬼神愁,杀伤冤亲薙。珠还未许云,巢覆无完势。忽尔两军惊,挂戈齐凝睇。盈盈现城头,玉颜春风霁。秀美出尘寰,真假何由谛?此战为谁来,赴死甘如荠。指点晋楚雄,一一识别细。可有靡芜情,俯眺为流涕?旧夫勇猛豪,咆哮俨后羿。新郎粉黛丛,温存欣婉嬺。新欢旧可忘，旧才新不逮。弯弓急复仇，救取劳神惠。摄归置绣阁，幽梦重帏闭。何必建功业，方得美人契。元戎国柱石，有兄难为弟。栋折大厦倾，旋中毒矢毙。薄幸靳灵药，殉身悔未济。城破鸡犬戮，覆亡惨劫历。握刃上神坛，相逢欲裂眦。妾命尽今日，生死一发际。少年色未衰，巧辩工词说。犹有故剑恩，竟复六珈制。同航返故国，欢乐终恺悌。儿女侍膝前，应宾主祀祭。清福老境臻，融融兼泄泄。人丧君独全，天道胡乖戾！或传风引舟，埃及长留滞。古寺久为尼，宝幡琼姿蔽。东土曾未到，神光谁得睨？登陴幻非真，荆璞碔砆替。哀哉两军众，摧仆无余继。水月镜中花，美境由心缔。追求底虚空，颠倒成衰敝。碌碌苦纷争，宇宙一玄谜。呜呼海伦身，古今千万蜕。贪嗔痴爱缘，无明同梦寐。快刀斩乱丝，精勤依智慧。至理独永存，闲愁随时瘵。

　　吴先生虽久离人世，而其名字至今未消失，在报刊上，在人们的口头上，我们仍然不时会遇到它。这有三种原因。第一，他对中国新文化的建立多少有过贡献。就在他主编的《学衡》杂志里，我们看到了最早的有系统地介绍西洋文学的著译和资料，如《世界文学史》、《希腊文学史》、《但丁神曲通论》、《英诗浅释》、《韦拉里说诗中韵律之功用》、《西洋文学精要书目》等，这些都出自他的笔下。因此，尽管《学衡》的名声并不怎么好，而它的销路却广，许多新派学人也承认从那上面得到了不少启蒙知识。第二，他胸怀坦荡，总是以善意待人。他担任过清华国学研究院主任，又代理过清华西洋文学系主任，办事勤勤恳恳，对人不存机心，所以大家（包括外籍教师）都喜欢他。温源宁在那篇颇带讽刺性的小文里也称赞他为人正直。我认为吴先生的特别可取之处是身上毫无文人相轻的习气，喜欢赞誉同辈。他最敬佩陈寅恪先生，便"到处逢人说项斯"，浑不管会不会因此而自贬身价。第三，他教学认真，讲课有条有理，对事实年月之类的东西绝不会有半点差错。温源宁说他教学方法缺乏启发性，其实他在讲堂上也常发些议论，其中有迂阔之谈，也有精辟的见解，不可一概抹杀。我听过他的两门课——"古希腊罗马文学"和"中西诗之比较"。中国讲比较文学的学者大约以他为第一人。今天看来，他的比较方法有点机械，一门新生的学科只能如此，不足为怪。人们也不会因此而忘却他的首创之功，于是他的名字便常和比较文学连在一起。

1987 年 4 月 27 日，厦门

忆温德先生

　　午后在校园里散步,看到杨绛先生在人民日报副刊《大地》上发表的文章,题作《纪念温德先生》,劈头便说他"享年百岁,无疾而终",不禁吃了一惊。仅仅半个多月以前,我在英文中国日报上读了 Herbert Stern 写的庆祝他百岁寿辰的文章,题作《中国的老朋友》,其中详述他的生平和近况。当时心里十分喜悦,因为我已三十多年没有听到他的消息了,是死是活或是早已回国,全然不知,如今知道他仍健在并且还留在我们国土上,怎能不高兴呢?人,特别是知识分子,能活到百岁真不容易,对于他的突然逝世我并不悲哀,而只引起了一阵回忆。

　　我也是温德先生的弟子之一,曾亲聆他的教诲,留下了深刻的印象。他是美国人,于本世纪 20 年代上期,经吴宓先生的介绍,到清华大学外文系任教。1932 年我进入清华园,当时系里的英美籍教师共有四人,除温德外,还有翟孟生、吴可读和毕莲(女)。这四位老师各有专长,但最受学生欢迎的却是温德。他当时年近半百,仪表堂堂,毫无老态,且工于表情,同学们在背后议论他风度之佳不亚于美国著名电影明星克拉克·盖博。这当然无关紧要,令人敬佩的是,他不仅知识广博,而且有一种独特的教学方法,即不空谈理论,也不对容易理解的作品作喋喋不休的肤浅解释,而集中精力于攻坚,把难度很大的作品剖析得一清二楚。这说明他头脑敏锐,对所授作品有真实解会,口齿又伶俐,善于表达。我们上他的四年级英语课时,他把大部分时间用在讲解罗伯特·白朗宁的诗。这位生活在 19 世纪的英国诗人可说是现代派诗歌的老祖宗,他的有些作品专以刻画人物内心活动和情绪为职志,语言又晦涩费解,读起来颇像"天书"。温德先生总是用商量的口气,先征求我们的意见,然后自己逐句加以讲解,使我们终于弄清作者的含意。他还对我们讲个故事,说白朗宁夫人也是一位诗人,在他们新婚之夜,夫人告诉丈夫平生最爱读他的诗,自信大体都能理解,但也有一些句子实在看不懂。接着她捧出白朗宁诗集，指着其中的一句说："这就是我百思不得其解的，现在只好请教你了。"白朗宁反复读了几遍，回答说："老实奉告，我的诗只有两人能全懂，一个是我，一个是上帝，眼前这一句恐怕只有上帝知道是什么意思了！"这虽是一种笑谈，但却值得爱捧现代派诗歌的人郑重思考。莎士比亚说过："并非所有闪光的东西都是黄金。"从国外传来的现代派诗歌，其中一部分也有可能只是诗人一时的梦呓，枉费精神，强加解释，真何苦来！

清华求学

和其他三位教师不同，温德先生讲课从不发讲义，也不编教科书，甚至连讲稿都没有，教欧洲文学史的翟孟生教授写过一本《欧洲文学简史》（共一千多页，实际并不太简），教西洋小说的吴可读教授写过一本《西洋小说发达史略》，教语音学的毕莲教授编有详细的讲稿，只有温德教授是两手空空的。我上过他的文艺复兴时期文学课，每次上讲堂总见他抱着一堆书进来，这些都是文学作品。他不发讲义，因为课前已给我们开了必读的参考书目。上课时他凭着很强的记忆力把有关的历史资料讲述一遍，然后集中力量讲作品。有时换个方式用朗读代替讲解，这是他的拿手好戏。当他讲到拉伯雷的长篇小说《巨人世家》时,他用熟练的法语把拉伯雷的诙谐百出的文风有声有色地传达给我们,使我们仿佛在倾听舞台上一位名演员的独白。从深入体会文学作品艺术性的角度来衡量,这种教学方法确实比那种四平八稳地照本宣科更为有效。事实上也没有人认为他是不负责任的,在他的教导和影响下,清华外文系培养出不少有成就的作家和文学研究者,他的功勋是不可抹杀的。

温德先生一生热爱中国,热爱中国人民,在他来华的六十多年间,他总是紧紧地站在中国人民一边,无论是抗日或解放战争时期,他都没有站在外国人的立场上冷眼旁观,而是挺身而出为保卫中国人民的利益,为救护进步的教师和学生而甘冒杀身之祸。关于这些,Herbert Stern 和杨绛先生的文章都有具体的叙述,这里不赘。我特别注意的是他对于中国传统文化的熟悉和挚爱。他长期定居北京,可说是迷上了那里的建筑和数不清的艺术珍品。有一时期他在北京西城幽僻的地区租了一座房子。他是独身主义者,家里只有一个男佣帮他烧饭和打杂。一天,他邀请我们班上几个同学到他那里喝茶。我们去时只觉满目萧条,一片荒草,屋子就在城墙下面。那屋子久无人住,据说是个有名的"凶宅"。我笑着问他:"您在这里不怕野鬼来作祟吗?"他掀开枕头露出两把手枪,指着说:"有这些家伙加上一条猛犬,我还怕什么恶鬼呢?"手枪和猛犬无疑是用以防御盗贼的,他并不相信鬼神。他喜欢的是那个冷僻地区的荒凉美。他对绘画特感兴趣,在讲文艺复兴时期文学时,捎带说及当时意大利的著名画家乔托。他说乔托的绝技之一是能不借助圆规一笔画成毫无欠缺的圆形,中国唐代的画家吴道子也有此本领。接着他津津有味地谈起吴道子的壁画来。上他的课是一种美的享受,我至今闭着眼睛仍能想象他在讲台上富有魅力的讲演姿态。他真是一个不可多得的文学教师,虽然著作不多,而实际所起的作用却是难以估计的。

衷心祝祷温德先生的英灵永远安眠在中国的土地下!

1987 年 2 月 10 日

记冯友兰先生

　　冯先生是我生平所见城府最深的一个人,直到现在为止,我还不能确定他应该归入谁的门下——孔子或少正卯? 这种疑问并非我个人独有,我在清华读书时便曾听到两派相反的意见。一派同情冯先生,说他很像曾文正,心地是光明的,但因四周都是三头六臂的人物,他不得不用点权术来应付;另一派则不客气地称他为阴谋家,说他实行的纯粹是老子的处世哲学,并且目的全在巩固自己的地位。至于他本人呢? 在《中国哲学史》一书中,冯先生曾暗示过他对自己的看法。他是河南人,他说古书中遇着以老实人或傻子为譬时,总是拿"宋人"作代表,如"守株待兔"、"揠苗助长"之类,可见河南人自古就是以老实著称的。他又常在河南同乡会席上勉励河南籍同学努力保持他们乡人固有的忠厚俭朴的美德,这也可见他是以忠厚俭朴自许的了。

　　他是否忠厚,我已声明过不能确定,至于俭朴,那是千真万确的。我在校中 4 年,始终只看见他穿着蓝布裤、青布鞋、深灰色的自由布长衫,头上戴着一顶旧呢帽。他的头相当大而帽却很小,因此只盖着前脑,后脑露出一大瓣,样子颇为滑稽。他很喜欢散步,每日午后四时左右,总伴着他的夫人出来走走。那时我们年纪轻,嘴巴刻薄,一看见这对乡下佬似的中年夫妇迎面行来,大家便互相笑语:"你瞧,这一双才真佳人又出来游园了!"

　　18 世纪法国文学批评家蒲丰曾创"文如其人"之说。这学说用在冯先生身上应该颠倒过来,不说"文如其人",而说"人如其文"。他的"文"谁都觉得枯燥,而他的"人"则青出于蓝比他的文还要枯燥。我与他缘分很深,一进大学便选了他的"中国哲学史"课。上了一年,毫不夸张地说,从没听他说过一句引人发笑的话。他自己的"笑",也正如包拯的"笑",比得上"黄河清"的。除了不说笑外,他还从不提起功课以外的事,他是全校教师中唯一不说"闲话"的人,那年冬天,榆关告急,平津震动,弄得大部分教授无心讲书,上课时尽谈时事,连一向很能自制的"铁头教授"金岳霖也都放松起来了,只有冯先生一人一切照常。一天,一位同学大约是熬不住了,便硬起头皮来试探一下:"冯先生,你看这几天的大局怎么样?"冯先生刚点完名,慢慢地收起铅笔和名册,然后用他那没有神的眼睛注视那位同学一下,便翻开讲义若无其事地说:"上次我们讨论墨家的……"

冯先生教学取的是讨论的方式,他叫我们先去阅读指定参考书,然后在课堂上提出问题跟他辩论。那年选修这门课的有十三四人,经常发问的却只有二三个。从他们的一问一答中,我充分领略一位大师的"学者态度"。他永远是那么慎重,那么温和,我从没听他说出一句轻率的话,也没见他动过一次肝火。有一位同学真好胜,每次总是紧紧地抓住冯先生缠个不休,冯先生始终都是和颜悦色地跟他周旋。有一天,这位同学被冯先生驳得哑口无言,却把青年人的弱点暴露出来了。他不再说自己的意见如何,而一再地捧出胡适之先生来。冯先生起初不理他,只继续驳他的话,后来看见这位同学不断"诉诸权威",他似乎有点不高兴,但也只轻轻地说了一句:"你就说你自己的意见怎样好了,不必再提胡先生。"

然而,冯先生的"温和"有时也会引起我的反感。有一年他从欧洲休假旅行回来,不知在什么地方演讲了几次,很替苏联说了些好话,过了几天,保定方面派来几个便衣,把他从文学院长办公室里拉出来,上了手铐,跟几个有"异党"嫌疑的学生一起用囚车押解到省会去。那一天忙煞了蒋梦麟和胡适之,他们到处打电报,总算功不唐捐,第二日中午他便释放回来了。事后有记者去拜访他,冯先生像讲故事似的详述自己如何被捕,如何被套上手铐,如何被押到保定,如何被审问,后来审问他的委员又如何突然改变态度对他深表歉意,如何带他往市上去参观,如何请他上菜馆吃了一顿丰盛的晚餐,夜里如何请他写一篇欧游回忆录,翌日又如何礼貌周到地把他送上火车打道回清华园。他对自己的一场无妄之灾仿佛觉得很好玩,丝毫不露怨愤之意。听河南同学说,他们去慰问他时,他的态度也是如此。这自然是冯先生的高明之处,他要让别人替他气愤,但我却以为矜持到了这种程度,未免理智得有点不近人情。我在前面说过,不能确定他应归入孔子或少正卯门下,正是根据这桩事情立论的,因为我相信若是孔子遭了如此凌辱,他老人家也一定会抖起胡子来,大喊几声"天厌之,天厌之"的。

抗日战争爆发后,冯先生发表了几部轰动全国的著作,但他在校内的威望却比前下降了,原因是他太爱"坐飞机",大家觉得他有点不安本分,比不上那位叫亚历山大大帝勿遮住他面前阳光的希腊哲学家戴俄泽泥。其实，这种指责是大可不必的，中国学人能真正耐得寂寞的原就不多。冯先生在他的"贞元三书"之一的《新世训》中，很明白地暗示我们他是有济世之志的，那本书的末一章便是"应帝王"。中国学人一生走的理想道路不妨借用《庄子·内篇》中的六个篇名来列个公式："德充符"（著作出世）——"大宗师"（挂起"大师"的招牌）——"应帝王"（出仕）——"齐物论"（无是非，如胡适大师的"理未易明，善未易察"说）——"养生主"（加入官僚资本集团）——"逍遥游"（到上海当寓公，或出国考察，或加入同善社）。冯先生还算不错，只走了两步半便又回到书斋里去。为贫弱的中国学术界着想，冯先生是也应该就此止步的。

1947 年 10 月 3 日

但开风气不为师

　　已经是将近半个世纪以前的事了。一天，吴宓教授和几位青年学生在清华园的藤影荷声馆里促膝谈心，兴趣正浓，吴先生忽发感慨说："自古人才难得，出类拔萃、卓尔不群的人才尤其不易得。当今文史方面的杰出人才，在老一辈中要推陈寅恪先生，在年轻一辈中要推钱锺书，他们都是人中之龙，其余如你我，不过尔尔！"吴先生的可敬之处就在胸怀磊落，从不以名学者自居，这回竟屈尊到把自己和二十几岁的大学生等量齐观，实在是出人意料之外的。那时陈寅恪先生正在中年，以其博学卓识，不仅在清华一校，而且在国内外学术界早已声名籍籍；钱锺书虽已毕业离校，但也只有二十三四岁，读书之多，才力之雄，给全校文科师生留下了极深的印象，甚至被誉为有学生以来所仅见。光阴如逝水，一转眼就是50年，如今陈、吴二先生已归道山，钱先生虽健在，但也年逾古稀，皤然一叟，无复当年玉树临风的模样了。世事沧桑，人情反复，经过50年的磨炼，他的学问愈加精邃，识见愈加深卓，品性愈加纯粹，他不辜负吴宓先生的热情期望，终于研治成一家之学，备受国内外爱好学术人的敬佩。吴先生地下有知，定当以老眼不花而自感满意的吧。

　　作为一个学人，钱锺书先生的最大优点就是不自满。在青年时代，他血气方刚，对别人的著述，不管来头多大，有来请教者，总是坦率地加以批评指摘，使得对方有时很难堪，因此被目为不可近的"狂生"。其实他并不狂，因为他所指摘的往往只是事实上的错误，指出这样的错误对作者和读者都只有好处，为什么不可以？再说，他对别人如此，对自己更是万分严格。他每写一篇东西总是改了又改，简直没有满意的时候。我有幸最先拜读他的《谈艺录》手稿，第一次看时已觉很精彩，谁知隔天再去看，却被涂抹得面目全非，以后不知又删改了多少次才付排印。据说他有巴尔扎克之癖，爱在校样上润色文字；我们亲眼看到的是出版后卷末的"补遗"和"增订"，这些也是没完没了的。他天分高，记忆力强，已成为众所周知的事，但恐怕不大有人知道他是怎样勤苦用功的。前人有言："以生知之资志困勉之学。"意思是说最聪明的人偏要下最笨的工夫。我看这话用来形容钱锺书是最恰当不过的了。他名副其实，一辈子锺情于书，书是他的最大癖好，其余全要让路。在国外留学期间，为了博览不易看到的书籍，他竟日夜埋首图书馆的书丛里，孜孜不倦，终因用脑过度，归国后长期患头晕之症，每到晚间只能闭目静坐，什么事都不能做。他读书聚精会神，绝不旁骛，有时正在谈话，忽被手中的一本什么书吸引住了，便全神贯注，忘掉身旁尚有人在。他坚守博学强记的古训，读书时不让头脑充当漏斗或海绵的角色，而要牢牢记住一切必须记住的东西。他不倚靠卡片和目录索引，需要查书时，总是一查就得。他身边也自有一种"秘本"（他的读书笔记）供他繁征博引时的参考之需，但这秘本如何使用恐只有他自己知道。他读书极快，一本厚厚的非常难啃的古典哲学名著，别人需要几个星期甚至一二个月才啃得了的，他一般只需一个来复。钱先生有这许多与众不同的特点，除本身条件之外，家庭和学校教育对他无疑也起了很大影响。他的尊人子泉（基博）老先生是著名的学者和文豪。钱锺书幼承家学，在钱老直接指导下，博读群书，精于写作，古文根底是非常雄厚的。进入学校后，他念的中学、大学以及国外的高等学府全是第一流的，长时期与名师益友朝夕相处，耳濡目染，恰似一朵经受雨露滋润的名花，自然开得更鲜艳。不过，说到底，他能如此博学，靠的主要还是自身毕生不懈的努力。他不是一个安于小成的人，他要不断更叩向上一关。

在青少年时代，钱先生也曾走过一点弯路。那时他风华正茂，词采斐然，身上难免沾些才子气味，爱学做张船山、黄仲则等风流人物的近体诗，被父执陈衍老先生看到了，着实把他教导一番。陈老告诉他，走那条路子，不仅做不出好诗，更严重的是会"折寿"。钱锺书果然从此改弦易辙去探索风格高的诗路。这件事足够说明他一生为人与治学之道。他这人最能耐寂寞，安本分，绝无出位之思，所以几十年来，不管外间如何风云变幻，他总是坚守着自己的冷摊子。他从不强出头，所以也不曾落得青冥垂翅，丢尽毛羽。这种行径当然不是所有的人都能理解的，因此他还摆脱不了"狂"的称号。我们说这也不是"狂"而是狷，"狷者有所不为"。为了保持他所十分珍惜的高风格，钱锺书大约会心甘情愿地背着"狷"的字号一直走到底的。

应该指出,钱先生虽然守身如玉,但也不是镇日家躺在象牙之塔里做梦的,他不会比别人少关心国事。实际上,他对国家民族感情之深远远超出一般人之上。这有几年来陆续发表的他的著作为证,这里不必多说。在治学方面,他富于民主精神,惯用批判的眼光看待一切,从不笃信一先生之言,也决不拜倒于哪位大师的门下,像蜜蜂酿蜜似的,博采众长,匠心独运,以自成一家之说。和他见过面的人,往往惊叹于他书卷子的丰富和才识的超群,顿生"叔度汪汪如千顷陂"之感。然而,说也奇怪,这样一位博学深思的学者竟没有写出一部有系统的理论著作,而只发表些类似札记、随笔性质的书和单篇论文,惹得浅见的人认为"这些鸡零狗碎的小东西不成气候"。他们不知道不轻易写"有系统的理论书"是钱锺书早在几十年前就已决定了的,那时有一位好心的同学劝他写一本文学概论之类的书,结果遭到了拒绝。他说过:那种书"好多是陈言加空话",即使写得较好的也"经不起历史的推排消蚀",只有"一些个别见解还为后世所采取而流传"。因此他要结结实实地下苦功,不说一句陈言和空话,而每一点滴的收获都是自己才智的结晶,可以传之久远的。钱先生文思敏捷,下笔如风,有时当着客人的面写一封骈四俪六的书信,顷刻立就,文辞甚美;但他一般并不如此轻率,写一首律诗也要千锤百炼,力求精切。"对客挥毫"和"闭门觅句"在他身上是兼而有之的。他爱读小说,尤爱读西洋小说。抗战末期他忽发感慨,以为读了半辈子的书,只能评头论足,却不会创作,连个毛姆(Somerset Maugham)都比不上,实在可悲。于是,发愤图强,先写短篇,后作长篇,那本举世闻名的《围城》就是在此愤激的情绪下产生的。他写小说,和作学术论文一样,态度非常认真,从情节安排到语言运用都煞费苦心,也是博采众长,自成一味。《围城》堪称"学人之小说",非读破万卷书定然写不出。恰似锦上添花,此书一出,钱锺书的声誉更高了,仿佛无所不能似的。然而,平心而论,他的最大成就恐怕还在学术方面。

钱先生在学术上究竟有什么突出的贡献呢?关于此问题,看法不一。有人认为他就是读书多,拿起笔来,繁征博引,尽是中西冷僻古籍,使人目瞪口呆,望洋兴叹。也有人认为他的真本领是懂得多种外语,著作里塞满蟹行文字,使得没上过洋学堂的土老儿吓破胆子。另有人认为他两手分执亚梨欧铅，研究中西比较文学应推他为巨擘。如此等等，不为无见，但也都是皮相之谈。俗话说"燕雀安知鸿鹄志"，钱锺书早在青年时期就已立下志愿，要把文艺批评上升到科学的地位。他深感古今中外这方面的名家都只是凭主观创立学说，在一个时期里可以惊动一世，过了些日子，则又如秋后的蚊蝇，凉风一扫，不见踪迹！其中有站得住脚的，也只剩下片言只语可供参考，整个体系算是垮了。等而下之，还有一种批评家，头脑冬烘，眼光如豆，谈创作几同痴人说梦，难免扣盘扪烛之讥，甚至专拣牛溲马勃，拼凑成书。针对这些情况，钱先生独辟蹊径，不尚空谈，不作高论，而把主要精力用在研读具体作品，试图从其中概括出攻不破、推不倒的艺术规律。他也注意古今中外一切文艺理论，吸取其中值得吸取的东西，但他严格遵守的却是批判的原则。他不迷信任何人，更不昏着头脑去赶时髦，赶时髦是他所最鄙视的浅薄行径。他既致力于探索艺术规律，自然要广泛阅读文艺作品，不能满足于习闻惯见、家喻户晓的那几种，这就是他爱繁征博引的真正原因。有些人讥笑他矜奇炫博，专以征引冷僻书吓人，他早已作了回答："《南华》《北史》书非僻，辛苦亭林自作笺。"什么"冷僻书"，只是少见多怪罢了！他不抹杀文艺的国界，但又深信东海西海心理攸同，文艺和自然科学一样也有放之四海而皆准的普遍规律，普天下的诗心、文心是可以一致的。这个主意倒不是他首创的，西方学者早有此意，但要给文艺订立普遍规律他们却无此本领，因为他们对东方特别是中国文艺所知有限，又每带着严重的偏见，所以容易开口便错。我国老一辈的硕学鸿儒对西方文艺也是十分陌生，因而也挑不起这个重担。环顾全球，目前最有资格从事文艺批评科学化工作的人，钱锺书应该是其中之一，而他在这方面已经奋斗几十年了。作为文艺批评家，他不汲汲于建立理论体系，而专从实际出发，观察和分析具体的文艺现象，用他自己的话来说："我有兴趣的是具体的文艺鉴赏和评判。"在作鉴赏和评判的同时，他大量征引中外文学作品中性质相同的例子，以资说明。就这样，一片散沙似的偶然发生的文艺现象，经过精心的探索，却被归纳成为一条条铜打铁造的艺术规律了。

　　一切不存偏见的人应该承认，这样的治学方法无论如何要比从概念出发的专事空谈更坚实牢靠，更合乎科学。这条路子的第一个成果就是《谈艺录》。在此书的序言中，钱先生明白宣告："凡所考论，颇采二西之书，以供三

隅之反。盖取资异国,岂徒色乐器用? 流布四方,可征气泽芳臭。故李斯上书,有逐客之谏;郑君序谱,曰'旁行以观'。东海西海,心理攸同;南学北学,道术未裂。虽宣尼书不过拔提河,每同《七音略序》所慨;而西来意即名'东土法',堪譬《借根方说》之言。非作调人,稍通骑驿。"那时,谈艺之书可进入科学著作之林的信念,已深深地铭刻在他的脑海中了。40 年后,他又发表了《管锥编》。这部内容浩瀚的巨著,既是学术著作,又是时代镜子,其范围至少包括文、史、哲三方面,而精思锐笔,博学卓识,更在《谈艺录》之上,老成胜少作,果不其然。在《管锥编》有关文艺部分,钱先生用的仍然是具体鉴赏和评判的方法,他没有把自己一生心血凝成的研究成果写成一部有系统的理论著作。据统计,此书前四册共一千二百多则,其中有一部分属于考订的性质,孜孜矻矻于名物词句的核实,比较琐碎乏味;其余或论史,或衡文,或阐明哲理,皆独抒己见,启人神智。仅就谈艺部分而言,有重大发现可视同定律或原则的论述不下百十则。这些都可写成论文或专书,而钱先生则仿佛漫不经心似的用三言两语或寥寥几百字了之,以实涵虚,点到即止。不明真相的人以为他只有材料而无理论,故至如此,殊不知宁纳须弥于芥子而决不将蚁蛭扩大为泰山,是此老的根深蒂固的习性。再说,他年逾七十,时间和精力也不容许他作长篇大论,否则《管锥编》将永无问世之日了。认识钱锺书的人知道,他的兴趣是在于学问本身,学术上的是非他当仁不让,而立宗派,树坛坫,用大部头的系统著作自广声气,则匪所思存。龚自珍诗所谓"但开风气不为师"者,是此老最好的写照。

《管锥编》出版已将 3 年了,国外对此书的反应非常热烈。国内有一可喜的现象,就是不少青年学生如饥似渴地在研读此书,由于语言和文史知识的限制,他们感到困难;但他们一般都有比较坚实的哲学基础,又有一股敢于攻关陷坚的勇气,所以经过一番切实的指导和帮助,往往很快就进入门内,能独自探索此书的奥秘并写出有一定质量的学术论文。这说明我们的民族的确是有伟大潜力的,虽经十年之久的摧残斫丧,而灵秀之气仍然不灭。"野火烧不尽,春风吹又生",老一辈逐渐凋谢了,新一辈又接踵而起,我们民族文化的光焰将一直燃着以至于无穷。正是在这喜悦心情的鼓舞下,我不揣谫陋,又一次拿起秃笔,草写此文,为《管锥编》作者作简要的介绍,俾广大好学深思的青年文艺研究者知道,除万流共仰的文学大师外,当代尚有

可供私淑的大学者即
钱锺书其人。我说"私
淑",因为,如前所述,
钱先生是"但开风气不
为师"的,他离开大学
讲座已 30 年了。这句
诗见《己亥杂诗》第
104 首。龚自珍在这
著名组诗的第 302 首
里说:"虽然大器晚年
成,卓荦全凭弱冠争。
多识前言畜其德,莫抛
心力贸才名。"这些话
跟钱先生没有多大关
系,但也可供有远大抱
负的青年学者留心一

指导研究生,首创"钱学"研究

读,或者陈诸座右,以自策励。

　　吴宓教授推陈寅恪、钱锺书二先生为当时文化界的代表人物。但读了
蒋天枢同志去年发表的《陈寅恪先生编年事辑》一书,我们却觉得不无遗憾,
以陈先生学殖之丰富,对中国二千年古史实之熟悉,特别是对东方各民族语
言通晓之程度,皆非同辈学者所可企及,而他拟撰写的中国通史和元史二书
竟未写成,使他青少年时期在国外所做的二十几年的准备工夫几乎等于浪
费。这是时代环境使然,无可奈何,也无可补偿。在这方面,钱先生可算幸
运多了,到现在为止,他的全部著作虽犹待"理董",但他腹笥里最重要的蓄
积总算逐渐在倾泻出来,"广陵散"的悲剧不至重演了!久经丧乱,中兴的局
面终于来临,钱先生得眼见中华民族文化进入新的兴盛时期并亲自参加了
社会主义文化的建设工作,这也是陈寅恪先生无法和他相比的。

1982 年 9 月 7 日,于厦门

文艺批评的一种方法

一

　　钱锺书先生的《管锥编》与《旧文四篇》的问世，使他在 30 多年前发表的《谈艺录》里所使用的文学研究和批评的方法有了更充实的体现。我认为这个方法是值得注意的。毛泽东同志说过："文艺批评是一个复杂的问题，需要许多专门的研究。"①这许多专门研究牵涉到版本学、校勘学、语言学、政治、经济、社会和思想史等。其中也应当包含钱先生所从事的那种研究。《管锥编》考论 10 部古典著作里一些问题，除掉文、史、哲外，还触及心理、语言等方面，书中直接引用了四五种西方语言里的古今名著，看来五花八门。但是，如果耐心通读全书，特别是其中有关文艺的部分，并参阅《旧文四篇》，就会明白作者实际致力的是"诗心"、"文心"的探讨，亦即是，寻找中西作者艺术构思的共同规律。尽管作者研究的对象主要是古代文学，但正如他在一篇文章里说的："古典诚然是过去的东西，但是我们的兴趣和研究是现代的，不但承认过去东西的存在并且认识到过去东西的现实意义。"②我们认为作者在这部书和《旧文四篇》里也正是为这句话提供了例证。

　　钱先生习惯于用传统的札记和随笔的形式考论文学和思想。《管锥编》围绕着 10 部古籍（《周易正义》、《毛诗正义》、《左传正义》、《史记会注考证》、《老子王弼注》、《列子张湛注》、《焦氏易林》、《楚辞洪兴祖补注》、《太平广记》、《全上古三代秦汉三国六朝文》）阐发作者读书时的心得体会，从表面看，是没

---

　　①　《在延安文艺座谈会上的讲话》。
　　②　《古典文学研究在现代中国》，《了解现代中国》(*Understanding Modern China*)，欧洲汉学会 24 届年会会刊（1979 年），罗马版第 79 页。

有系统的；其中与文艺有关的部分也是散见各书，难以一目了然。为了帮助一般读者了解此书的基本内容，这里打算就作者治学的态度和方法以及书中所树立的新义两个方面，略谈自己的看法。

二

采用札记和随笔的形式著书，并不表示作者禀性疏懒或态度随便。在《旧文四篇》里有这样一段话：

> 除旧布新也促进了人类的集体健忘、一种健康的健忘，把千头万绪简化为二三大事，留存在记忆里，节省了不少心力。所以，旧文艺传统里若干复杂问题，新的批评家也许并非不屑注意，而是根本没想到它们一度存在过。他的眼界空旷，没有枝节零乱的障碍物来扰乱视线；比起他的高瞻远瞩来，旧的批评家未免见树不见林了。不过，无独必有偶，另一个偏差是见林而不见树。[①]

这段话的意思是说做学问既要见林又要见树，不能满足于把复杂的事物简化为几条抽象的原则，然后以此为根据来说明一切具体的东西。文学艺术是所有事物中尤其复杂的，要寻求其中的规律，必须细心地阅读和研究许多大大小小的作品。钱先生说过："我有兴趣的是具体的文艺鉴赏和评判"[②]。他用敏锐的眼光观察各类书籍，不放过任何新鲜的东西，哪怕是一个比喻、一种意境或一个表现手法。一有所得，他就打开腹笥，广征博引，动辄用成十条的例证来说明一个问题。这样，札记和随笔就成为一种最方便的著述形式。有些人读了《管锥编》，虽也称赞作者学问的渊博，却觉得未免有炫学之嫌。这是一种误会。钱先生的治学态度是谨严的，他尊重事实，不发空论，因此言必有征，语无虚发，每下一结论，总要用大量的实例来证明，往往成书之后，还要用"补遗"和"增订"的方式提供些新的例证。把这种郑重的态度当作"炫学"，未免是粗浅的见解。

---

① 《中国诗与中国画》，《旧文四篇》第 3 页。
② 同上，第 7 页。

在学术问题上，钱先生排除势利之见，主张以平等态度对待一切人。他思想解放，不盲目崇拜任何权威。《管锥编》开卷第一则就扫空了黑格尔的谬论。黑格尔诬蔑我国语文不宜思辩，因其中无融会相反二意之字，如德语"奥伏赫变"（Aufheben）。钱先生举出许多例子证明黑格尔是信口开河，然后下结论说："其不知汉语，不必责也；无知而掉以轻心，发为高论，又老师巨子之常态惯技，无足怪也；然而遂使东西海之名理同者如南北海之马牛风，则不得不为承学之士惜之。"①对于我国过去著名的大师如顾炎武②、戴震③、章学诚④、章炳麟⑤等，只要他们的言论违背事理，钱先生也一一给予矫正；对我国文学史上伟大作家如屈原⑥、李白⑦等"文章巨子"，也并不因为他们来头大参加他们的"大小佞臣"的行列⑧，而不敢把他们作品中的瑕疵坦白地指摘出来。他一般不信任经生，但对其中个别头脑灵敏的人物如孔颖达，则另眼看待，主张中国美学史要留片席地与他⑨。特别令人感兴趣的，他把眼光射向历来不受注意的地方，认为"诗、词、笔记里，小说、戏曲里，乃至谣谚和训诂里，往往无意中三言两语，说出了益人神智的精湛见解，含蕴着很新鲜的艺术理论，值得我们重视和表彰"⑩。他举出一句民间谚语"先学无情后学戏"，称赞它作为理论上

①　《管锥编》第一册，第2页。

②　《管锥编》第一册，论《诗·君子于役》，第100～101页。

③　《管锥编》第一册，论《诗·关雎（三）》，第60～61页。

④　《管锥编》第二册，论《楚辞·大招》，第637页。

⑤　《管锥编》第四册，论杨恽《文德论》，第1502～1505页。

⑥　《管锥编》第二册，论《楚辞·离骚》，第592～595页，又论《楚辞·天问》，第607～608页。

⑦　《管锥编》第三册，论贾捐之《弃珠崖议》，第896页.

⑧　《管锥编》第一册，引《朱子语类》，第398页。

⑨　《管锥编》第一册论《诗·关雎（三）》，第60～62页。

⑩　《旧文四篇》，第26页。又《管锥编》第二册，第656页有一段与此相似的话："夫文评诗品，本无定体。陆机《文赋》、杜甫《戏为六绝句》、郑燮《板桥词钞·贺新郎·述诗》、张埙《竹叶庵文集》卷三二《离别难·钞〈白氏文集〉》、潘德舆《养一斋词》卷一《水调歌头·读太白集·读子美集》二首，或以赋，或以诗，或以词，皆有月旦藻鉴之用，小说亦未尝不可。即如《阅微草堂笔记》卷二魅与赵执信论王士正诗一节，词令谐妙，《谈龙录》中无堪侪匹，只求之诗话、文话之属，隘矣！"

的发现,并不下于狄德罗《关于戏剧演员的诡论》那篇著名的文章①。这是开玩笑吗?不,这是破除迷信后的实事求是的态度。在《管锥编》里,他甚至引用《品花宝鉴》中一个人物的话,作为评判庾信文章的例证之一②,表微举仄到了这等程度,可算给文艺批评史别开生面了。

从方法论上看,《管锥编》似乎接近于目前国外流行的所谓"比较文学"。其实不然。借用钱先生在书中常说的一句话来评判,这是"貌同心异"。有些属于"比较文学"范畴的谈艺之作,只不过拿一些表面上类似即形似的东西牵强攀附,拉扯成篇,有的甚至拟于不伦,把不相干的东西硬凑在一起。《管锥编》里无数用以作比的例证,却是作者数十年探讨力索藏之腹笥的珍宝,每逢读书时发现一个值得注意的意境、手法或语言,作者便自然而然地举出了中西文学中若干神似而非形似的实例加以补充说明,使读者相信世间果有此共同的诗心、文心。这种治学的方法好比蜜蜂采花酿蜜,"博览群书而匠心独运,融化百花以自成一味,皆有来历而别具面目"③。试举一例以明之。孔稚圭《北山移文》云:"使我高霞孤映,明月独举,青松落荫,白云谁侣,磵户摧绝无与归,石径荒凉徒延伫。"这是代山灵倾诉人去山空、景色因无玩赏者而滋生弃置寂寞的怨嗟。为了加深读者对这个意境的印象,作者连举了30几个我国诗词中的例子,又举了6个西洋诗歌中的例子,证明这个意境不是偶然出现的。接着作者又拈出一个近似而易乱的意境,即水声山色,鸟语花香,出乎本然,自行其素,无与人事,不求人知,如岑参诗所说的"庭树不知人去尽,春来还发旧时花",各举含意相同的中西诗句若干,以资证明。最后在杜甫"永夜角声悲自语,中天月色好谁看"(《宿府》)和"映阶碧草自春色,隔叶黄鹂空好音"(《蜀相》)两联律诗中,又看出上述两种意境同时出现,各联出句表示景色无与人事,而对句则致慨于景色无人玩赏,"两意各以七字分咏,得以聚合映射于一联之中"④。如此精细地观察和分析文学现象,难道是一般"比较文学"的作者所可企及的吗?

---

① 《旧文四篇》,第27～28页。
② 《管锥编》第四册,第1517页。
③ 《管锥编》第四册,第1251页。
④ 《管锥编》第四册,第1346～1352页。

作为一种新的文艺批评,《管锥编》的最大特色是突破了各种学术界限,打通了全部文艺领域。在这意义上,作者真像闹天空的孙行者,一条金箍棒直从天上打到地下、海底,甚至打到妖精的肚子里去。书中评骘的十部古籍包括经、史、子、集,试问自古以来,有谁曾认真地向占卜之书如《易林》、谈玄之书如《老子》,去求取文艺批评的资料呢? 钱先生说:"修词机趣,是处皆有;说者见经、子古籍,便端肃庄敬,鞠躬屏息,浑不省其亦有文字游戏三昧耳"①。不仅如此,他还把经、史这样"高贵"的典籍和向来不登大雅之堂的戏曲、小说放在同等的地位上。为了说明古今作者意匠经营,同贯共规,他常拿戏曲、小说释经史中的语言或表现手法。举几个例来看。《周易》震,"六三:震苏苏;上六:震索索";《正义》:"畏惧不安之貌。"钱先生释云:"《水浒》第三七回宋江与公人听艄公唱湖州歌'老爷生长在江边'云云(《封神演义》第三四回哪吒作歌袭此),'都酥软了';第四二回宋江逃入玄女庙,躲进神厨,贯华堂本作'身体把不住欶欶地抖';《杀狗劝夫》第二折孙虫儿唱:'则被这吸里忽剌的朔风儿,那里好笃欶欶避!'酥'、'欶欶'与'苏苏'、'索索',皆音之转。今吴语道恐战或寒战,尚曰:'吓酥哉!'或'瑟瑟抖'。"②又《史记·鲁仲连邹阳列传》,鲁仲连曰:"吾始以君为天下之贤公子也。吾乃今然后知君非天下之贤公子也!"钱先生释云:"乃今然后'四字乍视尤若堆叠重复,实则曲传踌躇迟疑、非所愿而不获已之心思语气;《水浒》第一二回:'王伦自此方才肯教林冲坐第四位',适堪连类。苟省削为'今乃知'、'才肯教'之类,则只记事迹而未宣情蕴。"③又《左传》:"僖公二十四年介之推与母偕逃前之问答,宣公二年鉏麑自杀前之慨叹,皆生无傍证、死无对证者。注家虽曲意弥缝,而读者终不餍心息喙。"钱先生释云:"史家追叙真人实事,每须遥体人情,悬想事势,设身局中,潜心腔内,忖之度之,以揣以摩,庶几入情合理。盖与小说、院本之臆造人物、虚构境地,不尽同而可相通;记言特其一端。"④此外,诗、文、词、曲、小说之间的界限也打通了,彼此可以互相阐释。例如说到元曲中的时代错乱,即"道后世方有之

---

① 《管锥编》第二册,第 461 页。
② 《管锥编》第一册,第 31~32 页。
③ 《管锥编》第一册,第 321 页。
④ 《管锥编》第一册,第 165~166 页。

事,用当时尚无之物"时,作者引李贺诗、敦煌《秋胡变文》以及《青琐高议》、《水浒》、《金瓶梅》、《西游记》、《镜花缘》、《女仙外史》、《红楼梦》等书中的例子,以作补充说明①。最后,中西文学间的鸿沟也填平了,书中谈中国艺文而举西方例子的事成了家常便饭,到处都有。但是,有一点值得注意。作者从不作中西文艺的笼统比较,因为他深知"习惯于一种文艺传统或风气的人看另一种传统或风气里的作品,常常笼统一概"②,以至于"谈起来也未免隔靴搔痒,要把手边用惯的尺度去衡量,把耳边听熟的议论去附会"③。因此,他只拿双方个别的语言、意境、艺术手法作比较,或者借用西方的术语和理论来阐释中国的文学现象,其终极目的如同上面所说是在于说明天地间有此一种共同的文艺规律,共同的诗心、文心而已。我们认为要说"比较文学",这才是一种真正可靠的比较文学。例子很多,这里只举两个:把《药地炮庄》论梦和弗洛伊德心析学论梦相沟通,把薛伟化鱼的故事、"同向春风各自愁"的传统诗词情景和卡夫卡的小说、存在主义强调的"群居孑立感"相参印④,都能使人耳目一新,心胸开放的。

三

《管锥编》树立了不少新义,要一一拈出,势不可能,这里举其荦荦大者,借以略窥一斑。

其一,学士不如文人。钱先生是学者,但在文艺鉴赏方面却主"文人慧悟逾于学士穷研"⑤。学士包括经生、学究、注家等;文人包括诗人、词人、秀才、小说家、戏剧家等。他最瞧不起经生,一再斥责他们"不通艺事"⑥,"于词章之

① 《管锥编》第四册,第1299～1302页。
② 《旧文四篇》第140页。
③ 《旧文四篇》,第4页。
④ 《管锥编》第二册,第492、568页,第三册,第1064～1065页。
⑤ 《管锥编》第二册,第496页。
⑥ 《管锥编》第一册,第60页。

学,太半生疏"①,"未尝作诗,故多不能得作诗者之意"②。他认为"词人体察之精,盖先于学士多多许矣"③;"诗人心印胜于注家皮相"④;"秀才读诗,每胜学究"⑤。他特别赞赏诗人、小说家和戏剧家感觉灵敏,精通人情世故。他说:"培根早谓研求情感,不可忽诗歌小说,盖此类作者于斯事省察最精密;康德《人性学》亦以剧本与小说为佐证;近世心析学及存在主义论师尤昌言诗人小说家等神解妙悟,远在心理学专家之先。"⑥谈到司马光撰《通鉴》采及"野史小说"的事时,又说:"夫稗史小说、野语街谈,即未可凭以考信人事,亦每足据以觇人情而征人心,又光未申之义也。"⑦把小说戏剧的价值抬得这样高,这在中国文学批评史上还是破题儿第一遭。细心的读者会觉察,此书一个显著的特点是用小说家的眼光看古书史,所举的例证也以小说方面为多。这是经过深思熟虑后的步骤,而并非出于一时的意兴。再举一例以明之。同样是铺张排比,作者认为汉赋不及后代的小说、剧本,因为前者"板重闷塞,堪作睡媒",而后者"以游戏之笔出之,多文为富而机趣洋溢,如李光弼入郭子仪军中,旌旗壁垒一新",并举《百花亭》第三折王焕叫卖和《醒世姻缘》第五〇回孙兰姬摆攒盆为例,引出"前贤马、扬、班、张当畏后生也"的结论⑧。这是独具只眼的看法,也是此书的宗旨之一,即要用平等的、实事求是的态度对待一切文艺作品,而不要被传统的见解所囿。

其二,通感。这个西方出产的理论,是钱先生首先把它介绍到中国来的。1962年1月,他在《文学评论》上发表《通感》(见《旧文四篇》)一文,指出中西文学在描写手法上有一条共同的规律,即视觉、触觉、嗅觉、味觉可以彼此打通或交通,叫作感觉移借。他用大量的例子证明这条规律确实存在,并且讲

———————————

① 《管锥编》第一册,第150页。
② 《管锥编》第一册,第63页。
③ 《管锥编》第二册,第618页。
④ 《管锥编》第二册,第783页。
⑤ 《管锥编》第二册,第636页。
⑥ 《管锥编》第一册,第227～228页。为便利普通读者,引文一般不附外文及注释,后同此。
⑦ 《管锥编》第一册,第271页。
⑧ 《管锥编》第一册,第361～362页。

清了前人虽有感觉而却讲不出的道理。这篇文章曾引起广泛的兴趣，但由于当时一般不重视艺术分析，所以并未发生实际的影响。在《管锥编》里，钱先生又在几个地方提及这理论，如说："寻常官感，时复'互用'，心理学命曰'通感'；征之诗人赋咏，不乏其例"①。"寻常眼、耳、鼻三觉亦每通有无而忘彼此，所谓'感受之共产'(Sinnesgütergemeinschaft)；即如花，其入目之形色，触鼻之气息，均可移音响以揣称之。"②五官感觉互通而外，时间和空间的感觉也能互通，例如《左传》上说的"若不早图，后君噬脐"。钱先生释云："'噬脐'之譬拈出'早'与'晚'，以距离之不可至拟时机之不能追，比远近于迟速，又足以征心行与语言之相得共济焉。"③这种以空间概念用于时间关系的通感，我们也有，如说"往日"、"来年"、"前朝"、"后夕"、"远世"、"近代"之类，可见这也是一种普遍规律。通感理论的发明，不仅有助于鉴赏文艺，而且对修词也有指导意义。

其三，以心理之学释古诗文小说中透露的心理状态。这是本书重大特色之一，作者在这方面费了不少心血，例子甚多，无法遍举，择其有代表性者言之。《诗·车攻》："萧萧马鸣，悠悠旆旌。"钱先生在引了后代意境相似的诗句如"蝉噪林逾静，鸟鸣山更幽"，"落日照大旗，马鸣风萧萧"，以及雪莱诗所谓"啄木鸟声不能破松林之寂，转使幽静更甚"等之后，释云："即心理学中'同时反衬现象'。眼耳诸识，莫不有是；诗人体物，早具会心。寂静之幽深者，每以得声音衬托而愈觉其深；虚空之辽广者，每以有事物点缀而愈见其广"④。《三国演义》第七十二回记曹操出师不利，想班师回朝，"见碗中有鸡肋，因而有感于怀。正沉吟间，夏侯惇入帐禀请夜间口号，操随口曰：'鸡肋！鸡肋！'"钱先生指出：这是"操不自觉而流露'肺腑'之隐衷，心析学所谓'失口'(Versprechen)之佳例"⑤。又《水浒》第二十五回记潘金莲平日百般欺负武大，近来因与西门庆私通，"自知无礼，只当窝盘他"。钱先生指出："妇初未知武大已闻郓哥之发其'勾搭'，而自觉亏心，乃暂减悍泼，心析学所谓'反作用形成'

---

① 《管锥编》第二册，第 483～484 页。

② 《管锥编》第三册，第 1073 页。

③ 《管锥编》第一册，第 174 页。

④ 《管锥编》第一册，第 137～138 页。

⑤ 《管锥编》第一册，第 228 页。

(reaction formation)之佳例矣。"①音乐以悲哀为主,人闻佳乐辄心伤;美景和好诗也能引起同样的反应,中西文人对此提供了无数例证。钱先生释云:"心理学即谓人感受美物,辄觉胸隐然痛,心怦然跃,背如冷水浇,眶有热泪滋等种种反应。文家自道赏会,不谋而合。"②《左传》上有"乐忧"、"乐哀"的说法,钱先生释云:"苏轼称柳宗元《南涧》诗'忧中有乐,乐中有忧';常语亦曰'痛快',若示痛与快并。近人区别'杂糅情感'为和静与激厉二类,一阴柔而一阳刚;'乐忧'、'乐哀'当属前类也。"③又《左传》多叙鬼神之事,其神每谲而不正,钱先生指出,这反映信奉鬼神者矛盾的心理:"人之信事鬼神也,常怀二心(ambivalence)焉。虽极口颂说其'聪明正直',而未尝不隐疑其未必然,如常觉其迹近趋炎附势是也";"盖信事鬼神,而又觉鬼神之不可信、不足恃,微悟鬼神之见强则迁、唯力是附,而又不敢不扬言其聪明正直而壹、冯依在德,此敬奉鬼神者衷肠之冰炭也。玩索左氏所记,可心知斯意矣"④。秦始皇一盖世雄主,取六国如拾芥,然而身死之后,一统江山竟丧于宦者赵高之手,后人对此曾作种种揣测。钱先生指出:"始皇精骛八极、目游万仞,而不知伏寇在侧,正如睫在眼前长不见也。西方童话言仙女与人赌捉迷藏,斯人鱼潜三泉之下,鸢飞九天之上,豹隐万山之中,女安坐一室,转宝镜即照见所在;渠乃穴地穿道,直达女座底而伏处焉,以彼身盖掩己身,女遂遍照不得踪迹。俗说赵高报仇为阉竖、匿刺客等事,实亦此旨。"⑤登高望远,每足令人生愁或添愁,中西文学中均有此意境,但未见有谁给予圆满的解释。钱先生指出这是一种浪漫情绪,所谓"距离的感伤"(pathos of distance),引了宋玉、杜甫、柳宗元、辛弃疾等诗、文、词里许多例证,并说:"客羁臣逐,士耽女怀,孤愤单情,伤高望远,厥理易明。若家近'在山下',少'不识愁味',而登陟之际,'无愁亦愁',忧来无向,悲出无名,则何以哉?虽怀抱犹虚,魂梦无萦,然远志遥情已似乳壳中函,孚苞待解,应机枨触,微动几先,极目而望不可即,放眼而望未之见,仗境起心,于是惘惘不甘,忽忽若失。李峤曰:'若有求而不致,若有待而不至',于浪漫主义

---

① 《管锥编》第一册,第 228 页。

② 《管锥编》第三册,第 949 页。

③ 《管锥编》第一册,第 227 页。

④ 《管锥编》第一册,第 186～187 页。

⑤ 《管锥编》第一册,第 270 页。

之'企慕'(Sehnsucht),可谓揣称工切矣。"①上述诸例,皆读书时有所发现,试用外国新学加以解释,使前此说不清的疑问得到明确的回答。"具体的文艺鉴赏"有裨于启蒙解惑,益人神智,于此可见。

其四,比喻之"二柄"与"多边"。比喻是一种重要的修词手法,历来研究的人很多,但未见有谁拈出这个新义。钱先生释云:"同此事物,援为比喻,或以褒,或以贬,或示喜,或示恶,词气迥异",这叫作"比喻之两柄"。他举了一个例子:"水中映月之喻常见释书,示不可捉搦也。然而喻至道于水月,乃叹其玄妙,喻浮世于水月,则斥其虚妄,誉与毁区以别焉"②。又举外国例子云:"世异域殊,执喻之柄,亦每不同。如意语、英语均有'使钟表停止'之喻,而美刺之旨各别。意人一小说云:'此妇人能使钟表停止不行',叹容貌之美……而英人一剧本云:'然此间有一妇人,其面貌足止钟不行',斥容貌之陋"③。钱先生接着说:"比喻有两柄而复具多边。盖事物一而已,然非止一性一能,遂不限于一功一效。取譬者用心或别,着眼因殊,指(denotatum)同而旨(significatum)则异;故一事物之象可以孑立应多,守常处变。"④这叫作比喻之多边。他再以月为喻,月有二性,即"形圆而体明";拿镜子比月,可兼取圆与明二义,拿茶团、香饼比月,则只能取圆义。月也可喻目,取其洞瞩明察之意(如苏轼诗:"看书眼如月");倘用月喻面,则取其形圆(如俗语"面如满月"):二者各傍月性的一边⑤。这个问题很复杂,有些例子令人眼花缭乱,迷惑不解,经钱先生一概括,就涣然冰释了。关于比喻《管锥编》中尚有许多精彩的议论,如仔细辨析《易》之象与《诗》之喻(即哲理文与词章中所作比喻)的性质及作用的不同⑥,指出某些比喻,如"螓首蛾眉"、"杏脸桃颊"之类,只有"情感价值"(Gefühlswert)而无"观感价值"(Anschauungswert)等⑦,均足解人颐,开心窍,顺便在此一提。

---

① 《管锥编》第三册,第 877～878 页。
② 《管锥编》第一册,第 37 页。
③ 《管锥编》第一册,第 38～39 页。
④ 《管锥编》第一册,第 39 页。
⑤ 《管锥编》第一册,第 39～40 页。
⑥ 《管锥编》第一册,第 11～15 页。
⑦ 《管锥编》第一册,第 106 页。

其五,诗文之词虚而非伪。这是针对某些头脑冬烘的人认假作真,把词章当作文献而斤斤计较其中所说之事是否真实以及真实到何等程度而发的。钱先生指出:"盖文词有虚而非伪、诚而不实者。语之虚实与语之诚伪,相连而不相等,一而二焉……诚伪系乎旨,征夫言者之心意,孟子所谓'志'也;虚实系乎指,验夫所言之事物,墨《经》所谓'合'也。所指失真,故不'信';其旨非欺,故无'害'。……高文何绮,好句如珠,现梦里之悲欢,幻空中之楼阁,镜内映花,灯边生影,言之虚者也,非言之伪者也,叩之物而不实者也,非本之心而不诚者也"①。《红楼梦》产生于虚构,故是"假语村言",却非"诳语村言",因为它并不造谣伪托。这个理论的重要在于正确地说出文艺的性质,使其区别于其他意识形态。文艺不能没有夸张和虚构,如果取消这两者,那就扼杀了文艺。但是,文艺作者也不应故意随心所欲,编造不合情理的事实,否则就要由虚入伪了。钱先生在书中另一地方指出:"词章凭空,异乎文献征信,未宜刻舟求剑,固也。虽然,'假设'初非一概……依附真人,构造虚事,虚虚复须实实,假假要亦真真。"②他以谢庄《月赋》为例,说明此赋的缺点不在于弄错了王粲的年寿,而在于编造了不合王粲身份的言论。这样,容许虚构和要求合乎情理两方面都顾到了,立论堪称圆满周到。

其六,哲学家、文人对语言之不信任。语言是一种难驭的工具,越是同它交道打得深的人越有此感。钱先生指出:"语言文字为人生日用之所必须,著书立说尤寓托焉而不得须臾或离者也。顾求全责善,啧有烦言。作者每病其传情、说理、状物、述事,未能无欠无余,恰如人意中之所欲出。务致密则苦其粗疏,钩深赜又嫌其浮泛;怪其粘着欠灵活者有之,恶其暧昧不清明者有之。立言之人句斟字酌、慎择精研,而受言之人往往不获尽解,且易曲解而滋误解。'常恨言语浅,不如人意深'(刘禹锡《视刀环歌》),岂独男女之情而已哉?'解人难索','余欲无言',叹息弥襟,良非无故。"③他举出十几个中外哲学家、文人责备语文的话,以为佐证。揣摩钱先生立言之意大约有两层:其一,有神秘主义思想的人,把宣扬理道看得过于玄妙,以为非言语所能胜任,这是"矫

---

① 《管锥编》第一册,第 96~97 页。
② 《管锥编》第四册,第 1296 页。
③ 《管锥编》第二册,第 406 页。

枉过正",未必可取;其二,运用语言以表达情意确非易事,不可等闲视之,必须猛下功夫,力求深造。《管锥编》的又一特色是对古典文学中的语言研几察微,多所创获。这里举数例以明之。一、字之多义由于情之多绪。钱先生指出:"殊情有贯通之绪,故同字涵分歧之义。语言之含糊浮泛,每亦本情事之晦昧杂糅"。比方说,"'恨'亦训'悔',正以恨之情与悔之情接境交关"①。但是,这二字又各有所主,"恨曰'遗恨',悔曰'追悔';恨者、本欲为而终憾未能为(regret)……悔者、夙已为而今愿宁不为(remorse)"②。这样精细的剖析前此未曾有过。二、语法因文体而有等衰。旧诗词中,词序颠倒,句法生硬的情况时时发生,原因何在,未见有搔着痒处的回答。钱先生指出:"韵语既困羁绊而难纵放,苦绳检而乏回旋,命笔时每恨意溢于句,字出乎韵,即非同狱囚之银铛,亦类旅人收拾行縢,物多箧小,安纳孔艰。无已,'上字而抑下,中词而出外'(《文心雕龙·定势》),譬诸置履加冠,削足适屦。曲尚容衬字……诗、词无此方便,必于窘迫中矫揉料理。故歇后、倒装,科以'文字之本',不通欠顺,而在诗词中熟见习闻,安焉若素。此无他,笔、舌、韵、散之'语法程度'(degree of grammaticalness),各自不同,韵文视散文得以宽限减等尔。"③这是一针见血之言。三、"丫叉句法"(chiasmus)。这个名词出自古希腊修词学,中国诗家称之为"回鸾舞凤格"。钱先生释云:"如《卷阿》:'凤凰鸣兮,于彼高冈;梧桐出兮,于彼朝阳;菶菶萋萋,雝雝喈喈',以'菶菶'句近接梧桐而以'雝雝'句远应凤凰。《史记·老子、韩非列传》:'鸟吾知其能飞,鱼吾知其能游,兽吾知其能走;走者可以为罔,游者可以为纶,飞者可以为矰';谢灵运《登池上楼》:'潜虬媚幽姿,飞鸿响远音;薄霄愧云浮,栖川惭渊沉';杜甫《大历三年春自白帝城放船出瞿塘峡》:'神女峰娟妙,昭君宅有无;曲留明怨惜,梦尽失欢娱';亦皆先呼后应,有起必承,而应承之次序与起呼之次序适反"④。在《管锥编》第三册论乐毅《献书报燕王》部分,作者更细致地阐释了这种句格,并举了大量例子。此

---

① 《管锥编》第三册,第 1056 页。
② 《管锥编》第四册,第 1387 页。
③ 《管锥编》第一册,第 149～150 页。
④ 《管锥编》第一册,第 66 页。

外,钱先生还以无可辩驳的理由说明"骈体文不必是,而骈偶语未可非"①,主张废骈体文而存骈语。以上这些只是书中涉及语言问题的几个研究成果,其余无法遍举。

其七,词章中写心行之往而返、远而复。这是创作中特殊的表现手法之一,被钱先生轻轻拈出。问题是因《诗·陟岵》而引起的。历来的注家都说这首诗表现征人望乡而追忆临别时亲戚的丁宁。钱先生指出:"说自可通。然窃意面语当曰:'嗟女行役';今乃曰:'嗟予子(季、弟)行役',词气不类临歧分手之嘱,而似远役者思亲,因想亲亦方思己之口吻尔。"他联想到《西洲曲》:"古乐府《西洲曲》写男'下西洲',拟想女在'江北'之念己望己:'单衫杏子黄'、'垂手明如玉'者,男心目中女之容饰,'君愁我亦愁'、'吹梦到西洲'者,男意计中女之情思。据实构虚,以想象与怀忆融会而造诗境,无异乎《陟岵》焉。"这种手法也可用以写景状物,表现我看人乃见人亦在看我,有如法国哲学家萨特(Sartre)所强调的有关于"看"(le regard)的情形,典型的例子如厉鹗《归舟江行望燕子矶》:"俯江亭上何人坐,看我扁舟望翠微。"钱先生打个比喻说:"己思人思己,己见人见己,亦犹甲镜摄乙镜,而乙镜复摄甲镜之摄乙镜,交互以为层累也"②。这种微妙的手法与同时写两件事表面相似而实不同,那是另一种表现手法。《诗·卷耳》四章,每章都有"我"字,而首章显系妇人口吻,其他三章不类,历来聚讼纷纭。钱先生指出:"作诗之人不必即诗中所咏之人,妇与夫皆诗中人,诗人代言其情事,故各曰'我'。首章托为思妇之词……二、三、四章托为劳人之词……思妇一章而劳人三章者,重言以明征夫况瘁,非女手拮据可比,夫为一篇之主而妇为宾也。男妇两人处两地而情事一时,批尾家谓之'双管齐下',章回小说谓之'话分两头'"③。当代西方"达达派"创"同时情事诗"体(Simultaneist poems),用的就是"话分两头"的表现手法。《管锥编》中洞幽烛微,阐发诗心、文心的精采言论随处可见,有的三言两语,有的长篇大论,令人目不暇给。择其与表现手法有关者二三例言之。如因《九辩》而论赋愁之法云:"悲愁无形,俾色揣称,每出两途。或取譬于有形之事,如《诗·小

---

① 《管锥编》第四册,第 1474 页。
② 《管锥编》第一册,第 115 页。
③ 《管锥编》第一册,第 67~68 页。

弁》之'我心忧伤,怒焉如捣'或《悲回风》之'心跃跃其若汤','心轨鞿羁而不形兮';是为拟物。或摹写心动念生时耳目之所感接,不举以为比喻,而假以为烘托,使读者玩其景而可以会其情,是为寓物;如马致远《天净沙》云:'枯藤、老树、昏鸦,小桥、流水、人家,古道、西风、瘦马,夕阳西下——断肠人在天涯!'不待侈陈孤客穷途、未知税驾之悲,当前风物已足销凝,如推心置腹矣。二法均有当于黑格尔谈艺所谓'以形而下象示形而上'之旨。然后者较难,所须篇幅亦逾广"①。又如论写景云:"窃谓《三百篇》有'物色'而无景色,涉笔所及,止乎一草、一木、一水、一石,即侔色揣称,亦无以过《九章·桔颂》之'绿叶素荣,曾枝剡棘,圆果抟兮,青黄杂糅。'《楚辞》始解以数物合布局面,类画家所谓结构、位置者,更上一关,由状物进而写景。即如《湘夫人》数语,谢庄本之成'洞庭始波,木叶微脱',为《月赋》中'清质澄辉'之烘托;实则倘付诸六法,便是绝好一幅《秋风图》"②。又如论作文首尾呼应云:"浪漫主义时期作者谓诗歌结构必作圆势,其形如环,自身回转。近人论小说、散文之善于谋篇者,线索皆近圆形,结局与开场复合,或以端末钩接,类蛇之自衔其尾,名之曰'蟠蛇章法'。陈善《扪虱新话》卷二亦云:'恒温见八阵图,曰:"此常山蛇也。击其首则尾应;击其尾则首应,击其中则首尾俱应。"予谓此非特兵法,亦文章法也。文章亦应宛转回复,首尾俱应,乃为尽善。'《左传》、《孟子》、《中庸》、《谷梁传》诸节,殆如腾蛇之欲化龙者矣。"③

其八,译事之信,当包达、雅。钱先生对翻译也有他自己的看法。在《林纾的翻译》(见《旧文四篇》)一文里,他基本肯定林译。他说:"重温了大部分的林译,发现许多都值得重读,尽管漏译误译随处都是。我试找同一作品的后出的——无疑也是比较'忠实'的——译本来读,譬如孟德斯鸠和狄更斯的小说,就觉得宁可读原文"④。这话值得推敲。为什么漏译误译随处都是的译本会比比较"忠实"的译本更值得一读?钱先生在《管锥编》里回答了这个问题:"译事之信,当包达、雅;达正以尽信,而雅非为饰达。依义旨以传,而能如风格

---

① 《管锥编》第二册,第 628 页。
② 《管锥编》第二册,第 613 页。
③ 《管锥编》第一册,第 230 页。
④ 《旧文四篇》第 67 页。

以出,斯之谓信……译文达而不信者有之矣,未有不达而能信者也"[1]。读过林译狄更斯小说的人,会觉得林译在风格上和原作比较接近,狄更斯的"谐趣"和"哀情"在译文里得到充分表达,尽管漏译误译的情况有时很严重。这样的翻译确实比无精打采、照字直译的东西强得多;因为前者虽不信,毕竟还算得达,而后者则恰如严复在《天演论·译例言》里所说:"信矣不达,虽译犹不译也",实际上也还没有做到信的地步。那么,理想的翻译是什么样子的呢?钱先生回答说:"文学翻译的最高标准是'化'。把作品从一国文字转变为另一国文字,既能不因语文习惯的差异而露出生硬牵强的痕迹,又能完全保存原有的风味,那就算得入于'化境'。"又说:"译本对原作应该忠实得以至于读起来不像译本,因为作品在原文里决不会读起来像经过翻译似的"[2]。读者倘要寻找这样的翻译,无须费力气去东翻西检,样板就在眼前,《管锥编》里千百条译文足够说明问题。另外,还有一篇海涅作、钱先生译的《精印本〈堂吉诃德〉引言》(见《文学研究集刊》第二册),用信、达、雅的标准来衡量,这无疑也是无愧于原作的第一流的翻译。

四

《管锥编》内容浩瀚,这里所标举的只是一鳞一爪而已。作者在序文中说:"敝帚之享,野芹之献,其资于用也,能如豕苓桔梗乎哉?或庶几比木屑竹头尔。"这当然是谦辞,但就算是"木屑竹头"吧,在十年浩劫、学术凋敝的情景下,出现了一部如此结实,如此丰富,如此引人入胜的批评著作,也大堪自慰,足见魑魅魍魉虽可肆虐一时,而终不能夺我民族灵秀之气,薪不尽,火犹传,我国的社会主义文化必将发扬光大,重放异彩,这是毫无疑义的。正是有鉴于此,我才不揣谫陋,拿起秃笔,草此一文,以作绍介;希望国内爱好学问的人,继我之后,认真研读此书,写出有分量的评论,使国外学者知中华尚有人在,而不必劳他们先施为此书作越俎代庖的推荐。

世间并无纯粹的学术著作。40年前,钱先生在《谈艺录》的自序中说:

---

[1] 《管锥编》第三册,第1101页。

[2] 《旧文四篇》,第62~63页。

"《谈艺录》一卷,虽赏析之作,而实忧患之书也。"那时是抗日战争的后期。《管锥编》的写作是在中华历史上又一艰危时期,乌云蔽日,群魔乱舞,作者虽闭户著书,而仍不忘国事,忧愤之情时时流露于笔墨间。在刻画屈原迟迟不忍去国的心事时,作者先说:"弃置而复依恋,无可忍而又不忍,欲去还留,难留而亦不易去。即身离故都而去矣,一息尚存,此心安放?江湖魏阙,哀郢怀沙,'骚'终未'离'而愁将焉避!"①接着又说:"盖屈子心中,'故都'之外,虽有世界,非其世界,背国不如舍生。眷恋宗邦,生死以之,与为逋客,宁作累臣"②。丁宁如此,难道只是为历史上的三闾大夫一人说法,实际是借此抒发当时包括作者在内的千百万爱国知识分子的共同心事! 又如论赵高逼李斯诬服的事时,作者说:"按屈打成招,严刑逼供,见吾国记载始此……信'反是实'而逼囚吐实,知反非实而逼囚坐实,殊涂同归;欲希上旨,必以判刑为终事,斯不究下情,亦必以非刑为始事矣。古罗马修词学书引语云:'严刑之下,能忍痛者不吐实,而不能忍痛者吐不实';蒙田亦云:'刑讯不足考察真实,只可测验堪忍'。酷吏辈岂尽昧此理哉! 蓄成见而预定案耳。"③这也不是无的放矢,空发议论的。又如谈及古书中的"假设之词"时,作者忽发感慨说:"有论《庄子》中赝篇《盗跖》者,于其文既信伪为真,于其事复认假作真,非痴人之闻梦,即黯巫之视鬼而已"④。这更是针对实事,忍俊不禁,脱颖而出的愤激之言。此外,尚有因牛弘《上表请开献书之路》而寄慨于焚书⑤,因杜钦《说王凤》而致诮于阿武婆暮年之眷恋莲花六郎⑥,明眼人当知此中别有含意,无庸说破。聊举数例,以概其余。

---

① 《管锥编》第二册,第 584 页。

② 《管锥编》第二册,第 597 页。参看《宋诗选注·序》第 5 页上那个新颖亲切的比喻:"对祖国的怀念是留在情感和灵魂里的,不比记生字、记数目、记事实等等偏于理智的记忆。后面的一种是死记忆,好比石头上雕的字,随你凿得多么深,年代久了,总要模糊销灭;前面一种是活记忆,好比在树上刻的字,那棵树愈长愈大,它身上的字迹也就愈长愈牢。"

③ 《管锥编》第一册,第 333 页。

④ 《管锥编》第四册,第 1298 页。

⑤ 《管锥编》第四册,第 1554～1555 页。

⑥ 《管锥编》第三册,第 942～946 页。

　　这部著作的校读很不容易，因此字句错漏处不少；在钱先生的征引里，也看到一些疏忽脱误处。这些都是小节，再版时可以更正。在外国著作的称引里，有一些是开风气之先的，附带在此说及。在我国著作里，《谈艺录》也许是最先引征和应用——不是仅仅提到——丹麦哲学家克尔恺郭尔（Kierkegaard）的；《宋诗选注》也许是最先引用意大利批评家德·桑克蒂斯（De Sanctis）的；《管锥编》也许是最先引用对文学研究很有帮助的德国哲学家狄尔泰（W. Dilthey）和谢来尔（M. Scheler）的，前者有关历史阐释的理论，后者有关情感心理的分析，都很值得文学研究者参考，希望学者们能予以介绍。《管锥编》多处引用意大利的诗歌、小说、历史、哲学经典——从但丁、彼特拉克、布鲁诺直到莫拉维亚、恩加来蒂，在我国著作里似乎也是破例的。我国学者正开始对意大利文学进行认真有系统的研究，希望古典文学研究者也因《管锥编》而对意大利文学发生兴趣。

　　钱先生在序文中还说："初计此辑尚有论《全唐文》等书五种，而多病意倦，不能急就。"据我们所知，实际远不止五种，可能有十种，而且都是大家公认的重要书籍。热烈希望钱先生于健康情况许可下，早日完成心愿。

首批研究生毕业合影（1982 年 9 月）

再论文艺批评的一种方法

——读《谈艺录》（补订本）

一

《管锥编》问世后 5 年，钱锺书先生的一部早期著作《谈艺录》，经过他本人删润订益，分为上下两编出版了，补订的部分恰与原来的部分篇幅相等。补订本的"引言"说："上下编册之相辅，即早晚心力之相形也。僧肇《物不迁论》记梵志白首归乡，语其邻曰：'吾犹昔人、非昔人也。'兹则犹昔书、非昔书也，倘复非昔书、犹昔书乎！"一部著作，从初版到修订，经历了 40 年的间隔，其作者的思想、学问、见解不可能没有较大的变化。所以倘真认为修订本和原本无甚区别，那是极大的误解。细心的读者认真阅读本书的下编，必将发现作者不仅逐处增补了大量新的资料，改正了某些带有片面性的论点，不少地方加深或充实了以前提出的见解，而且还捎带绍介了后来长期研究所得的成果，包括东西学人关于文艺问题心心相印的许多生动例子。恰如作者自己所说，"上下编册之相辅，即早晚心力之相形也"，单就心力而论，晚年的钱先生确实比早年的钱先生还要成熟得多。经过修订后的《谈艺录》，面目焕然一新，不辜负海内外学者的殷切期望，这是令人十分欣慰的。

然而，"倘复非昔书、犹昔书乎"一语也不是空洞的谦辞。依我的理解，作者似乎是在告诉我们，修订本和原本之间，虽有面貌上的差异，而全书的精神却是前后一致的。这一致之处究竟在哪里很值得我们费些力气去加以探讨。《谈艺录》和《管锥编》不同，是一部集中谈古典诗艺的书，范围比较狭窄，而内容却更艰深。作者把重点放在论述我国旧体诗技巧的发展变化上面，因此他选择研究对象和一般诗史作者有别，唐以前的诗人几乎全被阁置,唐代诗人谈得较多的也只有韩愈、孟郊、李贺、李商隐等几人,目光所注是在宋、元、明、清四朝,评议了梅尧臣、欧阳修、王安石、苏轼、黄庭坚、陈师道、陈与义、杨万里、陆游、元好问、方回、锺惺、谭元春、王士禛、袁枚、赵翼、蒋士铨、龚自珍等,这些人在文学史上的地位高下悬殊,但他们有个共同之点,便是在创作或评论方面对促进古典诗艺的发展,给作诗的技巧增添新样都多少有所贡献。特别令人注意的,一向在文学史书里难得露面的乾隆时期诗人钱载(箨石),竟蒙钱先生青眼,在《谈艺录》里大加评介,所占篇幅达20页之多。这自然也是因为这位诗人虽然短于才情,但却深于诗学,他的诗在兴象意境方面无足称道,而巧制新样倒还不少,"不仅以古文章法为诗,且以古文句调入诗"(《谈艺录》修订本第176页,以下列本书只记页数),其所作七言律诗标新逞巧,"仅就字面句眼上作诸变相"(第191页),堪称"荟萃古人句律之变"(第190页)。上述情况说明,《谈艺录》并非一般谈艺之书,而是带有浓重的学术研究气味的专门著作,读者倘对中国古典诗学缺乏素养,要想深入掌握此书的内容,恐非易事。但这并不妨碍爱好学问的青年读者去从此书吸取有益的养料,这养料可以暂时不包括比较艰深复杂的中国古典诗学本身,而主要指的是前面所说的贯彻在全书中的作者40年前后一致的治学精神和方法。为了冀望能给予青年读者一丁点儿的帮助,本文打算专就这方面谈些自己的心得体会,至于书中涉及的许多具体问题,只能留待专文探索,这里就不多说了。

二

直截了当地说,《谈艺录》一书蕴涵着三种精神,即批判精神、求实精神和攻坚精神,所谓"攻坚"就是说著书力争上游,不落凡近。钱先生有一段自述的话:

> 余十六岁与从弟锺韩自苏州一美国教会中学返家度暑假,先君适自北京归,命同为文课,乃得知《古文辞类纂》、《骈体文钞》、《十八家诗钞》等书。绝尠解会,而乔作娱赏;追思自笑,殆如牛浦郎之念唐诗。及入大学,专习西方语文。尚多暇日,许敦宿好。妄企亲炙古人,不由师授。择总别集有名家笺释者讨索之,天社两注,亦与其列。以注对质本文,若听讼之两造然;时复检阅所引书,验其是非。欲从而体察属词比

事之惨淡经营，资吾操觚自运之助。渐悟宗派判分，体裁别异，甚且言语悬殊，封疆阻绝，而诗眼文心，往往莫逆冥契。至于作者之身世交游，相形抑末，余力旁及而已。（第 346 页）

　　一个二十多岁的大学外文系青年学生，竟然深研我国古籍，像老吏断狱似的试图评判古代名著注释之是非，并且由此进而领悟到中外作家有共同之诗眼文心，这起点之高难道还不够令人惊异的吗？然而早熟并未带来早衰，这应该归功于上述三种精神，首先是批判精神。

　　钱先生对《谈艺录》原编很感不满，"引言"说："自维少日轻心，浅尝易足，臆见矜高；即亿而偶中，终言之成理而未澈，持之有故而未周，词气通倨，亦非小眚。"在此书的补订部分，他不断对上编中的疏漏失误作坦率的检讨，如评黄公度诗一节，自称"词气率略，鄙意未申"（第 347 页）；对言造艺两宗一节，自咎"援据欠审，当时百六阳九，检书固甚不易，亦由少年学问更寡陋也"（第 382 页）；对评李雁湖《半山诗注》一节，自认议论"有笼统鹘突之病"（第 389 页）；对举渔洋诗本放翁二例一节，自认"殊未审允"（第 456 页），"渔洋取精用弘，正不必吃放翁一家饭也"（第 457 页）；对评赏蒋心余《咏烛花》诗一联一节，自贬"余少见多怪耳"（第 469 页）；对混《漫叟诗话》所谓"言用勿言体"与《冷斋夜话》、《童蒙诗训》所言为一事一节，自消"余皮相而等同之，殊愦愦"（第 563 页）。举此数例，以概其余。正因为他在学术面前坚持真理，以高标准要求自己，勇于自揭己短，所以他对别人的著作也一样采取批判的态度，明辨是非，决不故作调和折衷、模棱两可之词。在这点上，他和他所敬重的前辈学者陈衍先生是一致的。陈老在《石遗室诗话》卷十二里说："余生平论诗，稍存直道……病痛所在，不敢以为勿药，宿瘤显然，不能谬加爱玩。"陈老的批评对象主要是同时代的诗人，钱先生则把批判的武器运用到古今中外的诗人、学者身上。《谈艺录》里点到的中外名字总在千人左右，而比较详细论述的也有几十人，不管他们地位多高、名气多大，钱先生总是秉笔直书，不存私见。他曾沉痛地指出："历世诗文序跋评识，不乏曾涤生所谓'米汤大全'中行货；谈艺而乏真赏灼见，广搜此类漫语而寄耳目、且托腹心者，大有其人焉"（第 463 页）。他还曾作过这样的自白："非敢好谤前辈，求免贻误来学"（第 266 页）。在这种严正精神的督促下，他使用的批评方法大约有两种：一是充分说理，一是坚持两点论。

和孟轲不同,钱锺书虽也好辩,有时在辩论中甚至也会使用尖锐的字眼儿,但决不屑于以谩骂代替批评。举个例子,他鄙薄清初学者毛奇龄(西河)的为人,曾斥责他"假威倚势,恫吓诪佞,技止此乎,颜之厚矣"(第472页),但在讨论学术问题时却采取平心静气说理的态度。毛奇龄讥笑苏轼"春江水暖鸭先知"一句诗为不合事理,王士祯和袁枚都曾加以批驳。钱先生指出王、袁二人有歪曲西河原意的弊病,然后解释说:

> 东坡此句见题《惠崇春江晚景》第一首:"竹外桃花三两枝,春江水暖鸭先知。蒌蒿满地芦芽短,正是河豚欲上时。"是必惠崇画中有桃、竹、芦、鸭等物,故诗中遂遍及之。正锺记室《诗品·序》所谓:"思君如流水,既是即目;高台多悲风,亦惟所见。"(第221页)

> 盖东坡此首前后半分言所画风物,错落有致,关合生情。然鸭在画中,而河豚乃在东坡意中:"水暖先知"是设身处地之体会(mimpathy),即实推虚,画中禽欲活而羽衣拍拍;"河豚欲上"则见景生情之联想(association),凭空生有,画外人如馋而口角津津。诗与画亦即亦离,机趣灵妙。使西河得知全篇,必更曰:"定该河豚上,河鱼不上耶。"(第544页)

此解抉剔入微,开人眼界,决非气大心粗如毛西河者所能企及。钱先生附带提及王文诰《苏诗编注集成》里的评语。王氏说:"上上绝句,人尽知之,而固陵毛氏独不谓然。凡长于言理者,言诗则往往别具肺肠,卑鄙可笑"(第554页)。学术争论而用"卑鄙"二字,这是典型的谩骂例子,难怪招来钱先生的非议:"既不能道东坡苦心,复不肯引毛氏违言,'卑鄙'之诃,著语不伦,直是文理欠通耳"(第544页)。再举一例,王国维据叔本华悲观哲学作《红楼梦评论》,断言《红楼梦》为"悲剧之悲剧",此文传诵一时,被目为杰作。钱先生独持异议:

> (王国维)似于叔本华之道未尽,于其理未彻也……苟本叔本华之说,则宝黛良缘虽就,而好逑渐至寇仇,"冤家"终为怨耦,方是"悲剧之悲剧"。然《红楼梦》现有收场,正亦切事入情,何劳削足适屦。王氏附会叔本华以阐释《红楼梦》,不免作法自弊也。盖自叔本华哲学言之,《红楼梦》未能穷理窟而抉道根;而自《红楼梦》小说言之,叔本华扫空万象,致归一律,尝滴水知大海味,而不屑观海之澜。夫《红楼梦》,佳著

也，叔本华哲学，玄谛也；利导则两美可以相得，强合则两贤必至相厄……吾辈穷气尽力，欲使小说、诗歌、戏剧与哲学、历史、社会学等为一家。参禅贵活，为学知止，要能舍筏登岸，毋如抱梁溺水也。（第349～352页）

原文甚长，这里只能节录数段，堪称博辩而又切合事理，王国维倘及见此文，亦当颔首称是。末几句是对有滥用教条之癖者进的金石良言。窥豹一斑，《谈艺录》中说理的文字大体同此规格。当然其中也有会引起争论的，例如开宗明义第一则论诗分唐宋。钱先生的意思似乎是说不能笼统地认为唐朝的诗比宋朝的诗好，因为"唐诗、宋诗，亦非仅朝代之别，乃体格性分之殊。天下有两种人，斯分两种诗。唐诗多以丰神情韵擅长，宋诗多以筋骨思理见胜"（第2页）。这两种诗很难绝对判分优劣，而且从风格看，唐诗未必尽出唐人，宋诗也未必尽出宋人，应该加以具体分析评判。又如第四则论文体递变，力言"文体递变，非必如物体之有新陈代谢，后继则须前仆"（第28页），对清儒焦循（理堂）所谓"诗亡于宋而遁于词，词亡于元而遁于曲"（第27页）的说法，以及近人作《诗史》，"于宋元以来，只列词曲"（第31页）的做法，深表不满。这些未必尽惬人意，但钱先生毕竟充分地说出了自己的道理。

在评价作家作品时，坚持两点论，既不全盘肯定，把他（它）"说成顶好，顶顶好，无双第一"①，也不全盘否定，把他（它）贬为一文不值，这可算得《谈艺录》里的一条原则。例子太多，这里只举几个。李贺的诗是钱先生所深喜的，他花了大量篇幅对李诗风格作擘肌分理、深入细致的分析，一方面赞叹他"写景幽凄"，"绘声奇切"，"真化工之笔"（第52页），另一方面却又怪他"性僻耽佳，酷好奇丽，以为寻常事物，皆庸陋不堪入诗。力避不得，遂从而饰以粉垩，绣其鞶蜕焉。微情因掩，真质大伤"（第57页）。最后的结论是，他还比不上陶、杜、韩、苏大家，只能算得"奇才"，而非"大才"。陆游是宋代的大诗人，钱先生说"放翁诗余所喜诵"（第132页），"有宋一代中，要为学太白最似者，永叔、无咎，有所不逮"（第125页），却说："似先组织对仗，然后拆

---

① 《宋诗选注·序》。

补完篇,遂失检点。虽以其才大思巧,善于泯迹藏拙,而凑填之痕,每不可掩。往往八句之中,啼笑杂遝,两联之内,典实丛叠;于首击尾应,尺接寸附之旨,相去殊远。文气不接,字面相犯"(第127—128页)。对一个名家来说,这评语又是十分严峻的了。此外,对白居易、梅尧臣、王安石、黄庭坚、元好问、王士禛直至近代的黄遵宪、严复、王国维等各级诗人,也一律采取全面评判的方法,不堕一边。甚至对他所不喜的"亦当悬为厉禁"的诗人钱载,他也给予适当的肯定:"至其尽洗铅华,求归质厚,不囿时习,自辟别蹊;举世为荡子诗,轻唇利吻,独甘作乡愿体,古貌法言。即此一端,亦豪杰之士"(第176页)。元代诗人兼批评家方回(虚谷)是个"秽德彰闻"(第88页)、"进退狼狈"(第405页)的小人,钱先生在痛加斥责之后,仍然肯定他论诗"颇有眼力"(第88页)。这种不把人格和诗眼混为一谈的不以人废言的精神,实际就是实事求是的精神,而批判的目的归根到底也就是为了求实。

作为评论家,钱先生的一个突出特点是眼里容不得半点金屑,凡是他认为虚妄不实的东西,总要加以揭露纠正。举个例子,近代诗僧苏曼殊曾作绝句,以但丁和拜伦自况,名噪一时。钱先生评云:

> 曼殊悯刚毅杰士,以为柔脆,怜豪华公子,以为酸寒,以但丁言情与拜伦言情等类齐观,而己于二家一若师承相接,身世同悲。不免道听涂说,而谬引心照神交。盖于西方诗家,只如卖花担头看桃李耳。读此等绝句,不妨赏其楚楚小有风致,若据以言曼殊于西方文学能具藻鉴,则誉彼长适所以襮其短矣。(第374~375页)

话说得很尖锐,却完全符合实际。他的求实精神和方法表现在两个方面:理论上除妄得真,化虚为实;事实上推本穷源,博稽详考。

在《谈艺录》里,钱先生以大量篇幅(27则74页)讨论了袁枚的《随园诗话》,实际并不佩服袁枚,认为"子才立说,每为取快一时,破心夺胆,矫枉过正"(第218页),是个不负责任的人。他选择《随园诗话》,只因"此书家喻户诵,深入人心,已非一日,自来诗话,无可比伦。故为之批郤攻隙,复借以旁通连类"(第198页),用意只在借批驳此书的谬说以达到除妄得真的目的罢了。袁枚论诗主"性灵",以为"下笔构思全凭天分"①,无须学问。更进一步"每将'性灵'与'学问'对举,至称'学荒翻得性灵出'"(第206页)。此说一出,影响极坏。"初学读《随园诗话》者,莫不以为任心可扬,探喉而满,将作诗看成方便事"(第204~205页),"无补诗心,却添诗胆"(第205页)。钱先生严加驳斥,略谓:"夫直写性灵,初非易事。性之不灵,何贵直写。即其由虚生白,神光顿朗,心葩忽发,而由心至口,出口入手,其果能不烦丝毫绳削而自合乎。心生言立,言立文明,中间每须剥肤存液之功,方臻掇皮皆真之境"(第205~206页)。趁此机会,钱先生还把意大利美学家克罗齐所信奉的"画以心不以手"的谬说扫荡一番。宋代严羽论诗主"妙悟",在所著《沧浪诗话·诗辨》里说:"夫诗有别才,非关书也;诗有别趣,非关理也。然非多读书,多穷理,则不能极其至"②。这个理论引起后代的许多争论。提倡"学人之诗"的陈衍老先生本来是反对严羽的,后来却退了一步,认为"沧浪未误,不关学言其始事,多读书言其终事,略如子美读破万卷,下笔有神也"(第20页)。钱先生认为陈老仍然曲解沧浪,沧浪主张诗有别才是以才为主,以学为副,学能济才,却不能取才而代,于是在驳斥袁枚之后,顺便也批驳了陈老:"余按'下笔有神'在'读破万卷'之后,则'多读书'之非'终事',的然可知。读书不极其至,一事也;以读书为其极至,又一事也。二者差以毫厘,谬以千里。沧浪主别才,而以学充之;石遗主博学,而以才驭之,虽回护沧浪,已大失沧浪之真矣"(第207页)。

化虚为实是指把别人口中玄虚神秘的东西解释得比较明白易懂,切理餍心,明显的例子如"妙悟"和"神韵"。严羽论诗主妙悟,但什么是妙悟,却说得糊里糊涂:"大抵禅道唯在妙悟,诗道亦在妙悟。且孟襄阳学力下韩退之远甚,而其诗独出退之之上者,一味妙悟而已。惟悟乃为当行,乃为本色……"③。钱先生解释说:"夫'悟'而曰'妙',未必一蹴即至也;乃博采而有所通,力索而有所入也。学道学诗,非悟不进"(第98页)。接着引陆桴亭的话作补充:"凡体验有得处,皆是悟。只是古人不唤作悟,唤作物格知至。古

---

① 《随园诗话》卷十五。
② 引文据何文焕辑《历代诗话》本。
③ 《沧浪诗话·诗辨》。

人把此个境界看作寻常"(第98～99页)。"人性中皆有悟,必工夫不断,悟头始出。如石中皆有火,必敲击不已,火光始现"(第99页)。这样,问题就清楚了,所谓"妙悟"实际即博学深思后的深刻体会。王士禛论诗主神韵,但什么是神韵,他自己也说不清,只搬用了严羽的一连串虚灵的话作形容,如所谓羚羊挂角,无迹可求,透彻玲珑,不可凑泊,空中之音,相中之色,水中之月,镜中之象等,令人摸不着头脑。钱先生直截了当地说:"诗者,艺之取资于文字者也。文字有声,诗得之为调为律;文字有义,诗得之以俸色揣称者,为象为藻,以写心宣志者,为意为情。及夫调有弦外之遗音,语有言表之余味,则神韵盎然出焉"(第42页)。又说:"神韵非诗品中之一品,而为各品之恰到好处,至善至美"(第40～41页)。这样,就比较容易理解了。此外,钱先生在本书中还对东西方某些带有神秘主义色彩的事物和理论详加探索,试图解说,其最后的结论是:"然则神秘经验,初不神秘,而亦不必为宗教家言也。除妄得真,寂而忽照,此即神来之候。艺术家之会心,科学家之物格,哲学家之悟道,道德家之因虚生白,佛家之因定发慧,莫不由此"(第280页)。为了节省篇幅,这里不多举例。但有一点必须着重指出,严羽是中国文学批评史上一杰出人物,而历代学者对他的以禅喻诗却多表不满,尤以清人冯班所著《严氏纠谬》一书为甚。钱先生在《谈艺录》原编中首持异议。钱先生说:"沧浪别开生面,如骊珠之先探,等犀角之独觉,在学诗时工夫之外,另拈出成诗后之境界,妙悟而外,尚有神韵。不仅以学诗之事,比诸学禅之事,并以诗成有神,言尽而味无穷之妙,比于禅理之超绝语言文字。他人不过较诗于禅,沧浪遂欲通禅于诗"(第258页)。他不仅指出沧浪的独到之处,也指出他的不足之处,用明白易晓的语言表达沧浪的深刻而却含混的意旨。此论一出,物议顿改,国内学人开始认识严羽之不可妄加菲薄,前辈学者郭绍虞在所著《沧浪诗话校释》中屡引钱先生的话,并下结语说:"此说最为圆通,与一般空言妙悟或怕言妙悟者不同。"

对于事实上的疏漏和差错,钱先生更是认真纠正,不遗余力。他最厌恶佣耳赁目、徒逞臆说的"学者",这种人有的还是中外名家,但只要他们离开事实,发贻误后学的不负责任的议论,钱先生当仁不让,总要严加驳斥。有个外国汉学家以译我国古典诗歌著名,但他对我国诗学所知有限,却胡乱撰文"论吾国风雅正变,上下千载,妄欲别裁",结果被钱先生讥为"多暗中摸索语,可入《群盲评古图》者也"(第195页)。又有一个外国批评家著《诗态》一书,妄图贬低法国神甫白瑞蒙(Henri Brémond)的一部令人耳目更新的著作《诗醇》,浪说该书绪论"英美文人已先发之"(第268页),但又不曾虚心细读其书,遂成无根失据,信口雌黄,被钱先生讥为"穷气尽力,无补毫末"(第269页)。我国过去的老师宿儒有时亦有此病,在《谈艺录》中被指名批评的有陈散原、章太炎、胡步曾、沈子培等。钱先生直率地说:"诸先生或能诗或不能诗,要未了然于诗史之源流正变,遂作海行言语。如搔隔靴之痒,非奏中肯之刀。有清一代,鄙弃晚明诗文;顺康以后,于启祯家数无复见知闻知者,宜诸先生之钦其宝莫名其器也"(第422页)。又说:"后世论竟陵诗,多耳食而逞臆说,更不足凭。博览如沈子培曾植,而《海日楼札丛》卷七谓《载酒园诗话》、《围炉诗话》为'实亦竟陵之傍流',则渠侬苟曾读《诗归》,亦如未读耳"(第424页)。他严于责人,对自己要求更苛刻,非做到毫发无遗憾决不放手,即使现在放手了,将来也要用"增订"、"补订"等形式来加以修正提高。拿注释古籍来说,他曾批评施北研(国祁)作《元遗山诗笺注》:"窃谓施氏数典之误,多由于征引类书,未究其朔。大病尤在乎注诗而无诗学,遗山运用古人处,往往当面错过"(第148页)。其实,一般的诗文注释都属此类,能翻翻类书和词典,注释故实,做到大体无错误,就算不错,谁能更叩向上一关? 钱先生则要求不仅要注出一个典故的一般出处,而且要注出它的真正和最初的出处;同时要对某个习见的意思、某种常用的句法,作推本穷源的探讨。这可是一个大难题,然而他自己就认真地这样实行了。《谈艺录》中注释或补注古人的诗共四家,即梅尧臣、王安石、黄庭坚、元好问。关于故实的出处,这里举几个例。王安石诗"妄以虫疑冰",刘克庄引唐代诗人卢鸿一、唐彦谦语作为出处,钱先生认为"亦未得其朔"(第80页),最初的出处应是晋代孙绰《游天台山赋》,其中有云:"哂夏虫之疑冰","疑"字在此有着落。黄庭坚诗"从师学道鱼千里",任渊注引出处《齐民要术》载《陶朱公养鱼经》,略谓:"以六亩地为池,池中有九州六谷,鱼在其中周绕,自谓江湖。"钱先生认为真正的出处应是《关尹子》:"以池为沼,以石为坞,鱼环游之,不知其几千万里也"(第5页)。"千里"字在此有着落。王安石《昼寝》诗:"百年惟有且,万事总无如。"李雁湖注:"《诗》:'匪且有且';注:且、此也。梵志出家,白首而归,邻人曰:'昔人尚存乎。'曰:'吾犹如也'"(第394页)。钱先生指出:

"注'有且',甚当；引僧肇《物不迁论》,潜改'吾犹昔人、非昔人也'为'吾犹如也',以注'无如',曲意牵合,而仍不通。两句皆歇后语,谓:人生百年,为时亦只犹此昼寝之久;人世万事,得趣皆不如此昼寝之佳"(第394页)。这一纠正堪称无可辩驳。元好问《种松》诗:"百钱买松羔,植之我东墙。汲井浇尘土,插篱护牛羊。一日三摩挲,爱比添丁郎。惘然一太息,何年起明堂。邻叟向我言:种木本易长;不见河畔柳,顾盼百尺强;君自作远计,今日何所望。"松树难长,人寿易尽,钱先生说:"此意屡见前人诗中"(第476页)。随即依次列举了白居易、李端、施肩吾、王安石、苏轼等人题目近似、含意相同的诗篇,而殿之以后代的朱竹垞(彝尊)。合观前后,他认为此意以元好问的诗发挥得最"酣放"(第176页)。推本穷源之例还可举一个。黄庭坚诗:"野水自添田水满,晴鸠却唤雨鸠归。"任渊注只说出字面的来历,却不知句法。后来赵翼认得句法,却举例未当。钱先生认为:"此体创于少陵,而名定于义山"(第11页),即所谓"当句对"。随即举了杜甫、李商隐、韩愈、白居易、刘筠、邵雍、王安石、刘敞、梅尧臣诸人的有关诗句,以示其流传的情况。

为了推翻一个轻率论断,揭穿一种鬼蜮伎俩,扫空一点乡曲私见,钱先生不是采取简单批驳的方法,而是煞费苦心、博稽详考,用大量铁的证据来说服读者。这里各举一例。锺嵘《诗品》把陶渊明列入中品,后人啧有烦言。有两位作笺者,根据"宋本"《太平御览》,断言锺嵘原是把陶渊明列入上品的,后来传写发生了差错。钱先生除引证其他版本(包括景宋本《太平御览》)和宋人所见《诗品》次第以及《诗品》本身的体例义法,有力地说明锺嵘不会把陶公列入上品外,还不怕麻烦泛览了六代三唐的文论和诗篇,终于弄清:"渊明文名,至宋而极。永叔推《归去来辞》为晋文独一;东坡和陶,称为曹、刘、鲍、谢、李、杜所不及"(第88页),宋以前的作家和评论家,除昭明、简文两兄弟外,没有谁把陶公看作上品作家,锺嵘也不例外。他不胜感慨地说:"不知其人之世,不究其书之全,专恃斠勘异文,安足以论定古人,况并斠勘而未备乎"(第93页)。这批评是尖锐的,但对随便下结论的人来说却又是苦口良药。明代王世贞(弇州)题《归震川遗象赞》有云:"千载有公,继韩欧阳。余岂异趋,久而始伤。"一生痛诋七子、竟陵的钱谦益(牧斋)遂借此倡弇州"晚年定论"之说,妄言垂老的王世贞终于拜倒在已死的归有光脚下。他的卑鄙手法是把"始伤"二字偷改为"自伤",并且多次在他的作品中加以传播,使一些因循不究的人信以为真。钱先生指出:"一字之差,词气迥异。'始伤'者,方知震川之不易得,九原不作,赏音恨晚也。'自伤'者,深悔己之迷途狂走,闻道已迟,嗟怅何及也。二者毫厘千里"(第 386 页)。但在作此解释之前,他仍坚持有征不信的原则,认真查阅了许多有关的文献,弄清真相,然后才揭穿钱牧斋的"刀笔伎俩"。元遗山《中州集题词》有云:"北人不拾江西唾",这是南宋偏安以后,号称北方之强的金国诗人说的一句蔑视南方文学的话。钱先生认为:"遗山'北人不拾江西唾'一语,亦一时快意,未堪尽信"(第 157 页)。这个结论得来好不容易,他翻遍了《中州集》、《全金诗》、《遗山集》、《归潜志》等书,发现不仅有数以十计的北国诗人(其中包括遗山的父亲元格)诗学江西,而且遗山本人也与江西派诗家特别是陈简斋(与义)大有缘分,"渠虽大言'北人不拾江西唾'(《自题中州集后》第二首),谈者苟执著此句,忘却渠亦言:'莫把金针度与人'(《论诗》第三首),不识其于江西诗亦颇采柏盈掬,便'大是渠侬被眼漫'(《论诗三十首》之十四)矣"(第 481 页)。以上三例而外,钱先生谈明清人师法宋诗的情况(参阅第 141~148 页),又倡言明代七子、锺谭两派中分诗坛,对垒树帜,公安无足比数(参阅第 417~422 页):这些都是言别人之所未言,而又博稽详考,凿凿有据,为一般文学史家所望尘莫及的。王士禛诗云:"耳食纷纷说开宝,几人眼见宋元诗?"治学而专凭道听涂说,逞臆妄言,是决不能落到实处的,钱先生这种孜孜矻矻刻意求实的精神实际已叩向上一关,达到学术攻坚的最高境界了。

什么是最高境界?就谈艺而言,应该是眼如电,无微不照,笔如舌,无曲不达,所言切理餍心,启人神智,使人受益无穷。要达到此境界,必须严防两种倾向:一是头脑昏聩,不解诗意而妄加评骘,如《艇斋诗话》作者曾裘甫(季狸)之注山谷(第 21 页),或"想入非非,蛮凑强攀"(第 435 页),"心思愈曲,胆气愈粗,识见愈卑"(第 435 页),如《玉溪生年谱会笺》作者张孟劬之注《锦瑟》(参阅第 434~435 页);一是头脑灵活,而"根柢浅薄,不求其解处多"(第 531 页),所言多属"狂花客慧,浮光掠影"(第 201 页),如《随园诗话》作者袁子才之评诗。钱先生以生知之资志困勉之学,能作善评,身兼二任,眼锐心细,勇于探索,非得骊珠,决不罢手,这样的评论家当然是富于攻坚精神、具备攻坚的内在条件的,不愧称为谈艺的大师。他所使用的方法,五花八门,不一而足,择要言之,可分二端:一是研几穷理,钩玄抉微;二是中西比较,触类旁通。

先言前者。钱先生深于诗学,妙解诗意,他最菲薄"谈艺动如梦人呓语"(第30页),"于诗文乏真实解会"(第481页)。《谈艺录》开卷不久,即对晦涩费解的李长吉诗作精细引人入胜的分析。作者扫空姚龚湖(文燮)之流妄以时事附会长吉诗的流弊,指出:"不解翻空,务求坐实,尤而复效,通人之蔽。将涉世未深、刻意为诗之长吉,说成寄意于诗之屈平,盖欲翻牧之序中'稍加以理,奴仆命骚'二语之案。皆由腹笥中有《唐书》两部,已撑肠成痞,探喉欲吐,无处安放。于是并长吉之诗,亦说成史论,云愁海思,化而为冷嘲热讽"(第45页)。他实事求是地对长吉诗的风格作分门别类的综合研究,判析毫芒,指陈利弊,令人耳目一新。单篇评鉴以对《恼公》一诗的分析最为研极几微。钱先生于详细论述长吉诗于"章法欠理会"、"行布拉杂"、"词意重复"诸缺点之后,断言:

> 《恼公》一篇奇语络绎,固不乏费解处,然莫名其器亦无妨钦其宝。鄙心所赏,尤在结语:"汉苑寻官柳,河桥阆禁钟。月明中妇觉,应笑画堂空。""汉苑"一联即萧郎陌路、侯门如海之意。乃忽撇开此郎之怅然,而拈出他妇之欣然。"中妇"犹上文"黄娥初出座,宠妹始相从"之"黄娥",指同曲或同适而稍齿长色衰者;其人应深喜胜己之小妇一去不返,莫予毒也,清夜梦回,哑然独笑。冷语道破幸灾争宠情事;不落弦肠欲断之窠臼,出人意表,而殊切蛾眉不让之机栝,曲传世态。如哀丝豪竹之后,忽闻清钟焉。(第368~369页)

作者李长吉曲传世态,评者钱锺书曲传长吉诗心,艺事至此,可谓两美必合,各臻绝诣。李义山七律《锦瑟》,古今传诵,而解人难索,群儒聚讼,有以时事附会者,有以悼亡作笺者,有以义山自题其诗以开集首为说者。钱先生"不欲临难苟免"(第433页),几经研讨,以为第三说最可信,爰为之逐句笺释,原文过长,节录如下:

> 首两句"锦瑟无端五十弦,一弦一柱思华年",言景光虽逝,篇什犹留,毕世心力,毕生欢戚,"清和适怨",开卷历历,所谓"夫君自有恨,聊借此中传"。三四句"庄生晓梦迷蝴蝶,望帝春心托杜鹃",言作诗之法也。心之所思,情之所感,寓言假物,譬喻拟象;如庄生逸兴之见形于飞蝶,望帝沉哀之结体为啼鹃,均词出比方,无取质言。举事寄意,故曰

"托";深文隐旨,故曰"迷"……五六句"沧海月明珠有泪,蓝田日暖玉生烟",言成诗之风格或境界,犹司空表圣之形容《诗品》也……"日暖玉生烟"与"月明珠有泪"……言不同常玉之冷,常珠之凝。喻诗虽琢磨光致,而须真情流露,生气蓬勃,异于雕绘泐性灵、工巧伤气韵之作。匹似抟搤义山之"西昆体",非不珠圆玉润,而有体无情,藻丰气索,泪枯烟灭矣……七八句"此情可待成追忆,只是当时已惘然",乃与首二句呼应作结,言前尘回首,怅触万端,顾当年行乐之时,即已觉世事无常,抟沙转烛,黯然于好梦易醒,盛筵必散。登场而预有下场之感,热闹中早含萧索矣。(第436~438页)

一篇聚讼千年的奇作,到了钱先生手里,才彻底弄清了作者的含意,论定为"以诗评诗"(第370页),"借比兴之绝妙好词,究风骚之甚深密旨"(第371页)的韵文序言。其实,此体唐代早已有之,他人熟视无睹,眼锐者终于看出罢了。赵瓯北自悔早年读诗"不能息心凝虑,究极本领",只能"略得大概","不窥堂奥"[①]。钱先生一贯主张评鉴诗文要有真实解会,在《谈艺录》里我们可看到大量研极几微、精妙绝伦的名篇分析。这里姑举几例。王安石《岁晚》:"月映林塘静,风涵笑语凉。俯窥怜绿净,小立伫幽香。携幼寻新菂,扶衰坐野航。延缘久未已,岁晚惜流光。"钱先生看出了此诗的破绽,评云:

"岁晚"当是"晚岁"之意,谓年老也,因所赋不类雕年冬色。然既以"月"领起全篇,而诗中情景殊非夜间事;琢句虽工,谋篇未善。即"明月转空为白昼"(荆公《登宝公塔》句),池"塘"之"绿净"亦"映"而"窥"勿得见。此等破绽,皆缘写景状物时,以"心中所忆搀糅入眼前所睹"(letting remembering mix itself with looking),格特鲁德·斯坦因(Gertrude Stein)尝引为深戒者。小说、院本亦每有之。张文成《游仙窟》描摹生动,而节目粗疏,不顾时逐事迁,徒知景物之铺陈,浑忘景光之流转,于是有声有色,而不类不伦。深宵开宴,睹梁间燕子双飞;黑夜涉园,见"杂果万株,含青吞绿;丛花四照,散紫翻红"。元曲如郑德辉《倩梅香》第二折樊素唱:"趁此好天良夜,踏苍苔月明。看了这桃红柳

---

① 赵翼《瓯北诗话·小引》。

绿,是好春光也呵。花共柳,笑相近,风和月,更多情。酝酿出嫩绿娇红,淡白深青。"郑氏如盲人之以耳为目,遂致樊素如女鬼之倬夜作昼也。学者斤斤于小说院本之时代讹错(参观《管锥编》第 1296～1304页),窃谓此特记诵失检耳,尚属词章癣疥之疾。观物不切,体物不亲,其患在心腹者乎。(第 395～396 页)

粗心大意的选家和批评家是看不出这个破绽的,即使看出,也不会阐释得如此深微。黄庭坚《六月十七日昼寝》:"红尘席帽乌靴里,想见沧洲白鸟双。马龁枯萁喧午枕,梦成风雨浪翻江。"此诗据说是学晁君诚(端友)的"小雨愔愔人不寐,卧听赢马龁残刍"的,袁子才认为后两句"落笔太狠,便无意致"[1]。钱先生评云:

> 天社注曰:"闻马龁草声,遂成此梦也。《楞严》曰:如重睡人,眠熟床枕,其家有人,于彼睡时,捣练舂米;其人梦中闻舂捣声,别作他物,或为击鼓,或为撞钟。此诗略采其意。以言江湖之念深,兼想与因,遂成此梦"云云。真能抉作者之心矣。夫此诗关键,全在第二句,"想见"二字,遥射"梦成"二字。"沧州"二字,与"江浪"亦正映带。第一句昼寝苦暑,第二句苦暑思凉,第三句思凉闻响,第四句合凑成梦;意根缘此闻尘,遂幻结梦境,天社所谓"兼想与因"也,脉络甚细,与晁氏之仅写耳识者,迥乎不同。诸君不玩全篇,仅知摘句,遂觉二语之险怪突兀耳。(第252 页)

一首看来散漫费解的诗,经过评论家的巧妙解释,竟成血脉连贯、含义清晰的佳作,这鉴赏之精真有"点铁成金"的功效。龚定庵诗:"叱起海红帘底月,四厢花影怒于潮",造语奇特。钱先生评云:

> "潮"曰"怒",已属陈言;"潮"喻"影",亦怵人先;"影"曰"怒",龃龉费解。以"潮"周旋"怒"与"影"之间,骖靳参坐,相得益彰。"影"与"怒"如由"潮"之作合而缔交莫逆,"怒潮"之言如藉"影"之拂拭而减其陈,"影"、"潮"之喻如获"怒"为贯串而成其创。真诗中老斲轮也。(第 462～463 页)

---

① 《随园诗话》卷九。

能如此曲折地传出作者诗心之妙,这恰好说明评诗者于文词确已达到升堂
睹奥的境域了。在研几穷理、钩玄抉微方面,尚有一例应加标举。钱先生对
严羽的以禅喻诗曾加辩护,前已说过,但问题不止于此,他还更进一步详论
诗禅之别。略谓:"禅于文字语言无所执着爱惜,为接引方便而拈弄,亦当机
煞活而抛弃。故'以言消言'"(参阅《管锥编》第457页)。"诗藉文字语言,
安身立命,成文须如是,为言须如彼,方有文外远神、言表悠韵,斯神斯韵,端
赖其文其言。品诗而忘言,欲遗弃迹象以求神,遏密声音以得韵,则犹飞翔
而先剪翮,踊跃而不践地,视揠苗助长,凿趾益高,更谬悠矣"(第412页)。
诗禅既有此重大区别,钱先生乃博稽群籍,列举禅人不宜作诗之实例,其结
论是:"学佛人作诗,乃出位非分"(第580页);"僧徒作诗,虽可借口,然私衷
自知未克造此境界,只是犯绮语戒,在文字海中漂没而已"(第580页);"诗
有进境,则禅难入门,盖'铅椠'即是'葛藤'尔"(第581页)。钱先生说:"诗
僧诗禅,古来熟知惯道,至其事尚有曲隐,煞费斡旋,则鲜留意者。故稍述旧
闻,备一段公案焉"(第583页),这个问题,在近代文学批评史上,是钱先生
首先提出而又加以妥善解决的。

用比较的方法评诗是我国诗学的传统方法之一,《谈艺录》中不乏此例,
试举其一:

> 尝试论之。以入画之景作画,宜诗之事赋诗,如铺锦增华,事半而
> 功则倍,虽然,非拓境宇、启山林手也。诚斋放翁,正当以此轩轾之。人
> 所曾言,我善言之,放翁之与古为新也;人所未言,我能言之,诚斋之化
> 生为熟也。放翁善写景,而诚斋擅写生。放翁如画图之工笔;诚斋则如
> 摄影之快镜,兔起鹘落,鸢飞鱼跃,稍纵即逝而及其未逝,转瞬即改而当
> 其未改,眼明手捷,纵矢蹑风,此诚斋之所独也。(第118页)

这样的比较文章,只有在对陆游、杨万里两家诗透彻理解、洞见隐微的情况
下才写得出的。但这还不是钱锺书的无与伦比的专长,他的专长是中西比
较。和别人不同,他绝不会拿中西作家或作品做笼统不着边际的对比。这
样的比较实际是隔靴搔痒,不管你怎样用力,总难搔到真正的痒处。钱先生
则不然,他不作中西比较则已,一作就必定搔着痒处。立足在中国文学作品
上面,看见一个新鲜的比喻,一种巧妙的手法,一点未经别人说过的意思,他
会立刻联想到外国文学作品里可能也有同样的比喻、手法或意思。凭他的

博览旁搜和强大的记忆力,他的努力一般不会落空,因为正如他所说"东海西海,心理攸同"①,同是圆颅方趾,在某种特定情况下,往往会有同样的想法,有时甚至连所使用的语言也相同,真所谓"心所同感,遂如言出一口耳"(第341页)。此类例子,在他后来的巨著《管锥编》里,触目皆是,在《谈艺录》里也有一些。姑举数例,黄山谷诗"百书不如一见面",钱先生在指出任渊注的"不切"之后,接着说:"欧阳永叔《蝶恋花》云:'望极不来芳信断,音书纵有争如见',下句正山谷之旨也。欧词黄诗皆道出心同此理。尝见英国文家兰姆(Charles Lamb)与友(Thomas Manning)书云:'得与其人一瞥面、一握手,胜于此等枯寒笔墨百函千牍也。噫!'(O! one glimpse of the human face, and shake of the human hand, is better than whole reams of this cold, thin correspondence, etc.)"(第320页)在说到"以离思而论,行者每不如居者之专笃"(第541页)时,钱先生引了韩愈、黄庭坚等人表达此情的诗句之后,接着说:"法国诗人(A. V. Arnault)旧有句云:'离别之惘怅乃专为居者而设'(Les regrets du départ sont pour celui qui reste)。拜伦致其情妇(Teresa Guiccioli)书曰:'此间百凡如故,我仍留而君已去耳。行行生别离,去者不如留者神伤之甚也'(Everything is the same, but you are not here, and I still am. In separation the one who goes away suffers less than the one who stays behind)"(第541页)。"好景不常,良会不易,及时行乐,每以来期未卜为言"(第340~341页),这是我国古诗词中一窠白,钱先生引证了陶渊明以下十余人表白此意、机杼如一的诗词例句,然后说:"罗棱佐美第奇(Lorenzo de' Medici)舞曲(Trionfo di Bacco ed Arianna)名句云:'欲乐当及时,明日未可知'(Chi vuol esser lieto, sia:/Di domani non c'è certezza)(第341页)。真是无独有偶,中国人能想到、感到的,外国人每每也能,读外国文学作品而兴起他乡逢故知之感,这是常有的经验。进行这样的对比,可以扩大我们的眼界,加深我们对文学作品的理解,其用处是显然的。但这还只是比较低级的中西对比,不足以语"道术之大原,艺事之极本"(第60页)。钱锺书先生文艺比较学的一个登峰造极的成就是,能从具体的语言、意境、

---

① 《谈艺录·序》。

艺术手法的比较飞跃到中西造艺精神和原则对比的高度,从而为探索世界共同的艺术原理打开途径。这里也试举数例以说明之。在论李长吉诗的时候,钱先生从"笔补造化天无功"一语联想到西洋文学史上的"造艺两宗",即模写自然与润饰自然两派,前者主师法造化,后者主功夺造化;李长吉是属于后一派的。在分析了两派的特点之后,他下结论说:"窃以为二说若反而实相成,貌异而心则同……盖艺之至者,从心所欲,而不逾矩:师天写实,而犁然有当于心;师心造境,而秩然勿倍于理。莎士比亚尝曰:'人艺足补天工,然而人艺即天工也'"(This is an art/Which does mend nature,change it rather,but/That art itself is Nature)(第 61 页)。从中国诗人的一句诗,经过中西对比,触类旁通,而悟出一条造艺原理,这不仅是心思的巧妙,实际也是方法的灵活。这灵活的方法还能使人发现相隔千载的中西两位文艺理论家魂梦相通,莫逆于心,仿佛出于同一师门。我指的是《沧浪诗话》的作者严羽和《诗醇》的作者法国神甫白瑞蒙。钱先生在详细比较了两家论诗要指之后,郑重指出:"盖弘纲细节,不约而同,亦中西文学之奇缘佳遇也哉"(第276 页)。自从百余年前中国困于外患之后,国内有些人滋长民族自卑感,总认为一切新鲜的东西都来自西方,其实也不尽然。有些看来很新的东西,中国或者早已有之,或者曾经出现过一些萌芽。举例来说,捷克形式主义论师(Jan Mukařovsky)倡言"诗歌语言"与"标准语言"不同,"必有突出处,不惜乖违习用'标准语言'之文法词律,刻意破常示异"(第 532 页)。这似乎是一种新的发现,但钱先生却引清代李重华《贞一斋诗说》里的一则:"诗求文理能通者,为初学言之也。论山水奇妙曰:'径路绝而风云通。'径路绝,人之所不能通也,如是而风云又通,其为通也至矣。古文亦必如此,何况于诗。"然后加按语说:"意谓在常语为'文理'欠'通'或'不妥不适'者,在诗文则为'奇妙'而'通'或'妥适'之至;'径路'与'风云',犹夫'背衬'(background)与'突出处'也,已具先觉矣"(第 532 页)。这"先觉"二字应该就是"萌芽"之意。再举一例,常州词派论"寄托"先后意义不同,这是钱先生发现的。他说:"常州词派主'寄托',儿孙渐背初祖。宋于庭言称张皋文,实失皋文本旨"(第 609 页)。皋文的主张不出汉以来相承说《诗》《骚》"比兴"之法,"皆以为诗'义'虽'在言外'、在'彼'不在'此',然终可推论而得确解"(第 609页)。宋于庭辈则主张"词之精者,可以仁者见仁,智者见智"(第 297 页);

"'义'不显露而亦可游移,'诂'不'通''达'而亦无定准,如舍利珠之随人见色,如庐山之'横看成岭侧成峰'"(第610页)。钱先生指出,这种主张与德国浪漫派先进诺瓦利斯(Novalis)之言如合符契(参阅第610~611页),"其与当世西方显学所谓'接受美学'(Rezeptionsästhetik)、'读者与作者眼界溶化'(Horizontverschmelzung)、'拆散结构主义'(Deconstructivism),亦如椎轮之于辂焉"(第611页)。经过不断的中西对比,钱先生终于在《谈艺录》的结束处树立了一个新义,即所谓"同时之异世,并在之歧出"(第304页),说明矛盾现象普遍存在,文艺学术界也不例外,同一作家,同一时代,可以自相矛盾,发生各种纷歧的现象,对于这种现象,有识之士应该"于孔子一贯之理、庄生大小同异之旨,悉心体会,明其矛盾,而复通以骑驿",而决不可"将'时代精神'、'地域影响'等语,念念有词,如同禁咒"(第304页)。40年来的历史事实证明了这个新义是有很大的预见性的,把复杂的东西电劈雷轰强令其变为简单,把生气蓬勃的创造力量冰封雪冻迫使其趋于萎缩,不是曾经导致了一场大灾难吗?拓大心胸,放开眼界,了然于"海纳百川,有容乃大"的真理,让"百花齐放、百家争鸣"永远成为繁荣文艺、学术的方针,这虽不是40年前《谈艺录》作者明诏大号的宗旨,但也似乎已在这里隐隐透露其心声了。

三

本文对《谈艺录》一书所使用的批评方法作了粗略的介绍,现在回头一看,千言万语实际只等于钱先生自己说的一句话:"我有兴趣的是具体的文艺鉴赏和评判。"这"具体的文艺鉴赏和评判"十个字可以概括钱锺书的全部批评方法,同时也表现出他与其他批评家不同的一个特点。无论写长篇专著或单篇论文,他用的都是这个方法。所谓"具体"就是说他的批评不是抽象的、单纯说理的,而是夹杂着大量从各种书籍中收集来的活生生的论据。有些人不喜欢这种批评方法,认为引证太多,读了令人头昏脑涨。年轻的学者尤其害怕这种方法,因为他们读书不多,面对着滚滚而来的资料,大有畏难情绪。但我奉劝年轻的学者还是耐心一点好,钱先生的书确实不易读,然而硬着头皮读下去,一遍不成,再来一遍,坚持不已,终归会得到好处的。前人有两句诗"鸳鸯绣出从君看，不把金针度与人。"依我看，一般的批评家大都属于此类，他们只肯交出结论，而不愿意把取得这结论的那把"金针"也奉献出来。只有钱先生最慷慨，他在倾箱倒箧似地引证大量资料的时候，实际也是在无保留地把行文和治学的方法全部传授给读者。这种方法真是无价之宝的"金针"，能不能取得，就要看你的耐心如何了。

做学问是一种艰苦事，即使是一辈子"生死文字间"①的人，有时也会对书册埋头的生活有厌倦之感。钱先生曾以韩愈为例说明勤学如韩公，竟也难免哀叹"智慧只足劳精神"②，而且梦想抛却书册，遨游太空，过着神仙的生活。但这只是一时的冲动，无法改变故我结习。他打了一个有趣的比喻："匹似转磨之驴，忽尔顿足不进，引吭长鸣，稍抒其气，旋复帖耳踏陈迹也"（第503页）。明眼人看得出，这里说的是韩公，而其实却是作者"夫子自道"。没有这种锲而不舍的精神，便不会有学术上的重大成就，这个简单的道理是值得大家牢牢记取的。

1985 年 11 月 22 日于厦门

---

① 韩愈《杂诗》。
② 韩愈《感春》第一首。

《管锥编》作者的自白

　　这里刊布《管锥编》作者钱锺书致我的两封书信。这些都写于该书出版以前,离现在将近8年了。8年来,海内外读者对于此书的反应相当热烈,大家都希望有人能用通俗的文字写出一部书,把这部巨著的内容及其所蕴涵的精义,完整、准确、深刻地揭示出来。海外的汉学名家抱着这种宏愿的也不乏其人。但此事谈何容易。正如1月12日发表在人民日报《大地》副刊的《曲高自有知音》一文作者所说,"全书引用了古今中外近四千位作家的上万种著作",内容涉及文、史、哲几大部类,外加作者以实涵虚、点到即止的特殊文风,要求在短时期内真正读通此书并完成介绍的任务,真难办到。我以为我们还是实事求是地倾听一下作者的自白,看看能否从其中得到一点启发吧。

　　拙作《管锥编》已由"中华"取去。所论《周易》《毛诗》《左传》《史记》《老子》《列子》《易林》《楚辞》《太平广记》《全上古三代两汉三国六朝文》十种,假我年寿,尚思续论《全唐文》《少陵》《玉溪》《昌黎》《简斋》《庄子》《礼记》等十种,另为一编。然人事一切,都不可预计。昔人于 Ten Commandments① 之外,加 The 11th Commandment:"Thou shalt not be found out"②,弟则拟加 the 12th Commandment:"Thou shalt not fondly hope—for thou shalt be disappointed③,身事世事,无不当作如是观。

　　《管锥编》第三、四册尚未送来,入手必补呈,较散叶便于翻阅。拙著承示欲拂拭之,既感且愧;幸勿过于奖饰。只须标其方法,至于个别

---

① "十诫"(乃命令告诫口吻:"勿窃盗""勿奸淫"等)。
② 第十一诫,仿其语气而作嘲讽,"勿被人看破〔或拆穿〕"。
③ 第十二诫:"勿奢望——你将〔必〕失望"。

条目,尽可有商榷余地。前日得西德汉学家 Helmut Martin(华名马汉茂)书,言计划撰 Der Chinesische Literatur Kritiker Chien Chungshu[①]一书。弟因自思,弟之方法并非"比较文学",in the usual sense of the term[②] 而是求"打通",以中国文学与外国文学打通,以中国诗文词曲与小说打通。弟本作小说,结习难除,故《编》中如 67—9,164—6,211—2,281—2,321,etc,etc[③] 皆以白话小说阐释古诗文之语言或作法。他如阐发古诗文中透露之心理状态(181,270—1),论哲学家文人对语言之不信任(406),登高而悲之浪漫情绪(第三册论宋玉文),词章中写心行之往而返(116),etc,etc[④],皆"打通"而拈出新意。至比喻之"柄"与"边"则周先生《诗词例话》中已采取,亦自信发前人之覆者。至于名物词句之考订,皆弟之末节,是非可暂置不论。

以上两段都是节录原信。钱先生不喜作自白,偶然透露一点消息,也只如赵执信《谈龙录》说王渔洋诗,只露"一鳞一爪",不现全形。这里最关键的是"打通"二字,钱先生的真学力、真本领主要在此。他幼承家学,在进入大学以前,就已博览群书,特别是集部,几乎无所不窥。后来又以西洋文学为专业,兼及史、哲二门。如此杂学旁搜,在别人或许会因消化不良,学而成痞,而他却颖悟异常,早在 40 年前就已洞见"东海西海,心理攸同;南学北学,道术未裂"(《谈艺录》序),真是"心有灵犀一点通"。因此他主张无论治学或创作,都要"深造熟思,化书卷见闻作吾性灵,与古今中外为无町畦"(《徐燕谋诗稿》序)。他既反对墟拘隅守、盲目排外的陋儒,也反对崇洋媚外、妄自菲薄的西崽。《管锥编》一书包罗万有,面对着这庞然大物,的确会使人感到目迷五色,不知该从何处下尹去认识它。但我想读者倘紧紧抓住"打通"二字为线索泛览全书,就一定能逐渐看清其基本精神。钱先生说他所使用的方法,与一般意义的"比较文学"并不相同,这点也值得仔细思索。

---

① 文艺批评家钱锺书。
② 用这个词的通常意义来说。
③ 等等,等等。
④ 等等,等等。

钱锺书先生信函

北京轻工印刷厂出品 79.9 (1472)

文章千古事,得失寸心知

　　钱锺书先生的《宋诗选注》是与《谈艺录》、《管锥编》齐名的他的三大著作之一。此书出版于 1958 年,如今已第 6 次重印了。国内上了年纪的读者,应该还记得此书刚出世时那一阵猛烈的风暴,几乎要把它扼杀在摇篮之中;然而作者既不忙于作检讨,也不急于替自己申辩。现在事隔 30 年,趁着香港天地图书公司也出版这本《宋诗选注》的机会,他出来讲话了。讲话的形式是一篇专为香港版而写的序文,题作《模糊的铜镜》,初次刊登在今年 3 月 24 日《人民日报》副刊《大地》上。

　　读了这篇序文,我忽发奇想,即钱锺书这个人颇像《红楼梦》第一回里描写的屹立于大荒山青埂峰上的那块"顽石",任凭多少年的风吹雨打,它的面目(亦即本性)总不会有一丝一毫的改变。这篇千把字的短文实际上是他的一幅活龙活现的自画像,别人即使绞尽脑汁想给他传真,也绝不会达到这样真实深刻的程度的。

　　这应该归功于他的幽默感。一个真正有幽默感的人,遇上倒霉的事,一般是不会大跳大叫怨天尤人的,他首先会冷静地考虑一下问题出在哪里,然后讲求对策。钱先生比这更高明,他当时不仅不大跳大叫,连讲求对策这一着也一并按下,听任事态的自生自灭。这不是故意装痴作聋,以求免祸,而是因为他心里明白自己确实也有过失,只是不便在当时和盘端出,那样做是于事无补的。

　　摆在面前的这篇序文可算得一篇极出色的事后检讨文。作者承认自己犯了两大错误:一趋时,二违心。认识钱锺书的人都知道,他一向作学术文章总是自说自话,决不引经据典用大帽子来掩护自己,而这回却"在当时学术界的大气压力下,我企图识时务守规矩,而又忍不住自作聪明,稍微别出心裁。"这就是说他虽也学乖取巧引用了一句经典著作,而实际却如一群批判者所斥责的那样,是贩卖"资产阶级唯心主义"的私货。于是"结果就像在

两个凳子的间隙里坐了个
落空,或宋代常语所谓'半
间不架'"。换言之,他承
认这部《宋诗选注》"既没
有鲜明地反映当时学术界
的'正确'指导思想,也不
爽朗地显露我个人在诗歌
里衷心嗜好"。这样坦白
中肯的自我批评确实是罕
见的。

与关门弟子黎兰合影

他不仅吃了"趋时"的
亏,更严重的是犯了太过违心或听话的错误。他说:"这部选本不很好;由于
种种缘因,我以为可选的诗往往不能选进去,而我以为不必选的诗倒选进去
了。"原来如此! 当初我读《宋诗选注》的时候,就觉得这个选本比不上陈衍
的《宋诗精华录》,它的无可伦比的价值全在于别开生面令人耳目一新的评
论和注解,而不在于所选的那些诗。诗首先应该是艺术而不是政治或历史
教科书,钱先生一时迷了心窍,竟屈从于盲目者的指挥,以致铸成大错。但
是,他毕竟是有根器的,不会一错再错,因此,"不想学摇身一变的魔术或自
我整容的手术,所以这本书的《序》和选目一仍其旧,作为当时气候的原来物
证——更确切地说,作为当时我自己尽可能适应气候的原来物证。"青埂峰
上那块"顽石"的本性仍然回到他的身上,这是很可喜的。

老杜说过:"文章千古事,得失寸心知。"应该说,在当代学人中,钱锺书
对这两句话体会最深,信奉最虔,我以为这就是他的巨著《管锥编》能够产生
的根本原因。

1988 年 4 月 20 日,厦门

钱学二题

一、关于钱著研究的一点意见

钱锺书先生说过："大抵学问是荒江野老屋中二三素心人商量培养之事,朝市之显学必成俗学"。这是真正爱好学问不存一点欲念者的高论。无奈目前非上古时代,印刷及纸张均极方便,一部真有价值的著作不待藏诸名山,早已有知音者揭而出之,以昭示世人。退一万步说,即使作者本人断绝文字缘,单凭妙舌传道,其二三素心的朋友中亦必有人不忍珠玉随风飘散、归而笔之于纸者(如《论语》是),仍不免出荒江野屋而流传于人间,成为众所瞻仰的"显学"。

所以,可厌的不是"显学"而是"俗学"。什么叫"俗学"? 依我的理解,就是庸俗化了的"显学"。大概世界上许多国家都有过这样的情况,每当一种新学说或一部体大思精的巨著出现时,其国之学者群趋若鹜,争相研诵,然后著为文章,各抒己见,由于各人水平不同,其高者探骊得珠,与作者意会神合,其低者则仅得皮毛,甚至充满误解曲解,使原作面目全非,把"显学"变为"俗学"的正是后面一种人。

然而,我们决不能因噎废食,为了怕出现"俗学"便把"显学"束之高阁。《管锥编》的问世到现在已历 8 年。8 年来国内外对此书的反响相当热烈,大家有个共同的认识,即从内容的丰富(涵盖古今)与方法的新颖(沟通中外)来看,这是前所未有的。此外,尚有许多写作及其他方面的特点难以备述。直到现在为止,关于此书的评介文章似乎还停留在一般推荐的阶段上,没有触及真正深微之处,因此其作者的真面目还若隐若现。倘任其继续下去,则名噪一时的《管锥编》也有可能沦为钱先生所说的"俗学"。为了避免这种厄运，我建议今后我们对钱著（包括《管锥编》以外的其他专书和论文）的研究，不再作一般的评述，而以专题的形式出现，即一篇文章只谈一个问题，力求深透和符合作者的本意。这样做自然难度更大，但毕竟有助于使自己及读者更进一步地了解钱著，不妨试试。

二、读《诗可以怨》

1980 年 11 月，钱锺书先生在日本早稻田大学做了一次题作《诗可以怨》的讲演，讲稿刊登于 1981 年第 1 期《文学评论》，后来经过改定收入他的专著《七缀集》。我查阅了几份有关钱著的研究资料目录索引，直至现在为止，国内外似乎还没有人写过一篇评论此稿的专文。我觉得这是一种很有趣的疏忽。大家都重视钱著，又都在不同程度上感到它博大精深难以掌握，这情况好比面对着一座巍峨巨厦，知道里面一定有许多宝贵的东西却苦于找不到一把开门的钥匙。其实钥匙就在眼前。这篇不满万字的《诗可以怨》，依我看，是钱先生代表作《管锥编》的缩影。它具备了该书在写作方法上的一切特点，也反映了其作者的全部精神面貌和性格特征；所不同的是，《管锥编》涉及的中国文评里的概念为数甚夥，所以作者不得不用最经济的笔墨加以阐明，而《诗可以怨》则只讲一个概念，无妨放开笔畅所欲言，因此相对地说后者比前者显得明白易晓。

钱先生在讲演的开场白里谦逊地声明：要在深通"汉学"的日本学者面前"讲一些值得向各位请教的新鲜东西，实在不是轻易的事。"请大家注意这"新鲜东西"四字，无论在治学或创作方面，他一生所努力追求的就是这四字，一切老生常谈和陈词滥调都与他绝对无缘。他的所谓"新鲜东西"并不意味着眼前最冒尖的东西，而是指前人所曾吐露过的深刻思想和使用过的精巧手法。他是最善于自我否定的，对于青少年时代所写的东西他一概不满意，对于刚发表过的著作他很快就忙于修订，这种永不自满的精神是他区别于其他学人和作家的一个突出优点。

"诗可以怨"一语见于《论语》。孔子与众弟子谈诗，指出诗有四个功用：兴、观、群、怨。钱先生撇开前面三个，单独拈出最后一个，认为这是"中国古代的一种文学主张"，同时也是"中国文评里的一个重要概念"。他作这样的抉择,不是凭一时的灵感,而是经过深思熟虑和博览群书、细察人情才立下主意的。苏东坡称赞文与可画竹之前"胸有成竹",意思也是指准备工作做在动手之前。正由于他胸有成竹,他才能挥洒自如,毫无拘束。钱先生对日本学者谦称他的演讲是"信口开河",我们认真阅读他的讲稿却觉得这是一篇密不透风的好文章,非经仔细经营决不能达此境地。

为了避免片面性,文章兜头便交代人生哀乐都能产生诗歌,只是中国文艺传统里有"一个流行的意见:苦痛比快乐更能产生诗歌,好诗主要是不愉快、烦恼或'穷愁'的表现和发泄。"这是本文的主旨。在这主旨的引导下,作者的一支笔夭矫如龙、变化莫测,节外生枝,庄谐并作。他首先捧出司马迁,说他"也许是最早两面不兼顾的人",他的《报任少卿书》和《史记·自序》"历数古来的大著作……都是遭贫困、疾病以至刑罚磨折的倒霉人的产物",换言之,是"意有所郁结"者"发愤之所为作"。说到这里,忽然插入一笔,说古代有些学人如陈子龙、何休,认为"《三百篇》里有些表面上的赞歌只是骨子里的怨诗"——"虽颂皆刺","颂'是转弯抹角的'刺"。这样,"诗可以怨"的范围就在这一笔下被轻轻地扩大了。接着他把《文心雕龙》作者刘勰看作和司马迁唱同一调子的另一个重要人物,因为刘勰曾用"蚌病成珠"这个绝妙比喻来形容"困苦能够激发才华"。钱先生十分珍视这个比喻,认为"它非常贴切'诗可以怨'、'发愤所为作'",同时历举了古今中外五个打过同样比喻的学者和作家(刘昼、格里巴尔泽、福楼拜、海涅、豪斯门);他还惋惜出自《文心雕龙》的这个比喻"历来没有博得应得的欣赏"。和刘勰同时的《诗品》作者锺嵘被列为第三个提倡"诗可以怨"理论的人。钱先生引了"我们一向没有好好留心"的《诗品·序》里的一节话("嘉会寄诗以亲,离群托诗以怨……")以后,接着说:"锺嵘不讲'兴'和'观',虽然讲起'群',而所举压倒多数的例是'怨',只有'嘉会'和'入宠'两者无可争辩地属于愉快或欢乐的范围。"话音未落,连忙作了更正:"也许'无可争辩'四个字用得过分了。'扬蛾入宠'很可能有苦恼或'怨'的一面。"并举了左九嫔的《离思赋》、左思的《悼离赠妹》和贾元春回大观园省亲时说的话为证。这就是文思密不透风的一个例子。不仅如此,他还更进一步对不同的人所讲的"诗可以怨",从"对创作的动机和效果的解释"方面加以区别。他指出:

　　还有一点不容忽略。同一东西,司马迁当作死人的防腐溶液,锺嵘却认为是活人的止痛药和安神剂。司马迁《报任少卿书》只说"舒愤"而著书作诗,目的是避免姓"名磨灭"、"文彩不表于后世",着眼于作品在作者身后起的作用,能使他死而不朽。钟嵘说:"使穷贱易安,幽居靡闷,莫尚于诗",强调了作品在作者生时起的功用,能使他和艰辛冷落的生涯妥协相安;换句话说,一个人潦倒愁闷,全靠"诗可以怨",获得了排遣、慰藉或补偿。

试问一个粗心的人或自命能一目十行的人会看出这种区别来吗?文章至此又起一波,"从诗歌而蔓延到小说和戏剧",历举小说家周楫和戏剧家李渔的话证明"弗洛伊德的有名理论:在实际生活里不能满足欲望的人,死了心作退一步想,创造出文艺来,起一种替代品的功用,借幻想来过瘾"是普天下文艺家的共同想法。文章最后转到韩愈身上。韩公是"不平则鸣"(见《送孟东野序》)说的创造者。钱先生指出:

> 一般人认为"不平则鸣"和"发愤所为作"涵义相同;事实上,韩愈和司马迁讲的是两码事。司马迁的"愤"就是"坎壈不平"或通常所谓"牢骚";韩愈的"不平"和"牢骚不平"并不相等,它不但指愤郁,也包括欢乐在内。

这可是对一般读书不求甚解者的当头棒喝。钱先生称赞黄山谷"真是一点不含糊的好读者",因为山谷有一联诗:"与世浮沉惟酒可,随人忧乐以诗鸣",正确地理解韩愈的原意,一点不含糊地把"忧乐"二字作为"不平"的代词。文章以大量的篇幅集中讨论"诗可以怨"的观念,其目的试图说明"欢愉之辞难工,而穷苦之言易好"的缘故,历举了中外作家张煌言、陈兆仑、陈继曾、利奥巴尔迪、歌德等的解释。这些虽深浅不同,而含意大体相似。此外,还补引了一批赞诵"怨"诗的外国作家的言论,充分说明"诗可以怨"的主张是具有世界性的。话说到这里应该可以结束了,但是山穷水尽,奇峰忽现。作者郑重警告读者谨防上当,因为"长期存在一个情况:诗人企图不出代价或希望减价而能写出好诗",于是"'不病而呻'已成为文学生活里不可忽视的事实。"这就是指刘勰在《文心雕龙·情采》篇里所说的"为文而造情"的虚伪作品。作者举了一些"为文而造情"的生动例子,读了令人哑然失笑,笑了之后,心里却更踏实。文章以一段有关"比较文学"的议论结束,这议论虽短,含意却深,值得有识之士和敏而好学的青年学者仔细研究。

以上试图把《诗可以怨》全文扼要介绍一下，由于心粗笔拙，不仅遗漏甚多，其中细微曲折处也无力表达，甚感遗憾。现在让我略谈读此文后的一些感想，希望和读者共同探讨。

我说过此文是《管锥编》的缩影，这是从写作方法和流露在字里行间的作者的精神和性格来考察而得出的结论。《管锥编》的一个显著特点是例证多于议论，作者不喜欢抽象空洞的文艺理论著作，认为那里面装的"好多是陈言加空话"（见所著《读〈拉奥孔〉》一文），因此他自己谈艺衡文总是从具体的例子出发，经过仔细的分析和比较，得出结论，点到即止，决不唠叨。他在学术上不存势利之见，举例不必尽出名家和大家的作品。他说过："倒是诗词、随笔里，小说、戏曲里，乃至谣谚和训诂里，往往无意中三言两语，说出了精辟的见解，益人神智；把它们演绎出来，对文艺理论很有贡献"（同上）。他这样说，也就这样做了。这是一种创举，为文艺理论开辟了新天地。多年以前就有知名人士对钱先生这种做法表示"愤慨"，认为这是卖弄学问拿书卷子来吓唬人。但是钱先生不为所动，继《管锥编》而作的《诗可以怨》仍然用的是这种方法。我粗略地计算了一下，这篇不足万言的论文历举中外人名约 60 个，书名和篇名约 40 种，引文约 60 则，其中颇有一些为人们所不熟悉或不屑一顾的。这样大量地引用例证说明作者不是靠灵机一动凭空发议论，而是像蜜蜂采花酿蜜似的博览群书，有所悟及，心中有了主意，然后拿收集来的例子反复比较，去粗取精，仔细研究其中的异同，使心中所立主意既明确又周到，这才执笔为文。就以此文为例，作者不是一见《论语》上有"诗可以怨"这句话，便以为是个好题目，急忙提笔作文，爱说什么便说什么，而是平日对与这个概念有关的具体例子积累甚多，洞悉底蕴，胸有成竹，遇有适当机缘，便以讲演形式加以发挥，使听者顿生闻所未闻之感。著书立说，有的从概念出发，有的从事例出发，两者各有利弊，未可一概而论。从有利的方面看，钱先生所使用的方法，除了能给人以许多具体的知识以外，对文章内容的表达比较直截了当，明白易晓，不至使人感到惝恍模糊如坠入五里雾中，同时还可避免一般论说文并无甚深妙理而喋喋不休令人生厌的弊病。当然，用得不当，这种广征博引的方法也会把作者引入支离烦琐的迷途，变成了真正的"掉书袋"。

钱先生是个严肃的学者，读过他的几部重要著作（《谈艺录》、《宋诗选注》、《管锥编》)的人,对此都有深刻的印象。他的著作精益求精,从内容到文字都经过千斟万酌,改了又改,在旁人看来似乎已无可再改了,而一有机会如旧作再版之时,他仍要在上面作些增删润色。越到老年这种脾气发展得越厉害。但这只是一面,另一方面他又富有幽默感,不肯板着脸孔一味说教,而每每于严肃之中杂以诙谐。即如这篇学术报告分明是煞费苦心经营出来的,而他偏说是"信口开河"。信口开河的例子在他的创作中的确有过,如小说《围城》第二章记主人公方鸿渐留学归来在家乡中学作演讲的那一场面,那是有心讥刺,故意如此。严肃的学术报告杂以诙谐则是所谓"文无定法",只要无伤大雅,谨严与恣肆不妨相结合。文中说到"无忧而为忧者之辞"的虚伪作品时,作者引了"南宋一个'蜀妓'写给她情人一首《鹊桥仙》词:'说盟说誓,说情说意,动便春愁满纸。多应念得《脱空经》,是那个先生教的?'"在解释了《脱空经》一词的涵义之后,作者忽然接上一句:"当然,《脱空经》的花样繁多,不仅是许多抒情诗文,譬如有些忏悔录、回忆录、游记甚至于国史,也可以归入这个范畴。"这可算得最深刻的"黑色幽默",这里只举一例,欲知其详,可细看《管锥编》全书。作者读书眼明心细,善于捕捉一般读者容易疏忽的言外之意。明显的例子,如点出何休注《公羊传》中一句话的真实含意:"何休仿佛先遵照《传》文,交代了高谈空论,然后根据经验,补充了真况实话:'太平歌颂之声'那种'高致'只是史书上的理想,而'饥者'、'劳者'的'怨恨而歌'才是生活里的真实。"他也善于纠正一般常识性的错误,如上文说过的许多人把韩愈的所谓"不平则鸣"只理解作发牢骚,而不知它也包括欢乐在内,如此等等。我们由此可见一个大学者之所以可贵,主要还不在于书读得多,而更在于他读得精读得透。

钱先生在著作里很少提起"比较文学"这个名词,但他的论著几乎到处都在作文学比较,正如他自己所说的,"我们讲西洋,讲近代,也不知不觉中会远及中国,上溯古代。"表面看来,他似乎觉得同是圆颅方趾的动物,在某种类似的环境下会有共同的思想感情甚至共同的表达形式,"这是很自然的事",用不着小题大做搞出一个专门学科来研究它。其实不然。他只是对那些挖空心思制造出来的玄谈感到不满,并非反对真正的比较文学理论。就在这篇讲演的结束处,他说过:"人文科学的各个对象彼此系连,交互映发,不但跨越国界,衔接时代,而且贯串着不同的学科。"又说:"古代评论诗歌,重视'穷苦之言'，古代欣赏音乐，也以'悲哀为主'；这两个类似的传统有没有共同的心理和社会基础？悲剧已遭现代'新批评家'鄙弃为要不得的东西了，但是历史占优势的理论认为这个剧种比喜剧伟大；那种传统看法和压低'欢愉之词'是否也有共同的心理和社会基础？"

这两段话都说得委婉扼要，特别是第二段连续提出有无"共同的心理和社会基础"的问题，可说是画龙点睛把比较文学之所以能成为一个专门学科的主要理论根据揭示出来了。事情是否如此，高明的读者自会下结论的。

怀　旧

　　由于工作需要,偶然写了几篇关于《管锥编》、《谈艺录》及其作者钱锺书先生的文章,便有许多认识与不认识的青年,来信打听他的各种情况并索寄资料,这使我大感为难。知人之难,古今同叹,即使是亲兄弟也未必都能互相了解,何况我和他相处的日子很短。以后长期分手,"君居北海吾南海",只能靠鱼雁互通消息。我以为要真正认识一个人,最可靠的办法是仔细地去研读他所著的书,此外全是旁门小道,根本无由达到他内心的深处。我对钱锺书先生的著作也只是一知半解,但很愿意充任津梁把青年学者带进学问之门,让他们自由去探索一个前所未见的奇境。区区之意仅此而已,哪敢谬托知己,贻笑大方?现在又承《随笔》杂志编者来函约请写一篇关于钱先生的文章,盛意难却。我也想趁此机会追怀往事,把几十年来他给我的印象以及我从他那里得到的教益约略叙说,作为彼此在人生道上萍水因缘的一点纪念吧。

　　1932年秋天我初进清华园,他已是四年级的"老大哥"了。他的名气真大,我入校不久就听说他是外文系的一个尖儿,许多老师都对他另眼相看,他不是他们的弟子而是他们的顾问。这话可能有点夸张,但他读书之多,中英文根底之雄厚,确实远远超过一般文科学生。在校期间他写了不少文章,发表于《清华周刊》、《新月月刊》、《文学月刊》、《大公报文艺副刊》等刊物上,其中多数是书评,但也夹杂一些小品文字,其共同的特点是,并非妙手空空,而是博引群书,令人目不暇给。他还曾用英文给一位英国学人译的十九篇苏东坡赋写序文,文采、学力、识见俱臻上乘。一个二十三四岁的青年能有此成就真不容易啊!然而他年轻气盛,难免锋芒外露,特别表现在给周作人著《中国新文学的源流》一书写的评论上面。这本书在当时颇受学术界重视,钱先生在文章的开端虽也说了几句赞美的话,但紧接着不断摘瑕索瘢,把书中基本概念的混乱和事实上的错误不留情面地列举出来,一方面令人感到著书立说之不易，应力求谨慎，这是有益的启示；另一方面却又令人觉得鞭子虽不打在自己身上，仍如芒刺在背，异常难堪，这种批评的方式是否合适似可商量。我猜想他是个才气横溢而性情古怪不可接近的人，所以来校一年虽然心里敬仰他，却不曾动过去拜访他的念头。他毕业后到上海光华大学外文系任讲师，这是破格的事，一般总是从助教开始的。两年后他参加公费留英考试，校里传说那年凡是知道他名字的学英国文学的人都不敢前去报考，而他果然以绝优的成绩高高取中。

　　人生的遇合真难预料，我离开清华园后没有料想有一天会再遇见钱锺书，更没有梦想会因此而成为他的熟人。事情完全出于偶然。那是在太平洋战争爆发后一年(1942)，我在上海一所英国人办的学校里教书，他因路途阻绝不得回内地，留滞在已沦陷的上海家里。一个春光明媚的星期天下午，我因心里郁闷出门散步，路上遇见一位清华同学，问我要不要去看钱锺书。我当然愿意，便跟随着到一座带花园的洋房里，钱先生已先来了，正跟几位朋友说着话呢。经过介绍，他知道我是福州人，便问我见过林纾、严复、陈衍这几位老先生没有，我答说他们都是我父亲的前辈朋友，我因年纪小，无缘和他们见面。钱先生对福州近代诗人感兴趣，那天的话题主要围绕福州几位大老所作的诗。谈话结束后，我们各自回家。钱先生住在当时法租界的拉斐德路，我住在离该处不远的一条巷子里，他建议陪我走一段路。我记起了我们校里最近缺一个国文教员，洋校长曾委托我物色新人，便问钱先生有无可推荐的，他答应回家考虑。几天后他寄来一小札，说有个姓汪的是章太炎先生的入室弟子，现住苏州，愿意来上海教书。我立即向他讨了一份简历，向洋校长一说，就成功了。从此我成为他家的熟客之一。

　　那时他虽赋闲在家，来访的人仍然不少，"谈笑有鸿儒，往来无白丁"，他们有的精通中国古典文学，有的熟悉西洋戏剧，高谈阔论，各显神通。钱先生自言不爱作演讲，而喜与人谈话。他的确很健谈，就像传说中的约翰逊博士那样，记忆精博，思力敏锐，辩才无碍，难以对垒，所以名为谈话，而实际往往变成他个人的独白。我曾问他这本领是否从国外沙龙里学来，他说小时嘴笨，与人口角总吃败仗，气愤不过便下决心苦练，终于练出口才来了。但我更爱和他单独谈话，因为受益更多。他口里没有陈词滥调，也从不发笼统不着边际的议论，有问题向他请教，总是迅速得到直截了当富有启发性的回答,仿佛事先经过精思熟虑的准备。实际正是如此,他随时都在动脑筋,读书的时候是他思想最活跃的时候,所以每读完一书,其精神实质全被吸收。他天分高且不说,最难得的是好学不倦,不论处什么环境都手不释卷。我和他相处一年多,对这点有深刻的印象。他好比一个精神界的美食家,什么品种的美味都要尝一尝。我曾帮他到上海图书馆借书,上自康德的《纯粹理性批判》,下讫多乐赛·佘儿斯的侦探小说,他都要借而且读得一样快。这其中的奥妙,直到《管锥编》问世后,我才明白。原来他不仅对人不存势利之见,对书也如此。在他眼中,道存万物,理一以贯,要建筑学术上的高楼大厦,钢筋水泥固然需要,竹头木屑也有用处,他惯会从古今中外的大小书籍里撷取自家文艺理论的资料。那时期他正忙于撰写《谈艺录》,我有幸得读手稿,看见其中引文不少,问他做卡片否,他说他只做一种别人看不懂的笔记,供自己著书时连类征引。不明内情的人大约会猜想他家中有一间插架万卷的藏书室,其实他身边藏书并不多,靠的主要是那些笔记。1979年我到北京去看他,在会客室书桌后面的地板上有一大堆簿子,他指着对我说那就是他的读书笔记。"文革"期间,全国各地许多私家藏书惨遭劫火,而他多年辛苦累积下来的读书笔记岿然独存,真可算得不幸中之大幸了。

他困居上海,一家四口,生活不很充裕。最近读杨绛先生的《记钱锺书与〈围城〉》,知道那时他们家里连一个女佣也留不住,只好由杨先生亲自烧饭洗衣。钱先生又经常生病,有一时期病得很厉害。在这样艰苦的日子里,他们并不悲观失望。杨先生除教书、料理家务以外,还有时间编写剧本。她的第一部四幕喜剧《称心如意》就是在此时写成的,1943年春天在上海公开演出,由李健吾担任主角。钱先生继续撰写《谈艺录》,尚有余力计划试写小说,曾对我透露过他的意图。不久,《人·兽·鬼》、《围城》陆续出来了,但这是在我离沪以后的事。在他们夫妇身上我看出了中国知识分子"富贵不能淫,贫贱不能移,威武不能屈"的顽强精神。他名气大,环境又很复杂,当时想打他的主意的人不是没有,但都被他严词拒绝了。《谈艺录序》是一篇自明本志的文章,其中有"时日曷丧,清河可俟"这两句话,读者可参看。我曾用"穷年傲骨兼秋练,独夜诗心许月知"两句话形容他当时的精神状态。

1943年夏天我回福建,行前向钱先生告别,他赠我一首五言古诗:

清华曾共学,踪跋竟相左,殆天故靳子,留慰今日我。譬如蔗有根,迟食颐愈朵。当时少年游，流离感尾琐。乱世凤难处，儒冠更坎坷，秕糠六籍人，身不禁扬簸。今雨复谁来，子一已为伙，时时过陋室，书乱与争座。俨然意如山，道义克负荷。伊予何足算，说食腹未果。诗书惯作祟，文字忧惹祸，笔砚倘遭焚，极天方兵火。子乡严又陵，才辩如炙輠，坟典有余师，毋使先型堕。陆沉与盲瞀，如子免庶可。

钱锺书先生赠诗

诗中说了不少勉励的话，但更多的是抒发他自己忧世伤生的感情。当时在敌伪的威胁利诱下，有些士子失足落溷，此即所谓"秕糠六籍人，身不禁扬簸"。但也有坚持民族气节不肯降志辱身的人，如钱先生的总角之交徐燕谋（承谟）先生。徐先生后来在复旦大学外文系任教授，当时和钱先生一样从内地归来闲居上海。我因钱先生而认识徐先生，他为人沉默寡言，当座客高谈阔论时，他总是在旁静静听着。他也兼擅中西文学，并且是个出色的古典诗人。那位姓汪的教员来校数月，暑假里回苏州，来函表示不愿继续任教。洋校长又委托我另找新人，我不得已向徐先生乞援，他慨然应允，但附个条件，倘日本人来接管学校，他当天就走，决不迟延，我同意了。那年冬天（太平洋战争爆发一周年）日本人把留在上海的英国人全体送往扬州集中营,学校被接管了。徐先生事先听到消息,便坚决不来,并说即使日本人要抓他坐牢杀头也不屈服。那派来接管的日本代表果然问我徐某为何不到校,我答说他是临时请来代课的,现在到别处去了。日本代表不再追究,事情就此结束。几个月后,我也想方设法离开学校回福建。钱先生对我们二人的行为很感满意,所以赠诗中有"俨然意如山,道义克负荷"之语。真是凑巧,我在回忆这件事的时候,出去散步,在校园里遇见林疑今先生,他告诉我有人从上海来,说徐燕谋先生已于今年春初逝世了,我不禁黯然。这位方正不阿的学者,一生淡泊明志,不求闻达,是钱先生最亲密的朋友,愿他的英灵安眠地下!

我和钱先生一别十年,中间发生了三件大事:抗战胜利、解放战争、新中国诞生。在战火漫天的那些日子里,鱼沉雁杳,我远处闽西山城,遥望沪滨,时以钱先生一家安否为念。后来才知道那是他写作最起劲的时期,《谈艺录》成书之后,他开始写短篇小说,又写长篇《围城》,这些都在抗战结束后陆续出版。承他的厚爱,每出一书必迅速寄赠。《围城》问世是在1947年,我已回到厦门,在上海和香港出版的报刊上看到许多评论文章,知道此书很有吸引力。然而不少的评论家是用"左"的观点,从思想内容到艺术形式,对此书横加指责。我觉得这样的批评太不公道,便用"林海"笔名写了一篇题作《〈围城〉与〈汤姆·琼斯传〉》的文章,发表在储安平主编的《观察》周刊上。这篇文章,按照我所理解的作者意图和艺术手法,给此书以比较公允的评价。钱先生起初不知道这是谁写的,后来知道了,十分高兴,说我是《围城》一书"赏音最早者"。写到这里,我又想起了徐燕谋先生。1980年《围城》重印出书,徐先生来信告诉我:"锺书君《围城》一书虽成于沪,而构思布局实在湘西穷山中。四十年前坐地炉旁,听君话书中故事,犹历历在目。"信末附一绝句:"灰里阴何拨未成,君来叩户说《围城》。十年劫火诗书尽,故事偏传海外名。"（那时外国学人正在纷纷翻译《围城》）这段记载应可作为史料收入钱著研究的附录中。抗战胜利后,钱先生一面在上海暨南大学任教,一面兼任南京中央图书馆英文刊物主编,行踪不定,所以1948年暑假我到上海为厦门大学招考新生时,无缘和他见面。1949年春天,解放战争接近尾声,国民党人士纷纷外逃,有人想拉钱先生往台湾,香港大学和牛津大学方面也有意思要请他到那边任教，他都谢绝了。那年冬天他终于回到了清华大学外文系。

我和钱先生重新见面是在 1953 年，那时我到北京参加高等教育会议。"三反"运动后，清华改为工科大学，文科部分并入北京大学。他摆脱教务，在科学院文学研究所挂个名儿，实际干的是《毛选》英译的定稿工作，有一位外国专家与他共同负责。他一向办事认真，对业务问题更是当仁不让，从不随便附和。在此种情况下，困难与烦恼自然是难免的。那时他家住西郊中关村，而工作地点则在东城。我去东城看他，他出示新作，中有一联云："疲马漫劳追十驾，沉舟犹恐触千帆"，焦急不安的心情跃然纸上。我相信凭他的忠信和学力，他会冲破难关，取得信任的。后来的事实果然如此。他关心国事，但对政治问题持慎重态度，不轻易发表言论，特别是在那严峻的时期里。1957 年我以言语获咎，困顿三年，幸免沉沦。他是故人中听见我"归队"的消息最先来信表示关怀的一个，信中郑重嘱咐我要读书养气，勿因受挫而从此消沉。过了些时候，他还热心地为我觅得公余译书的任务，使我在两三年中精神有所寄托。他一再以严复、林纾为榜样来鞭策我，希望我继承乡先辈的事业，特为此寄赠了一首诗：

乖违人事七年中，失喜书来趁便风。

虚愿云龙同下上，真看劳燕各西东。

敛才尤焰知难閟，谐俗圭棱想渐砻。

好与严林争出手，十条八备策新功。

遗憾的是我对译事不甚感兴趣，也无法和两位乡先辈相比，辜负了钱先生的一番好意。那本已经译好编好的书（其中杂有别人的译文）寄到北京去，"文革"中不知下落。这倒是一件好事，使我免于再丢一次脸。那几年我和钱先生通信最多，我有许多问题向他请教，每次总得到迅速的回答，内容充实精确且不说，而文采斐然，妙趣横生，也令我心醉，如获珍宝。我把那几十封信装订起来，郑重收藏。谁知"文革"中我家徒四壁，无财物可抄，这一小册竟成为唯一的值得没收的珍品，从此一去不复返，及今思之，仍如刲却心头肉，痛彻肝肠！"山雨欲来风满楼"，在那可怕的时期即将来临之前，钱先生似有预感，他举陈简斋"微波喜摇人，小立待其定"的诗句讽示我勿再鲁莽行事，又举他自撰的一联诗"不定微波宜小立，多歧前路且迟徊"重申前诚。然而

"在劫难逃"竟成真理,像他那样淡泊明志、明哲保身的纯粹学者,终于也被卷入洪涛下放穷乡僻壤去接受"再教育"!

幸喜老天有眼,斯文未丧,他很快就奉召回北京,在相当长的一段时期里,闲居无事,得以重理旧业。1949年后的20多年,除《宋诗选注》和《读〈拉奥孔〉》、《通感》、《林纾的翻译》等几篇论文外,他竟无著作问世,甚至连读书的时间也很少,没完没了的临时任务消耗了他的全部精力。人到无可奈何的时候,只能用幽默自慰,有一次他来信说整天忙忙碌碌为人作嫁,偶尔偷空看些爱看的书,便如八戒大仙背人吃肉,喜出望外。现在好了,天赐良机,使他在镇日闭户无人打扰的情况下,埋头写他的巨著——《管锥编》。1979年我上北京参加第四次文代会,一天接到周振甫先生从西苑宾馆打来的电话,说有事相商,我去见他,他捧出一大包《管锥编》样稿,叫我看后写篇评论,我固辞不获已。回厦门后,细读全稿,寝食俱废。这部著作与专谈诗艺的《谈艺录》不同,范围包括文、史、哲三大部门,内容浩瀚,沟通中外,贯串古今,思深虑远,少年时代矜气全消,而代之以老成练达,至于文字之粹美,说理之简要,犹其余事。面对着这样一部开拓万古心胸的巨著,我何人斯,敢妄加评议?但既已受命不得不勉力为之,私心窃冀抛砖可以引玉,孰知拙文刊布后,国内并无很大回响,而海外对此书的反应则极热烈,甚至有设立专门研究小组的。那时我身边恰有几个研究生,正苦作毕业论文无适当题目,我便给他们各指出一个方向去研读此书。青年人头脑灵敏,他们猛下功夫在一年多的时间内果然把文章写出来了,汇订成书交付出版社刊行,至今为止,这是国内仅有的一部介绍《管锥编》的书。我原想把他们留下来继续作研究,无奈别人眼光短浅,结果连一个也留不住,我一气之下干脆放弃这份心思了。最近看到舒展同志在《文艺学习》和《随笔》两刊物上发表宏文呼吁"普及钱锺书",我感到由衷的欢喜和钦佩,但愿他的呼吁能感天动地变为事实。

1981年暑假我到北戴河参加文联读书班,顺路往北京看钱先生,与他畅谈半日。天气酷热,旅途辛苦,归后心脏病暴发,从此为高血压所苦,轻易不敢出门。去年春间钱先生寄赠《谈艺录》(补订本),周振甫先生又来函嘱写评论。此书分上下两编,下编即补订部分,篇幅恰与上编相等。钱先生在"引言"中说:"上下编册之相辅,即早晚心力之相形也。"我拜读三过,深感下编比上编更深刻严密,一个 75 岁的老人心力如此之健实足惊人。病中作文原属苦事,何况又是这样难写的一篇文章,但我仍支撑残躯写下去,对于钱先生书中鉴赏评骘方面的议论我不敢妄赞一辞,只就自己所理解的他的治学精神和方法略加介绍,我相信这对青年学者应该有些用处。朱熹诗云:"自古有基方筑室,未闻无址忽成岑。"青年人头脑灵敏,善于吸收新事物,这是他们的长处;但他们往往忽视基本功,把传统学术知识视同赘疣,这就容易变成空花泡影,只能热闹一阵。钱先生赠我的那首五言古诗中有"陆沉与盲聋"一语,出处见王充《论衡·谢短》:"夫知古不知今,谓之陆沉";"知今不知古,谓之盲聋"。希望青年朋友与我共勉,勿坠一边。

信手写来,不觉已逾六千字,心中似尚有许多话要说,限于篇幅,不再覼缕。衷心祝愿钱先生伉俪双星永耀,福慧绵绵!

1986 年 10 月 18 日

续 怀 旧

　　《怀旧》文成，意犹未尽，编者又来函督促，务使尽吐为快。自念年逾七旬，体羸多病，此时不说，恐无后期。钱先生曾再三告诫勿为他宣传，无奈《管锥编》、《谈艺录》(补订本)二书既出，中外学人不乏知音，燎原之势已成，要使读者读其书而不必知其人，也难办到。好在杨绛先生的《记钱锺书与〈围城〉》问世之后，主人公的真面目已有样本，我的饶舌只供参考而已。

　　前文说及徐燕谋先生，事情又极凑巧，我正着手写此文，忽然收到徐先生的女儿寄来她父亲的遗作《徐燕谋诗草》。此书由荣宝斋印制，前有钱先生作的序文，序中说过去曾为徐的诗稿作长序，"文革"中稿与序均毁于火，自存底本又佚去，这回是重写的。其实他的序文尚在人间，1942年我有幸得读此序，酷爱其文字之美，特把它抄录在一破旧的练习簿里，几十年来，几经劫难，书籍、笔记本散失殆尽，而此破本子赫然犹存，难道真的是有鬼神呵护的吗？这篇长序畅谈诗艺，其中有四百余字涉及如何对待西方文学的问题，尤有卓见，我将在后面加以介绍。这里且谈徐先生的诗，"文革"以前所作仅存二十余首，题作"烬余集"。这恐怕是沧海一粟，不知有多少佳作惨遭回禄，犹幸其中有一首长诗《纪湘行》，由其挚友郭晴湖先生写在屏条上，得以保存。此诗十分重要，因为它和钱先生小说《围城》第五章所记是一回事。1939年秋天，他们二人由上海出发往湖南蓝田师范学院任教，徐先生把沿途经历写在诗中，钱先生也以这次旅行为背景发挥想象，一纪实，一虚构，各臻妙境。《围城》问世后，许多读者把小说当作历史，纷纷推测书中人物的原型，其实大可不必如此，杨绛先生那本小书所说是可信的。读者倘把这两个作品拿来比较，对于艺事的精微定能有所悟入。徐先生的诗步武杜甫《北征》，在现代人所作的古体诗中，以我所见，当以此首为第一。因此，虽然全诗长达1870字，我想读者当不会反对把它转录在这里。荣宝斋印制的集子只供赠送，外间不易见到，转录更是有必要的。诗如下：

乙卯十月吉，戎装我将发。床前拜衰亲，未语词已窒。中闺别吾妇，叮咛到鞋袜。稚子喧户外，行李争提挈。离家才数步，已感在天末。梦梦上楼船，忧端纷难掇。晚出吴淞口，废垒撑空阔。寒风厉鬼号，余霞凝碧血。波涛上薄天，天怒向下遏。羲和亦既疲，海天任劫夺。行行入浑茫，终夜听澎湃。明旦船头望，越山崿屹屹。海疆千万里，浙闽仅未撤。双目久昏瞀，快意今一豁。短短溪口道，狼狈不可说。孟冬潦水尽，齿齿乱滩出。怪石伺水底，犬牙竞凹凸。篙师蛙曝肚，尺寸嗟力竭。纤者虫爬沙，首俯仅见胈。两岸有好山，云气幻奇谲。惜我怀抱恶，过眼客一瞥。江口换薄笨，如囚脱桎梏。不意风雨来，驰骤万马疾。仆夫苦推挽，泥泞胶车辙。后车撞前车，三步一颠蹶。久坐疲吾神，酸楚渐彻骨。转觉篷底宽，腰腿容伸屈。俄顷暝色合，十程犹六七。暗中扪有我，身外俱相失。淋漓透重棉，寒气侵短褐。道旁多沟渠，同行顶几没。深夜到逆旅，酒肴粗罗列。各自抚惊魂，对食空呜咽。雪窦山色佳，雨后净如泼。不为看山来，招邀禁排闼。命舆且往游，仄径攀藤葛。石罅出流泉，寒空盘健鹘。上方钟磬音，梵呗殊清越。行行渐平旷，稍稍得林樾。林外飞雕甍，庄灿瞻古刹。四海方溃洞，清静此十笏。山果有旧储，蔬笋皆新撷。檀楠自氤氲，烦虑暂披拂。隐潭有瀑布，僧言石门垟。远在一里外，泠泠听琴瑟。山径时迂回，瀑声亦续绝。忽扬如仙乐，敖曹堕天阙。忽抑如蚓鸣，幽咽出地穴。忽如银瓶迸，忽如碎玉戛。渐变飘风骤，终作千里突。四望无所见，俯惊蛟龙窟。石级才受足，凝神庶不跌。潭底日光微，深黑寒凛冽。止步始仰瞩，一白目几瞎。千丈如箭激，与石相龃龁。神女珠囊翻，美人乳花滑。谪仙不可作，东坡亦已殁。徐凝有恶诗，洗濯惭溅沫。且学隐潭隐，万古此荡潏。金华四围山，足迹未遑歇。缅怀黄初平，牧羊传仙术。乱石随手指，羊群起一叱。大笑世间人，臧谷争优劣。且期东归便，寻真访石室。鹰潭俯要冲，最与战场密。虚惊日夕至，谣诼难究诘。侧闻南昌敌，负隅逞横猾。狡焉思南侵，伺隙来飘忽。新车载熊黑，旧车无辗軏。创伤在道路，扶携自相恤。断臂粗络缠，折足强跛蹩。巨痛不用诉，斑斑征衣蔑。瘦面笑似哭，不怒眦亦裂。念彼皆人子，医药何可缺。七日此滞留，中夜警箪篥。小市值凶年，亦复畏剽窃。所急非囊金，衣服与书帙。衣多妇手缝，书我恃以活。匆匆过南丰，及尝霜林桔。平生曾子固，瓣香竟未爇。车行历崎呕，疾徐漫无节。上坡蜗缘墙，下坡鹿惊笞。时或折其轴，时或脱其辖。人处车箱中，若指之受捺。男履错女舄，痴突互填轧。衣襟污呕吐，行李纷撞捽。壮夫烂漫睡，张口出水鳜。老弱伛偻立，缩头入瓮鳖。承平仁义伸，艰危礼让诎。我观车所经，原野濒块圠。十里断炊烟，荆榛未剪伐。民多不地著，重利鄙耕垡。如取远道水，来救眼前暍。世无陶元亮，此意谁昭晰。怜人还自怜，我亦营私实。宁都西郭外，冈峦列礧礧。逶迤不可尽，东南界闽粤。九子去堂堂，翠微云升灭。太行若衡岱，恽记比豪杰。兹峰亦不凡，谓堪侠隐匹。九子岂侠隐，耻左衽披发。山中备战守，子弟束兵律。事去不可为，读书甘寂蔑。道出宁兴间，地形益刻截。不见水回环，但有石奇倔。洗练荆公文，譬衣去黼黻。瘦硬涪翁诗，譬食嚼蛴螬。我爱江南山，花木蒙摇缀。尤爱江南水，柔波桨轻拨。江南今则无，此亦差可悦。连嶂叠巉崿，屏蔽颇周悉。驰道依山辟，百里开积铁。枫老艳春花，壁皱嵌野蕨。回飙万壑哀，峻坡千盘折。俯瞰飞鸟背，墟落渺蚁垤。苍天为我庐，云霞伸手抹。魂魄逐归轮，生死寄一摸。后峰看却走，前峰又突兀。行尽乱山深，仍为乱山闭。乱山疑神移，飞轮或鬼掣。艰难抵庐陵，囊空如洗括。街头食薯蓣，饿极胜崖蜜。羞为识者见，背面吞且噎。同乡有周子，义气偃溟渤。微夫人之力，我托沿门钵。士不出乡里，此福岂屑屑。几人倚门边，骯脏学赵壹。燕市戮文山，颍上老六一。颠顿亦天命，天命我奚恤。信宿界化陇，行程缓难必。幸得贤主人，只鸡为我割。市远无鱼肉，盘飧费罗掘。昼看雨滴阶，夜听风萧瑟。屋破纸窗碎，一映残灯杀。斗室卧男女，得将敢嫌亵。寄窭非我主，促狭任蚊虱。梦中觅所亲，梦醒又孤孑。床头白皑皑，谁辨霜与月。晨起着敝绲，洞穿饥鼠啮。偓塞耒阳道，填胸愤气溢。悲哉杜陵老，一生多怫郁。洒尽君民泪，终未致朱绂。区区身后名，还遭奸人嫉。同谷不饿死，地下作饕餮。天意穷诗人，宗武湖湘乞。空土知何处，弥望云凄结。清晓湘江渡，鸭头鹣细缬。巍巍回雁阁，临水气雄拔。雁飞到此回，我行殊未毕。百里趋蓝田，始脱尘坌坲。晴路行舆稳，冷瘦度畛畷。舆缓自胜车，景物得闲阅。霜重菜甲肥，土松麦苗茁。新谷已登场，农事此暂辍。索绹补茅屋，绸缪待风雪。野塘浮鹅鸭，见人惊相聒。儿童杂笑言，鸡犬纷奔轶。十里一息肩，日映投蓬荜。脱粟为客供，土酒劝客啜。无烛恐慢客，插壁燃竹篾。食罢围地炉，絮絮话秔秫。问客何为者，颜色甚疲苶。延客上房睡，草荐暖而洁。礼数感殷勤，未觉村野质。昧爽复上路，月高劲风刮。舆出乱冈间，霜滑更阢陧。山深日到迟，雾霭蒸松栝。上冈怜舆夫，恻恻心难逸。下冈惧我坠，喘喘常咋舌。一冈复一冈，长路忽已达。形容无人状，时序惊回斡。师及喜我至，劳问殊亲切。我懒示之履，趾穿踵且决。仆仆忍回首，回首肝肠热。嗟我三十五，旦暮绕亲膝。年是亲前年，日是亲前日。亲壮不出游，今衰反远别。亦复念三雏，婉娈颇我昵。阿忞放学回，据案理纸笔。阿橚从爷眠，枕边置梨栗。最小怜阿㐜，眸子似点漆。安得便归去，与之共饥渴。两载居贼中，樊笼悲鸠鹬。侧脑睨苍鹰，青冥羽翮刷。今向青冥去，短翼飞终拙。此生不执殳，于国为弃物。艰辛亦区区，聊为家人述。

这首长诗把叙事、抒情、写景、议论熔为一炉，作者借此反映抗日战争时期我国内政之腐败、民生之困苦、敌寇之凶顽、士卒之疲惫，中间穿插着对祖国山川之美的赞颂，对古代杰出的诗人和义士的怀念，而终之以自咎空怀忧国之心，执殳无力，难免沦于"弃物"之列，如长江大河一泻千里，缠绵悱恻，蔼然仁者之言，境界近于史诗。钱先生的小说《围城》则别具手眼，他志在讽刺，也是利用旅行中所见所闻加以夸张改造，把半封建半殖民地社会中的种种怪现象给予无情的揭露，务使淋漓尽致。他对人物特感兴趣，无论是庸俗卑劣、丑态百出的，或者是貌似矜持、工于作态的老少男女，他都要用锐笔大力描摹，务使原形毕露。这对世道人心是有裨益的，他是个智者，有一副火眼金睛专门观照妖魔鬼怪。但这样做对他自己却是不利的，一般读者以为这位小说家是个笔挟风霜、冷漠无情的愤世者，因而不喜欢他。殊不知这只是他性格的一面，他们倘有机会读他的《槐聚诗存》，便可看到另一面，即忧世伤生、深情如海的诗人面目，而且越到晚年这一面越显著。

钱先生在为徐燕谋诗稿作的长序中有这样一段话：

> 余尝谓海通以还，天涯邻比亦五十许年，而大邑上庠尚有鲰生曲儒未老先朽，于外域之舟车器物乐用而不厌，独至行文论学，则西来之要言妙道绝之惟恐不甚，假信而好古之名，以抱残守阙自安于井蛙裈虱，是何重货利而轻义理哉！盖未读李斯《谏逐客书》也。而其欲推陈言以

出新意者,则又鲁莽灭裂,才若黄公度,只解铺比欧故,以炫乡里,于西方文学之兴象意境概乎未闻,此皆眼中之金屑,非水中之盐味,所谓为者败之者是也。譬若啖鱼肉,正当融为津液,使异物与我同体,生肌补气,殊功合效,岂可横梗胸中,哇而出之,药转而暴下焉,以夸示己之未尝蔬食乎哉!故必深造熟思,化书卷见闻作吾性灵,与古今中外为无町畦。及夫因情生文,应物而付,不设范以自规,不划界以自封,意得手随,洋洋乎只知写吾胸中之所有,沛然觉肺肝所流出,日新日古,盖脱然两忘之矣。姜白石诗集序所谓与古不得不合,不能不异云云,昔尝以自勖,亦愿标而出之,以为吾党告。若学究辈墟拘隅守,比于余气寄生,于兹事之江河万古本无预也。

这段话写于将近半个世纪以前,今天读来仍感亲切。学术文艺的古今中外之争由来已久,不仅中国有之,西方也有,其起因不外二者:或由于维护既得的利益,或由于认识上的差异。前者如王国维所说,有些人是以学术文艺为"利禄之途"、"羔雁之具",自己有了一套祖传"家数",就要严加保卫,高抬价格,决不让别人随意侵犯或妄加贬值,对于敢坚持反对立场的人,甚至不惜用暴烈手段加以镇压。这种情况虽已司空见惯,但与钱先生所言毫无关系,这里不赘。后者纯粹是学术文艺本身的事情,由于人们学识的深浅、眼光的利钝、胸襟的广狭,在一个历史转折的时期容易发生这种争论,问题也较复杂。总的说来,那些坚持不变、主张一仍旧贯的"鲰生曲儒",不管有怎样的好心肠,总是属于错误的一群。所以争论的焦点实际是在如何变以及变的程度这些问题上面。有些人认为既然要变,索性来个彻底即一脚踢开本土的传统学术文艺,用外来的现代学术文艺来取代。这种"全盘西化"的主张已为事实所否定。学术文艺不同于科技经济,哪能新的一出现旧的就全部报废?钱先生在《谈艺录》序中说:"东海西海,心理攸同;南学北学,道术未裂。"在学术文艺的领域里,无论新旧中西,只有取长补短的一法,要紧的是"打通"而不是"打倒"。如何打通?钱先生说:"使异物与我同体,生肌补气,殊功合效"。又说:"深造熟思,化书卷见闻作吾性灵,与古今中外为无町畦"。这个信念他坚持了50年,终于写成《管锥编》和《谈艺录》(补订本)两部巨著。"大器晚成",果非虚语。但开头一步也极重要,在我生平亲炙的师友中,在学术上始终不走弯路的似乎只有他一人,真是得天独厚啊!

钱先生的诗我不多见,几十年前和他相处时,他的大部分著作(包括用外文写的)我都拜读过,只是不便向他索阅诗稿,因为那里面可能有些不愿公开发表的东西。我只知道他少年时期,如同一般才子,爱写风流绮靡的艳诗。后来经陈石遗老先生的指点,才幡然易辙,舍唐音而趋宋调,专门在意境上力攀高峰。在别后的通信中,他偶尔也录示近作,这些和来信一样全被黑手夺去。上回刊布的那两首赠诗,是 1979 年到北京时特请他补写的。此外,粉碎"四人帮"后不久,收到他第一封来信,内附一首题作《老至》的七律:

> 徙影留痕两渺漫,如期老至岂相宽。
>
> 迷离睡醒犹余梦,料峭春回未减寒。
>
> 耐可避人行别径,不成轻命倚危栏。
>
> 坐知来日无多子,肯向王乔乞一丸?

这是在三中全会召开前作的,那时大局尚未稳定,浩劫初消,余寒犹在,诗中情意消沉,稍加思索,定能理解。就诗论诗,无论从字面或意境看,都力求含蓄妥帖,耐人寻味,确已达到老成的境地了。末后一联并非套话,他一生体赢多病,几十年前就曾陷入危境,可我从没见他露出惊恐的神态,可知对生死一关早已看透,这也是令我衷心钦佩的一点。

1986 年 12 月 20 日,厦门

忆四十年前的钱锺书

　　现任中国社会科学院副院长钱锺书先生今年 80 岁,国内报刊上陆续出现与他有关的评论和报道。《海燕》编者约我也写一篇。我正苦无新资料,而远方友人忽寄 40 年前我的一篇旧稿,其中纠正了后来所写文章由于记忆上的模糊而产生的不少失误,欢喜之余,急录以付《海燕》。

1989 年 12 月

　　两年前离沪时,假如我心里有所留恋,那一定是锺书君。母亲说得对,"海儿(我的小名)本来早就想回去,因为患了'钱迷症',白白地多吃了一年苦!"

　　我和锺书君相处的日子很短,只有一年半的光景。我们从前虽然同过学,而且又是属于同一学系,但一则因为他是"老大哥",二则因为校里师生都把他当作"超人",我便始终没有机会跟他接触。那年他从内地回到上海,章克椠(我的同级生)带我去看过他。他们是旧相识,一见面便大谈法国作家波德莱尔,我只默默地在旁恭听着,直到握手告别为止我跟锺书似尚不曾说过十句话。

　　大约过了 3 年吧,我又跟他见面了。这次是在一个小同学的家里,他谈的是英国文学界的现状。我只记得他把萧伯纳、威尔斯二位著名作家狠批了一顿。他说萧翁的伎俩是袭取新出的学说,生吞活剥地硬塞到自己的作品里去,借以欺世盗名;威尔斯则始终抱着几个老调弹个不休。他俩的病痛,一言以蔽之,就是"学无根底"。但他们也有长处,即笔下灵活。萧翁的一支笔尤其矫健有力。这些话我是初次从一个本国学人口中听到的。

　　过了一星期,我们又在同一地点聚会。这次谈的是旧诗。他正在撰写《谈艺录》,特把稿本带来给我们开眼。因为有几位听众不感兴趣,话题终于转到别的方面去。从这时起,我跟他逐渐熟悉起来。在以后的一年半中,我们每星期至少见面一次,所谈的无非是书本上的问题,我的职责是发问或故意提出异议,实际发言的只有他自己。

在我亲炙过的学人中,能始终使我保持同一印象的,恐怕只有锺书君一个。有些名声卓著的学者,一见面就使你失望,也有的头几次给你极好的印象,以后便跟下水船似的直落下去。这些人好比湖沼,只堪瓢饮,却不能放任长鲸去狂吸的。锺书君在大学时,就以宏博著名,有些以大师自命的学者,因为被他抓出话柄,竟以"钱某专读冷僻书"的话来自解嘲。当你坐在他面前听他纵谈时,你会觉得自己很渺小。有时你不免惊奇,像他那样弱不禁风的人,怎么能吞进那么多的东西,照一般的想象,一个胸罗万卷的人理应具有约翰逊博士那样魁梧的躯干的。

然而锺书君的可钦佩处,不仅在博,而尤在深。博与深常会成为两不相容的东西,而他却能兼而有之。我从没听他说过一句人云亦云的"老生常谈",他的话跟他的诗一样富有独创性。你不一定肯相信他的话句句都是至理名言,但你却不得不承认这些话都是经过千思百虑发出来的。一切浮光掠影式的皮相之谈,他决不肯随便出口。

他是个绝顶聪明的人,无论怎样艰深的书,他读起来都不怎么费力,这就可见他的悟性。他的记性尤不可及,当他在高谈阔论时,忽然想起一句王荆公或黄山谷的诗,或者在改英作文时,忽然想起一位古罗马作家的名言,他只伸手向书架上抽出有关的书认真翻了几下,立刻便可找到原文。世间一切给记性差的人准备的"引得"之类的东西,对他似乎全无用处。他在大学时发表的英文论文,奇字之多颇使一般教师感到头痛;而他所作的旧体诗,用的典故有些连老前辈都不知出处。这些不一定可取,但也可见他记忆力之强。

他下笔极快,我曾眼见他在人前笔不停挥地写出文采斐然、妙趣横生的书札;又曾眼见他给学生改英作文,把一篇命意修词都只寻常的东西改成相当漂亮的文章。然而他却不肯滥用他的捷才。我有幸拜读他的《谈艺录》手稿,那是一部精心结撰的杰作,主要评论我国旧诗,实际却触及古今中外与诗有关的文学理论。书中的每一则几乎都可发展成为一部专著,单凭这点已足雄视千古,而其文词之美尤为有诗话以来所仅见。当我离沪时,他已将此书修改了 3 次。去年 10 月接到来信,说《谈艺录》第 6 次修改稿不日即可誊清付印。我相信此书的面目跟我以前所见的必定大大不同了。他不仅对大部作品如此认真,即便对一篇白话散文也肯花力气去精心修改。他的白话散文集《写在人生边上》,其中有好些篇文章据说每篇都曾磨了他一星期的功夫。"闭门觅句陈无己,对客挥毫秦少游"原是两种不同的才调,如今竟并见于一人的身上了。

说到底,他的不可及之处却还是勤奋执着。世间与书有缘的人总会有对书生厌的时候,锺书君则似乎永无此感。他自言生平有三大嗜好:好小吃,好深谈,好博览。除了生病之处,他无时无刻不在读书。凡是经他读过的书,上面大都留下他用功的痕迹。你随手从他书架上抽出几册来翻翻,就知道他何以在学术上的成就胜过同时代的许多学人。前人说过"以生知之资志困勉之学。"我认为拿这句话来形容钱锺书颇为恰当。

锺书君年未四十,体羸善病,抗战末期,困处沪滨,心情奇劣。每次我去看他,总要联想到杜甫的《佳人》。他为人崖岸有骨气,虽曾负笈西方,身上却不沾染半点洋进士的臭味,洋文读得滚瓜烂熟,血管里流的则全是中国学者的血液。"华夷之辨"连我们这些未出国门一步的人也不及他分得严。这点是最使我衷心钦佩的。

前人有言:"不见叔度,鄙吝复萌。"我和锺书君分别两年,已觉满胸尘土,扫除不尽。想起当年在拉斐德路 808 号客厅窗下听他高谈艺文时的乐趣,不禁黯然!

1945 年 8 月

《围城》与《汤姆·琼斯传》

钱锺书先生的《围城》单行问世以来,给我们寂寞的文苑添了不少的声色。它在过去一年里面所受的"谴责"和"赞美",如果全体搜罗起来,大约总可编成一巨册的。但是评论这书的人虽多,却还未见有谁指出它的渊源。有些批评家看见书中夹着许多中西典故,不禁怒发冲冠,大骂作者自作聪明,把小说当作骈体文来做。哪晓得这种在稗官野史里引经据典的作风,别处老早就有,并不是钱锺书发明的。这只是举一个例来说罢了,其他有来历的新奇手法,书中还有的是。我相信作者写这部小说的主要动机,便在介绍这些外来的手法和作风,"我想写现代中国某一部分社会,某一类人物"云云,恐怕还只是次要的。因此,我想破些功夫,来给读者指点这书的来源。不过,这工作很不容易。钱先生是以博极群书著名的,他这部作品所取法的西洋小说真不知有几派几家,书中甚至连有些比喻都有出处!详细的注释应该留给未来天下太平时的学者去做。这儿只打算挑出一部性质跟它最近似的小说来比较,这就是18世纪英国小说家亨利·菲尔丁的杰作《汤姆·琼斯传》。

钱锺书和菲尔丁至少有两点相同:第一,他们都是天生的讽刺家或幽默家,揭发虚伪和嘲笑愚昧是他们最擅长同时也最愿意干的事情;第二,他们都不是妙手空空的作家,肚子里有的是书卷,同时又都不赞成"别材非学"的主张,所以连做小说也还要掉些书袋。这两点,前者决定内容,后者决定外表,他们作品的"质"与"形"可由此推知了。我不敢说钱锺书的《围城》有意模仿菲尔丁的《汤姆·琼斯传》,但我敢断言他在"悬拟这本书该怎样写"时,脑海中必然有这一部小说的影子在那里浮动着。不信,且来看看这两部小说的各方面。

菲尔丁在《汤姆·琼斯传》的开卷第一章里,以饮食为喻,声明他要奉献给读者的佳肴只有一道——人性。说得明白一点,他在那本小说里唯一要做的,是忠实地刻画人性。钱先生虽不曾公然拈出揭发人性的宗旨,但他的《围城》却更彻底地是一部人性大观。这两位心目中的人性,读者可以想见,是决不会高明的。《汤姆·琼斯传》中的人物,除一两尊外,可大别为二类:下流的和阴险的。钱先生比菲尔丁还要愤世嫉俗,他在《围城》的序文中劈头便表白:"在本书里,我想写现代中国某一部分社会,某一类人物。写这类人,我没忘记他们是人类,还是人类,具有无毛两足动物的基本根性。"这就是说,他不相信世间会有 Allworthy(见《汤姆·琼斯传》)那样一尘不染的完人。我们的世界,照钱先生的看法,不是天堂,也不是地狱,而是粪窖——这里面熙熙攘攘着的尽是些臭人和丑事!一部《围城》便是专门拿来给粪窖中的人物画脸谱的。脸谱有三副,用韩非子的字眼来形容,一副代表"愚",一副代表"诬",还有一副则是两美并全"愚而兼诬"。恰似但丁对待地狱中的鬼魂,作者对于粪窖中的三类人物还要加以区别。他比较最能同情的是第一类的"愚"。这类人物的毛病只在抵挡不住肉体的引诱,正合老子所说:"吾所以有大患者,惟吾有身",准情酌理是可以原谅的;书中的方鸿渐和赵辛楣属于这一类。第二类的"诬"病在心术,在地狱中应屈居下层,自然更要厚加呵斥;书中的韩学愈属于这一类。至于第三类的"愚而兼诬",那是穷凶极恶,不可救药,只好用大棒子来痛打了;书中的李梅亭属于这一类。《围城》中所有人物不出这三类,中间只有一个例外——唐晓芙。作者对于唐小姐特表好感,似乎有心发慈悲,给粪窖安上一朵花,借以略解秽气。但即便是唐晓芙,好处也只是不愚不诬而已,并没有什么了不起的超人德性,别说比得上 Allworthy,连 Sophia(亦见《汤姆·琼斯传》)的程度还差得很远呢。

正由于宗旨相同,这两书的"口气"(tone)便也不谋而合。菲尔丁在《汤姆·琼斯传》的第八卷第一章里曾向文艺女神呼吁,希望能让自己追踪亚里斯多芬、刘仙、塞万提斯、拉柏雷、莫里哀、莎士比亚、斯威夫特、马里服诸人,以幽默来充实本书的篇幅,"直到人类培养了只对别人的丧廉忘耻之行发笑的好脾气,以及深以自己的同样行为为憾的谦逊美德"。钱先生并没向谁呼吁,不过我们可断定他心里所向慕的前代作家,必然的也就是前面那几位。《围城》和《汤姆·琼斯传》同样是以幽默讽刺的笔调来写的,这笔调浸透全书,成了一种不可须臾离的原质;偶然一离,读者立刻便有异样之感。而也就在这里,这两位作家稍微有些不同。菲尔丁虽好讽刺,却并不悲观。他不喜欢板起脸孔来教训,但有时也说正经话。因此,每逢他转换口气,总是从"幽默"改为"正经"。钱先生则是个彻底的悲观家,讽刺之外,唯有感伤。这情形从两书的结束处看得最清楚。菲尔丁在他大作的第十八卷第一章里,便曾公开声明要改变作风。果然,在这一卷里,作者笑意全收,以异常严正的态度,让奸邪败露,佳偶成双。讽刺了一场之后,到底还是止于至善,真正的十足狄更斯作风!《围城》的前七章笔飞墨舞,极尽冷嘲热讽之能事,字里行间看得见作者脸上嬉笑的表情。从第八章起,这笑容渐渐消去,跟着来的不是"正经",而是"悲哀"。第九章几乎全浸在悲哀的情调中,纵有笑声,也是非常勉强的。虽然这儿述的仍是方鸿渐的事,作者的心声无形中已从里面透露出来了。本来书名《围城》,是也谅有此收场的。《围城》不仅象征着方鸿渐的人生观,实际也代表着作者自己的。

以体裁来说,这两部作品都是所谓"流浪汉小说"(the picaresque novel)。这派小说有个特点,便是不太注重故事,因而也无所谓结构。作者照例是利用主人翁作线索来贯串全书,这主人翁又照例是天生一副驴马命,永远不会安逸。作者便借着他到处漂泊的机会,来刻画社会各阶层的形形色色。在这一点上,《围城》和《汤姆·琼斯传》可说是完全一致的。但后者毕竟是 18 世纪的出产品,无结构之中还是有结构,而且有严密的结构。全书十八卷平分三部:第一部从汤姆出世起叙到他被逐止;第二部叙他从故乡一路漂泊到伦敦去的情形;第三部叙他在伦敦的经历以及他的最后胜利。书中事实千头万绪,人物也十分繁富,一路看去,像是信手牵出,全无干系,到了结束处,才知道这些全有作用。原来这里面包藏着无数的"埋伏"和"巧遇",真是万派朝宗,一切路全通到罗马去!这种传奇性的手法固然很巧,给我们 20 世纪的读者看来,却未免过于造作,有违"可能"(possible)和"可靠"(probable)的原则。比较起来,还是《围城》接近人生。这书的结构非常简单,只是把一位留学生从国外回来后的二年半里面的经历,挨着次序叙述出来,中间既无曲折,又无呼应,老派小说家惯用的那些解数,这儿一概豁免。书中的事实,除了方鸿渐和孙小姐同在大铺里梦魇那一桩有点神秘外,其余是太阳光底下习闻惯见的。可知作者的兴趣并不在事实和结构上面,而是另有所在了。

说到这里,我们才真正触及钱锺书和菲尔丁的根本相通之处。这两位小说家有个共同的信念，便是题材无关紧要，要紧的是处理这题材的手腕。菲尔丁曾以牛肉为喻，说明王公大人席上的牛肉或许和里巷贱人桌上的牛肉同出于一牛之身，然而前者能叫胃口顶坏的人动起食欲，而后者却使食欲最强的人倒尽胃口，可见分别全在调味、加料和烹制的手腕上面。紧接着便来了下面的结论："同样的，精神食物的精美与否，关系于题材的比关系于作家的艺术手腕的为少"（见《汤姆·琼斯传》第一卷第一章）。这一番议论是为了掩护书中丑恶的题材而发的，由钱先生全部接受过去，而变本加厉地运用起来。不久以前有人在香港出版的《小说月刊》上评论《围城》，说作者态度傲慢，俨然以上帝自居。其实，钱氏的野心是决不止于做做"上帝之梦"的，他还想更上一层楼地去做上帝的改革者。李长吉诗云："笔补造化天无功。"钱锺书的真正野心是想拿艺术去对抗自然，把上帝创造天地时的疏忽给弥补起来。《围城》一书，除了臭人丑事外，还特地挑出宇宙间最惹厌的一些东西，如鼾声、狐臭、跳蚤、饥饿、梦魇、胡子、喉核、厕所之类来加工描写。揣作者的用意，无非想化臭腐为神奇，拿粪窖中的材料来盖造八宝楼台。平心而论，这书在题材、意识、态度诸方面，可攻之点自然不少，但作者感觉的灵敏和笔墨的精妙，却是无论如何难以否认的。书中第五章记方鸿渐旅行所见，那些情景，抗战期中常在内地奔波的，谁没有经历过？可是当代小说家中，除钱氏外，还有谁能写出这样惊才绝艳的一章？批评《围城》的人，如果连这一点也把它抹煞掉，那不是眼光出了毛病，也必定是把心肝偏到夹肢窝里去了！这一点点的公道，我们觉得必须替钱先生维持的。

关于艺术手腕，菲尔丁和钱锺书惯用的都是作诗的技术。福斯德（E. M. Forster）说过：小说是介乎诗与历史之间的一种东西。也许是有感于自己题材的过于丑恶吧，这两位小说家都拼命用"诗"来补救。菲尔丁在《汤姆·琼斯传》的第四卷第一章里曾自白说："因此，为了使我们的作品不至于被比作这些历史家的出产品，我们便尽量利用机会，把各种的显喻、描写文，以及其他诗的文饰，散入全书。"这一段话毫无折扣地被钱先生拿来实行。《围城》里面的描写文最多，写景的就有十段左右。这些虽都只短短的，却都极富诗趣，而且也还均匀地散布书中。让我们举出一段来看：

> 天空早起了黑云，漏出疏疏几颗星，风浪像饕餮吞吃的声音，白天的汪洋大海，这时候全消化在更广大的昏夜里。衬了这背景，一个人身

心的搅动也缩小以至于无,只心里一团明天的希望,还未落入渺茫,在广漠澎湃的黑暗深处,一点萤火似的自照着。(第 19～20 页)[①]

这是紧接着方鸿渐跟鲍小姐在船上调情之后而来的一段描写,恶俗的场面后偏有此清幽的景色,可见作者是有心要借云水清光来给我们洗眼的了。风景以外的零碎描写,书中更到处可见,美不胜收。例如:

鸿渐昨晚没睡好,今天又累了,邻室虽然弦歌交作,睡眠漆黑一团,当头罩下来,他一忽睡到天明,觉得身体里纤屑蜷伏的疲倦,都给睡眠熨平了,像衣服上的皱折摺痕经过烙铁一样。(第 198 页)[②]

以上两个例子里的最后一句话都是所谓"显喻"(simile),读《围城》的人首先发觉的,必是书中这种比喻之多与新奇。但是这些跟《汤姆·琼斯传》里的比喻一样,都是直接从荷马学来的,《伊利亚特》中的 180 个显喻是它们的蓝本。这种比喻的特点是能独立自存,有时甚至喧宾夺主,把所比的丢在读者脑后,叫他只注意比喻本身。《围城》中顶标准的荷马式显喻,该是下列这接连在一起的两个:

鸿渐嘴里机械地说着,心理仿佛黑牢里的禁锢者摸索着一根火柴,刚划亮,火柴就熄了,眼前没看清的一片又滑回黑暗里。譬如黑夜里两船相迎擦过,一个在这条船上,瞥见对面船舱的灯光里正是自己梦寐不忘的脸,没来得及叫唤,彼此早距离远了。(第 191 页)[③]

显喻和描写文构成了这两部作品——尤其是《汤姆·琼斯传》——大部分的血肉和生命,假使把这些通通剥掉,这两本书纵不至生机枯萎,剩下的精华怕也有限了。

以上是就二书相同之点来作比较。假如还要更进一步地去讨论它们的互异之点,那我们可以简单地说:《汤姆·琼斯传》中的事实多于议论;《围城》刚刚相反,议论多于事实。这分别是植根于两位作家生活经验广狭的不同。菲尔丁的经验比较丰富,所以他的作品虽也一样的以"批评人生"为主要目的,却多少总带点"表现人生"的倾向,尽量把来自多方面的事实填塞进

---

① 本文出处均系晨光版页码。见人民文学出版社版第 14 页——编辑者。

② 人民文学出版社版第 149 页——编辑者。

③ 人民文学出版社版第 144 页——编辑者。

去。钱先生所见的人生似乎不多,于是他更珍惜这仅有的一点点经验,要把它蒸熟、煮烂,用诗人的神经来感觉它,用哲学家的头脑来思索它。其结果,事实不能仅仅是事实,而必须配上一连串的议论。这议论由三方面表达出来:作者的解释、人物的对话、主人翁的自我分析。说到这里,不由得令人想出一个新的名词:"学人之小说"。

1948 年 11 月 27 日

参加厦门文艺界电视剧《围城》座谈会

画龙点睛　恰到好处

——读《记钱锺书与〈围城〉》

　　这几年国内外想了解钱锺书先生的人大约不少,因此有些出版家很急于出一本《钱锺书评传》。这个任务可不易承担,钱锺书一不写自传,二不大愿意接见来访者,三极少在群众场所出头露面……试问你能从哪里去搜集他的生平资料呢?我曾设想,倘定要出此一书,恐只有登门去拜求杨绛先生。现在杨先生的《记钱锺书与〈围城〉》(湖南人民出版社《骆驼丛书》之一)一书果真出来了,一共只有一万六千字。在惯读洋洋几十万言的"评传"巨著的人看来,这本书未免过于单薄不成气候。老实说,开始时我也有这种感觉,认为拿这么一点点笔墨给钱锺书画像哪能画得成?及至认真地读了三遍,才恍然大悟,这种写法妙得很,真是画龙点睛,恰到好处。

　　这本书只有两节,第一节的题目是"钱锺书写《围城》",第二节的题目是"写《围城》的钱锺书"。前者主要用来说明《围城》既不是作者的自叙传,也没有借书中其他人物来影射真人真事,而只是"一部虚构的小说,尽管读来好像真有其事,实有其人"。这话是否可信,我想读过《围城》的人自会判断,用不着我来多嘴。我更感兴趣的是后者即第二节。

　　第二节是真正写钱锺书的,字数只有九千。我们多么希望杨先生能挥起如椽大笔,用最经济的手段,把钱锺书小时候如何聪明出众,如何在书香门第里的名父教导下博览群书,下笔惊人,后来又是如何在中学、大学以及国外最高学府里勤修苦练,以绝优的成绩压倒群英,学成归国后又如何埋头著述兼创作,每出一书总要在国内外学术界和文坛上引起热烈的反响,名噪一时等光辉事迹罗列出来,这是"评传"一类书籍习闻惯见的写法。奇怪的是,杨先生全然撇开老样本,另辟蹊径,只用少到无可再少的笔墨写些读者渴望知道的事,而大量的篇幅却用在描述钱锺书的"痴气",小时候怎样"混混沌沌","不会分辨左右","孜孜读书的时候,对什么都没个计较,放下书本,又全没正经","专爱胡说乱道"……诸如此类叫人摸不着头脑的玩意儿,难道她是在开玩笑吗？当然，我们知道她这样写是跟《围城》这部小说有联系的。40年前此书出版时，曾在上海、香港等地引起猛烈争论，大抵毁多于誉，前几年在国内重印，情况有了改变，但据我所知，读过此书的青年男女，一方面惊佩作者才气横溢，另一方面却又认为他尖酸刻薄，必定是个愤世嫉俗的犬儒。深知钱锺书为人的杨绛先生，借此奉告读者，他不是犬儒，而只是"痴气"十足，小时如此，大了还没有完全摆脱。这样解释是否令人满意，我也留给读者去判断，不拟在此插嘴。

我认为最值得研究的是"痴气"一词的内涵。我没有研究过心理学，对儿童心理研究之类的书更从不挂眼，但我曾仔细观察过儿童，觉得似乎有这么两种类型：一种是性格正常，头脑也还管用，上学读书门门得5分，是老师和家长们的心肝宝贝，然而长大了却没有什么大出息，只落得个"小时了了，大未必佳"的下场；另一种比较复杂，从表面看，他们都是脾性古怪，言语反常，痴气十足，书也读得不好，其中有一些始终停留在这种状态里，无药可医，那是真正的低能儿。而另外一些则看来似痴呆，而内里却蕴藏着一股灵气，平日里惯说糊涂话，有时却会突然提出一个使你大吃一惊的问题，或者发表一通博士论文里也找不到的精辟议论，"正经书"不爱读也读不好，面对一本本远远超过他的年龄所能吸收的坚实著作却啃得津津有味，仿佛深识其中的奥妙，这样的儿童恐怕很难把他归入"弱智"之林，而只好承认他是天才了。然而，这只不过是天才的苗子，能否成长起来却要看家长和老师的态度如何了。《红楼梦》里的贾宝玉不是貌似痴呆而实际却很有灵气的吗？他父亲贾政虽也承认儿子的文学才能远在自己之上，但由于利欲熏心，功名念重，便用各种手段强迫儿子走上"正途"，羁勒鞭挝杀马多，终于把一个文艺天才迫进了"空门"，完事大吉。对比起来，钱锺书可算幸运多了，他父亲子泉老先生虽也曾经误认"痴气"作"弱智"，把儿子"痛打一顿"，但不久便发现儿子其实是很有天才的，从此厚加爱护提携，使其在学术和文艺两个场地上奔腾驰骤，大展宏图。伯乐就出在自己家里，这在世界文学史上也是少有的奇遇。

杨绛先生大谈钱锺书的"痴气"用的是颊上添毫的笔法，着墨不多，精神全出，我十分佩服。但她对"痴气"的本质特征以及钱锺书长大成人后"痴气"的具体表现，或者避而不谈，或者语焉不详，这是美中不足。我想在这里

狗尾续貂,略加补充。"痴气"特别是钱锺书式的"痴气",依我看,是注意力高度集中的一种表现。杨先生告诉我们:

> 钱锺书在他父亲教导下"发愤用功",其实他读书还是出于喜好,只似馋嘴佬吃美食:食肠很大,不择精粗,甜咸杂进。极俗的书他也能看得哈哈大笑。戏曲里的插科打诨他不仅且看且笑,还再搬演,笑得打跌。精深微奥的哲学、美学、文艺理论等大部著作,他像小儿吃零食那样吃了又吃,厚厚的书一本本渐次吃完。诗歌更是他喜好的读物。重得拿不动的大字典、辞典、百科全书等,他不仅挨着字母逐条细读,见了新版本,还不嫌其烦地把新条目增补在旧书上。他看书常做些笔记。

读者试想想看,一个人把大字典、辞典、百科全书,像看小说似的,逐条细读,而且吸入脑海,这靠的是什么?记忆力强,不错。但更难得的是他有脱俗超凡的意志力,由于用志不纷,他的精力全部消耗在学术探讨和文艺创作上面,研几抉微,呕心沥血,别的什么一概不计较。这样,日积月累,功夫深了,成就自然与众不同,而"痴气"也就随之俱增。具体表现之一是,举世赶热门而他独守冷摊,著书立说,我用我法,求真求深,当仁不让,遭了"围攻",置若罔闻,小时候戒尺打不掉的,后来更不会屈服于教条。其二,有错必自纠,勿劳他人指点,每出一书总是改了又改,单篇论文也是如此,典型的例子如《中国诗与中国画》,《读〈拉奥孔〉》等,试拿收入《七缀集》中的与收入《旧文四篇》中的对照看看,时间距离虽只有五年,而变动之大(包括文字方面)真够使你看得目瞪口呆,惊诧不已,世间竟有这样自寻烦恼不怕"丢丑"的学人!其三,分明是个白话散文的老手,而最重要的两部著作《管锥编》与《谈艺录》用的却是典雅的文言,害得许多慕名敬仰的青年学者抱书兴叹,欲读还休,大大缩小了自广声气的范围。其四,一代学人被放逐到穷乡僻壤当邮递员,不仅无怨尤,还乐此不疲,克尽厥职,眼见别人纷纷上调,自己将终老乡间,担心的不是生活艰苦,而是无书可读,日子难熬。聊举数例,以概其余。篇幅有限,我的狗尾续貂也该结束。目前是"双百"方针深入贯彻的时期,学术和文艺的春天确已来临,奇花异草纷纷出现。杨绛先生这本小书可算得传记文学的一朵奇葩。我奉劝对钱锺书先生感兴趣的人,在尚未得读"评传"一类书籍以前,把此书认真地读几遍,我相信这样做一定会有教益的。

读《干校六记》

　　杨绛先生的《干校六记》是一本精妙绝伦的小书,它兼具历史和文学两种性质。作为历史看,它恐怕是 1949 年以来第一篇以私人见闻为基础的关于一次政治运动的详细记录。我们曾经有过多次这样的运动,但看得到的一般只是发表在报刊上的简略而枯燥的报道,没给后代留下多少具体的、深刻的印象,事过之后难免会引起一片模糊之感。《干校六记》记的是中国科学院哲学社会科学部的知识分子下放河南省农村接受"再教育"的两年间的事迹。除了有意避开清查"五一六分子"这一面不谈以外,作者把下放劳动的整个过程,从当初匆促治办行装,送先遣队起程,自己起程,下放后参加挖井、建造厕所、看守菜园、轮流巡夜等劳动,直到后来经过一番曲折奉召回京,原原本本如实地反映出来,既无夸张,又无掩饰(包括自己的内心活动),读过之后令人觉得这确实是关于一件大事的不折不扣、有血有肉的信史。不仅是信史而已,而且也是杰出的文学作品。

　　作为文学作品看,此书的妙处在于摒除了一切虚构和想象,纯用直叙和白描的手法,却能趣味盎然,引人入胜。这应该归功于作者深厚的文学素养和精湛的艺术技巧。杨绛先生最善于控制自己的感情不让奔放,特别是在叙述经受重大折磨的时候。在《下放记别》一节里,她说到后来独自动身下干校,前来送别的只有她的独女,女婿不久前在清查"五一六分子"运动中被迫害至死。这是何等凄惨的场面,作者并不大放悲音而只轻轻地说:

　　　　阿圆送我上了火车,我也促她先归,别等车开。她不是一个脆弱的女孩子,我该可以放心撇下她。可是我看着她踽踽独归的背影,心上凄楚,忙闭上了眼睛;闭上了眼睛,越发能看到她在我们那残破凌乱的家里,独自收拾整理,忙又睁开眼。车窗外已不见了她的背影。我又合上眼,让眼泪流进鼻子,流入肚里。火车慢慢开动,我离开了北京。

声音虽小,能量却大,读了这短短的几句,谁不会感到万分难受?

在《学圃记闲》一节里,作者叙述她在菜园劳动时,亲眼看见一个被折磨至死的人被草草收埋的情况,然后又轻轻地说:

> 冬天日短,他们拉着空车回去的时候,已经暮色苍茫。荒凉的连片菜地里阒无一人。我慢慢儿跑到埋人的地方,只看见添了一个扁扁的土馒头。谁也不会注意到溪岸上多了这么一个新坟。

这段记载令人想起了王守仁的《瘗旅文》。王守仁在贵州龙场驿上目睹被流贬者暴死的惨状,触景生情,写了一篇哀痛欲绝的长文。杨绛先生的感情却深沉得多,在平平淡淡的寥寥数语中包孕着多少血泪!

《干校六记》除记述下放劳动的事迹外,还穿插着许多描写,如关于当地的自然环境、农民生活、下放者的工余情趣,以及作者夫妇间的深情密意,等等。这些有的看来很琐碎,似乎不值得形诸笔墨(如《"小趋"记情》和《冒险记幸》这二节),而作者却言之津津有味,读者也不会感到枯燥。为什么如此呢?原来是作者有意巧安排,在那时期阴森可怕的社会牢狱里打开一扇窗户,让狱囚们看到了一线光明——爱和人情味。而这却是一般历史家不敢、不屑和不能运用的艺术手法。作者深切同情当地劳动人民的艰苦生活,但也不隐讳他们由于极端贫困而引起的种种落后行为,而终之以深刻的自我检讨:"我们不是他们的'我们',却是'穿得破,吃得好,一人一块大手表'的'他们'。"诸如此类的鞭辟入里的警语遍布全书,处处闪出智慧之光,为本书增色不浅。杨绛先生是饱读中西古籍的学者,而她使用的却是一种通俗精炼、俗而能雅的文学语言,在同类作品中堪称无与伦比,限于篇幅,这里就不举例了。

总之,《干校六记》既有史笔,又有文采,是文史结合的一个范例。在十年浩劫,人文凋敝后,出现了这么一本小书,足证严冬已过,春回大地,随着国运的好转,我们的文化事业也开始有了新的生机。杨绛先生恰似报曙之鸡,把这好消息趁早传达给人间,这是值得感谢的。

1983 年 5 月 13 日

《鲁迅杂感精华录》编后记

鲁迅一生所写杂感,用最严格的标准来计算,至少也有五六百篇。这是一个很大的数量,倘要一般读者全体通读,恐难办到。前些日子听一位老作家说,目前读鲁迅书的人不多了,我想她指的不是文学研究者,而是青年学生。据我所知,大学中文系学生现在往图书馆借阅鲁迅作品特别是杂文集的,确实不多,原因倒不在于缺乏兴趣,而主要是由于看不懂。鲁迅的杂感大部分是针对当时社会上发生的具体事情而作的,时过境迁,不了解事情发生的背景而要读懂他的杂感,确非容易。其次,他有一部分杂感是出于爱国热情,力挽颓波,因而故作惊人之论,如当时有人主张复古,大谈"整理国故",置国事于不问,鲁迅便劝青年人"要少——或者竟不——看中国书,多看外国书",这也使不明真相者无法理解。复次,鲁迅毕竟是人不是神,他有时受了很大的刺激也会作偏激之论,如因父亲被庸医所误便否定中医,因不满于京剧之泛滥便对梅兰芳时有微词之类,这些也引起了读者的疑惑。把以上这些扣除,我想至少还有一二百篇足供课余浏览。但浏览不如精读,倘能从五六百篇杂感中选出 20 篇,放在案头,日夕观摩,这将是十分有益的。鲁迅先生是老一辈学人中思想最深刻、态度最严肃、文字最精练的一位,青年学生应该永远以他为榜样,从他的文章中学习写作、治学与做人之道。我不揣浅陋,于汪洋大海中妄探骊龙之珠,以供莘莘学子三隅之反。这 20 篇未必尽是鲁迅全部杂感中之最佳者,我也只是就上述三方面——写作(附批评)、治学、做人——各选最心爱的几篇,编为一集,姑名之为"精华录"云。

为了阅读的便利,这里拟对二十篇文章小作介绍。第一方面共选七篇:《未有天才之前》、《我怎么做起小说来》、《作文秘诀》、《文章与题目》、《不应该那么写》、《看书琐记(三)》、《骂杀与捧杀》。

《未有天才之前》(见《坟》)是一篇思深虑远、眼光敏锐的文章。作者从严厉批判几种扼杀创作天才的思潮——如复古、排外、恶意的批评——开始,谆谆劝告文学青年不要急于当天才,而要老老实实地甘充培养天才的泥土。他说,"我想,天才大半是天赋的;独有这培养天才的泥土,似乎大家都可以做。"所谓"泥土"指的是一些"小事业":"能创作的自然是创作,否则翻译,介绍,欣赏,读,看,消闲都可以"。他相信如果大家都这样做,天才便可从这里面"长育出来的"。未有天才之前应该先有造就天才的环境和气氛,这是千古不磨的定论。

《我怎么做起小说来》(见《南腔北调集》)是一篇非常朴素的创作经验谈。鲁迅的令人钦仰的美德之一就是从不大言欺人,不摆作家的臭架子。他告诉读者,他下手写小说不为别的,"只不过想利用他的力量,来改良社会"。所以他的兴趣不在于创作本身,他也没费多大力气去研究如何写小说,"所仰仗的全在先前看过的百来篇外国作品。"他教别人写作真是卑之无甚高论,不外"力避行文的唠叨";"不去描写风月,对话也决不说到一大篇";不要照抄生活,要从各方面取材来讲故事写人物;"批评必须坏处说坏,好处说好"之类平易近人的话,然而对初学写作的人来说,这些却是最切实有用的。

《作文秘诀》(见《南腔北调集》)是一篇富有风趣的说反话的文章,作者根本不相信作文有什么秘诀,如果说有,那也只是些骗人的把戏。他以做古文为例,说古代有些作家专以"缩短句子,多用难字",内容莫测高深作为行文的方法,这就是"作文秘诀"。"做白话文也没有什么大两样,因为它也可以夹些僻字,加上朦胧或难懂,来施展那变戏法的障眼的手巾的"。他主张去掉这面手巾,采取"白描"的方法,即"有真意,去粉饰,少做作,勿卖弄而已。"

《文章与题目》(见《伪自由书》)是一篇无比深刻、极有远见的文章。兜头便说:"一个题目,做来做去,文章是要做完的,如果再出新花样,那就使人会觉得不是人话。然而只要一步一步地做下去,每天又有帮闲的敲边鼓,给人们听惯了,就不但做得来,而且也行得通。"作者以抗战时期报刊上流行的与《安内与攘外》这个题目有关的文章为例,说明当时无耻之徒是如何利用诡辩术来欺民卖国的。这种手法并不缺乏继承者,但看"文革"时期"四人帮"的文学侍从们写的那一大堆"批儒评法"的文章便可略知一二。愿一切执笔为文的人以此为殷鉴,勿再一跌再跌以贻千古之羞!

《不应该那么写》(见《且介亭杂文二集》),也是一篇关于写作的文章,作者认为从正面教人应该如何写往往用处不大,倒是叫他从失败的作品如"拙劣的小说",或者从大作家的手稿中删改的部分,自去领会不应该那么写,更易收效。这教导很一般,但却实际。

《看书琐记(三)》(见《花边文学》)是一篇关于文艺批评的文章,篇幅很短而内容却充实完满,对目前有很大的指导意义。创作家与批评家之争由来已久,鲁迅不偏袒任何一方,也不故作调人,而是冷静地指出这是正常的现象,决不能"不问是非,统谓之'互骂',指为'漆黑一团糟'"。他主张"文艺必须有批评;批评如果不对了,就得用批评来抗争,这才能够使文艺和批评一同前进,如果一律掩住嘴,算是文坛已经干净,那所得的结果倒是要相反的"。

《骂杀与捧杀》(见《花边文学》)也是一篇关于批评的文章,作者一针见血地指出,批评家的错处不在于"骂"与"捧",而在于"乱骂与乱捧",就中尤以乱捧的危害性为更大,因为"现在被骂杀的少,被捧杀的却多。"什么叫"乱捧"? 不学无术、胡乱颂扬、标点一部古书使它面目全非;信口开河,胡乱介绍一个学者或作家使他失却真相之类都是。乱骂不足以长期损害被骂的对象,而乱捧却能使被捧的对象"不知道要多少年后才翻身",这种含义深刻的箴言是值得从事批评工作的人永铭心版的。

第二方面共选六篇:《考场三丑》、《拿来主义》、《随便翻翻》、《人生识字胡涂始》、《题未定草(七)》、《选本》。

《考场三丑》(见《花边文学》)是一篇对考试出偏题持异议的文章。这种现象今天还有。比方说,为了提倡读书,在报刊上出些题目请大家回答,这本是一件好事;但有人却仿效前清举办博学鸿辞科的做法,拿比较冷僻的诗文和典故要求大众说明出处,使得许多人到处奔走找专门家作"枪手",这却不大好,因为这样做会使人丧失读书兴趣的。鲁迅严正地指出,"假使将那些考官锁在考场里,骤然问他几条较为陌生的古典,大约即使不瞎写,也未必不交白卷。"不知道出试题的先生们想到此点没有?

《拿来主义》(见《且介亭杂文》)是一篇大家熟悉的名文。我注意到"文革"时期编的许多种鲁迅杂文选集,凡是触犯忌讳的文章大都被砍掉,唯独此篇赫然犹存,不知是鬼迷心窍一时失检呢,抑或因它名气太大不敢怠慢?

近几十年以来,关于文艺上批判继承问题的大块文章多不可计,其中大半是空谈加废话。鲁迅先生这篇不及二千字的短文,把为什么要吸收外国文艺以及如何吸收的道理说得明白透彻,具体活泼,通篇妙语如珠,异趣横生,堪称绝代奇文。

《随便翻翻》(见《且介亭杂文》)是一篇关于治学方法的文章。治学方法不外二途:一精读,二博览。鲁迅在这里谈的是博览问题,又一次地表现出忠诚老实的态度,明白告诉读者他之所以显得"好像看得很多","就为了常常随手翻翻的缘故,却并没有本本细看"。他把这叫作"消闲的读书",认为只要"自己有主意"就不怕受害。防止受害也有办法,"治法是多翻,翻来翻去,一多翻,就有比较,比较是医治受骗的好方子"。这些都是切实有益的经验之谈,可供青年学子的参考。

《人生识字胡涂始》(见《且介亭杂文二集》)是一篇跟读书和作文都有关系的文章。作者深刻地指出,许多人"自以为通文了,其实却没有通,自以为识字了,其实也没有识。自己本是胡涂的,写起文章来自然也胡涂,读者看起文章来,自然也不会倒明白"。这里指的是古文和旧语,不通古文便"连明人小品都点不断";不识旧语便对古词汇如"峻嶒"、"巉岩"之类弄不清它的准确含义。补救的办法是读古书时勤查字典,多下"记住、分析、比较"的功夫;作文时"先把似识非识的字放弃,从活人的嘴上,采取有生命的词汇,搬到纸上来"。

《题未定草(七)》(见《且介亭杂文二集》)是一篇对文艺批评上一种错误倾向痛下针砭的文章。这种倾向流行于一时而至今仍未绝迹,即从一篇作品中摘出几句,凭主观臆测给予种种解释,说得天花乱坠却不一定符合实际。作者举了几个例子进行详细精辟的分析,然后下结论说:"不过我总以为倘要论文,最好是顾及全篇,并且顾及作者的全人,以及他所处的社会状态,这才较为确凿,要不然,是很容易近乎说梦的"。这个论断是著名的,同时也是如日月经天,江河行地,历久常新的。

《选本》(见《集外集》)是一篇劝告读者读选本时要谨防上当的文章。作者列举《世说新语》、《文选》、《古文观止》、《唐人万首绝句选》等书为例,然后指出,"选本可以借古人的文章,寓自己的意见","如此,则读者虽读古人书,却得了选者之意,意见也就逐渐和选者接近,终于'就范'了"。"四人帮"时代的选家们采取的正是这种手段。在文章的末了,作者特别嘱咐研究中国文学史的人们勿为"评选的本子"所误。

第三方面共选七篇文章:《暴君的臣民》、《世故三昧》、《透底》、《二丑艺术》、《隔膜》、《名人和名言》、《关于太炎先生二三事》。

《暴君的臣民》是一篇一共只有 243 字,却能深挖出封建统治黑暗本质的文章。鲁迅恰似但丁,身在人间,神游地府,从无数蚩蚩之氓的身上看出了妖魔鬼怪的影子,暴政如虎,荃蕙化茅,中外一例,可胜浩叹。这样的时代如今已一去不复返了,但殷鉴不远,作为"臣民"的应该宁粉身碎骨而决不再充强梁者的鹰犬,以免遗臭万年。

《世故三昧》(见《南腔北调集》)也是一篇说反话的文章,但内容比《作文秘诀》更深刻。鲁迅眼冷血热,经常揭穿社会黑幕,提醒青年人勿再上当受骗,因此被心怀恶意的人谬称为"世故老人"。他回答说:"然而据我的经验,得到'深于世故'的恶谥者,却还是因为'不通世故'的缘故"。一个像鲁迅那样对社会、人生抱有重大责任感的人,哪能目睹黑暗现象,只因心知利害,便箝口结舌,装痴作聋?所以他不胜感慨地说:"责人的'深于世故'而避开了'世'不谈,这是更'深于世故'的玩艺,倘若自己不觉得,那就更深更深了,离三昧境盖不远矣。"

《透底》(见《伪自由书》)是一篇极有见识的文章,用意是在"反对一种虚无主义的一般倾向的。"作者说:"凡事彻底是好的,而'透底'就不见得高明。因为连续的向左转,结果碰见了向右转的朋友,那时候彼此点头会意,脸上会要热辣辣的。"他以反对八股为例,指出如果只看形式不看实质,那么"开口诗云子曰,这是老八股;而有人把'达尔文说,蒲力汗诺夫曰'也算做新八股",这样就危险了。虚无主义是立身处世的大敌,容易把人引入陷坑,必须坚决抵制。

《二丑艺术》(见《准风月谈》)是一篇给两面派画脸谱的极妙文章。所谓"二丑"即"二花脸","身份比小丑高,而性格却比小丑坏"。他既帮主人消闲,也帮主人凌蔑、压迫、吓唬百姓,然而"一面又回过脸来,向台下的看客指出他公子的缺点,摇着头装起鬼脸道:你看这家伙,这回可要倒楣哩!"他这样做是为了留一条后路,"以便将来还要到别家帮闲"。鲁迅指出,这种"二花脸艺术"不仅出现在舞台上,当时流行的刊物里也有,如平时惯于发表为统治阶级服务的帮闲文字的刊物,有时也要"慷慨激昂的表示对于国事的不满"之类就是。

《隔膜》(见《且介亭杂文》)是一篇揭露封建统治者居心叵测,使臣民无辜受戮,至死还不明白为什么遭殃的文章。鲁迅指出,在那样的时代里,"惨案的来由,都只为了'隔膜'"。本来么,"奴隶只能奉行,不许言议;评论固然不好,妄自颂扬也不可","倘自以为是'忠而获咎',那不过是自己的胡涂"。读了这篇目光如电、洞烛幽微的文章,使人心明眼亮,知道应该怎样去观察那充满血腥气的社会,怎样去思考那些表面上叫人无法理解的种种问题。

《名人和名言》(见《且介亭杂文二集》)是一篇教人如何察言的文章。作者指出,"在社会上,大概总以为名人的话就是名言",这是错误的,"应该将'名人的话'和'名言'分开来";"应该分别名人之所以名,是由于那一门,而对于他的专门以外的纵谈,却加以警戒"。名人倘只谈他自己的专业,那"当然娓娓可听",如果"无所不谈",那"就悖起来了",他的"许多见识往往是不及博识家或常识者的。"鲁迅告诫我们:"博识家的话多浅,专门家的话多悖"。这确是一句善于察言的名言。

《关于太炎先生二三事》(见《且介亭杂文末编》)是一篇教人如何正确评价一位先前有功于人民而后来"既离民众,渐入颓唐"的革命者的文章。作者以不偏不倚的态度,冷静地分析了章太炎的一生,认为他早期拼死反对清朝黑暗统治,痛斥袁世凯妄图恢复帝制,曾"七被追捕,三入牢狱,而革命之志,终不屈挠",这才是他的本质,至于后来因思想僵化而偶与北洋军阀往来,这只是"白圭之玷,并非晚节不终",决不可以一眚掩大德。这样地给历史人物下结论是合乎情理的,世间无完人,而忠奸邪正自有公论,只要大家不存心袒护或故意诬蔑,每个对人类有过影响的人总会在历史上留下一分应得的结论的。

绍介既毕,把二十篇杂文重读一遍,不禁拍案叫绝。鲁迅是半个世纪以前的作者,但在这里所说的,几乎每一句话都适用于今天,都能引起今人的深思,这是怎么一回事呢?古话说"清明在躬,气志如神",只因心无杂念,故能眼观千古,在这点上鲁迅真不愧"现代圣人"的称号。

《林纾评传》序

四年前,张俊才同志和他的导师薛绥之先生合编一部《林纾研究资料》,由福建人民出版社出版。当时我曾在《福建论坛》上发表一文,题作《评〈林纾研究资料〉兼论林纾对世界文学的贡献》,文末说:

> 林纾是福建人,他对我国现代文学和世界文学既然有了这样一些贡献,我们福建人决不应该忘记他。像《林纾研究资料》之类的书本应由我省学人负责主编,而今已被外省热心的同志"越俎代庖"了。我恳切希望今后我省文学研究者迎头赶上,把继续深入研究林纾的职责担负起来。这就是我写这篇小文的一点微意。

非常遗憾,由于体羸多病,我自己是"提倡有心,实行无力",4年以来没有写过关于林纾的任何文字,而省内在这方面可以有所作为的学者,虽经我的大力敦促,也始终抱着冷漠的态度,迟迟不肯下手,不知道是否因为他们心有余悸,把林纾看作一个被否定了的历史人物,避之唯恐不及。现在薛先生不幸已病逝,出生于山西省的张俊才同志挺身而出,把深入研究林纾的担子单独挑下去。这部字数近二十万的《林纾评传》,到目前为止,是我所见的最完整详尽的一部关于林纾的专著,其中不仅把林纾自幼而老的一生经历毫无遗漏地叙述出来,而且把他的所有精神产品——诗、文、小说、翻译等,一一加以精细的评介,使读者对这位曾经雄视一代的文坛巨子的人品和才情有了较深刻的印象。应该着重指出,作者虽对林纾怀着深厚的感情,但在作评价时始终采取公正不阿的态度,该肯定的便肯定,该批判的便批判,绝不故意回护,也不哗众取宠把诬蔑不实之词强加在林纾的身上。

这里,我想趁便把我所知道的一些情况附带一说。我在小学时,林纾已迁居北京将近二十年了,但他的名字和事迹仍然常挂在福州人的口头上。他们称赞他才华出众,每逢文士集会赋诗,总是他首先完卷,他的一支笔靠在福州南门城墙上简直无人搬得动。他们更钦佩他乐善好施,勇于助人。

凤凰树下随笔集
Delonix regia

他的两位挚友王灼三和林述庵不幸早逝，遗下孤儿，无依无靠，林纾便把他们收养在自己家里十多年，亲自教诲。灼三的儿子元龙后来有点成就，我曾在福州基督教青年会的礼堂里看见他写的一副笔力矫健的对联，"座上岂容凉血辈，此间大有热心人"，口气似乎是在歌颂他的恩师。我还从林纾的堂妹口里听到一件事：他长期开设书塾，以课徒为生，当地有个著名的恶霸也慕名把儿子送来就学。那孩子既蠢又顽，常常闹事。一天林纾狠狠地教训了他。翌日恶霸登门问罪，意欲动武，林纾二话不说，端起顽童的书桌摔到院子里，然后用福州方言对恶霸进行最尖锐的"国骂"。一向横行无忌的地头蛇竟然被这位精通拳术的举人老先生所慑服，只得乖乖地背着桌子牵着儿子狼狈退却。关于林纾的事，我从父亲口里听得最多。父亲一生敬仰"琴南先生"，常向我们颂扬他的人品和学问。本世纪初，北京创办一所中等学校，叫"五城学堂"，那校长（当时称"监督"）是福州人，教职员不少来自福建，林纾被聘为"总教习"，父亲因无功名，只得当个职员。他为人勤劳谨慎，林纾很快就看上了他，常请他帮忙抄写译稿，给予厚酬，以资养家。父亲因此得常出入林府，眼见林老"耳受手追，声已笔止"的译书情况，他非常佩服林纾思想敏捷，文字雅畅，往往口译者声尚未已，而笔述者笔已放下，没有这样的捷才是无法达到一小时译千字的速度的。正因译得快，所以字迹非常潦草，且常出现错字，这就需要像父亲这样认真负责的人为他一一校正誊清，然后送交出版社。记得小时在我家厨房楼上的书箱里看到几册林纾的译稿和他写给我父亲的一包书信，当时不知宝爱，后来久离故土，"文革"后回福州重寻旧物，不仅译稿和书信化为乌有，连书箱也不见了，真是"在劫难逃"啊！林纾一生勤劳，每日译书、作文、绘画，在那间被陈衍唤作"造币厂"的工作室里忙个没完没了，但他身后萧条，逝世没几年便举家迁往北京城外南下洼的福州会馆里。据父亲说，林纾收入甚丰，一半用以救助穷苦无告的人，另一半则被几个不成才的后代挥霍精光。

从人品看，林纾是无可指摘的。他出身寒微，永不忘本，中了举人后，不肯当官，一辈子自食其力。他热爱祖国，痛恨外国侵略者，也曾倾向维新，醉心改革，清帝逊位后，虽怀恋主之情，却无企图复辟的罪行，这一点是高出于康有为、严复之上的。因此，我同意本书作者的论断，林纾晚节较差主要是

126

由于思想僵化,而与政治野心无关。他一生最大的污点是反对新文化运动,由攻击白话发展到对所有的新思想、新道德都不满,终于变成了十足背时的堂吉诃德。然而仅凭这一点来否定他的整个历史,也不公道,因为正如张俊才同志所说,林纾是"新文学的'不祧之祖'",对中国新文学的产生和发展曾经起过间接的推动作用。众所周知,这作用是来自他的翻译事业。林纾不识一字外文,却凭口译笔述的方法译出了将近二百种外国文学作品,这些对后来的新文学巨子实施了启蒙教育,使他们以此为典范来创造中国的新文学。数典不宜忘祖,也许是有鉴于此,"五四"时期曾猛烈攻击过林纾的那些进步作家,后来又一个个地出来承认自己曾受过林纾的影响,林纾并不是不可救药的顽固派。

林纾是个多方面的人才,经过时间的考验,他的诗、文、绘画渐渐被遗忘了,如今只有所译之书尚流传在人间。钱锺书先生在《林纾的翻译》一文里说:"最近,偶尔翻开一本林译小说,出于意外,它居然还没有丧失吸引力。我不但把它看完,并且接二连三,重温了大部分的林译,发现许多都值得重读,尽管漏译误译随处都是。"有这种感觉的恐怕不止钱先生一人。问题是在于"漏译误译随处都是"的译本何以还具有如许魔力?钱先生明确告诉我们:"林纾译本里不忠实或'讹'的地方并不完全由于他的助手们语文程度低浅,不够理解原文",而是因为"他在翻译时,碰见他心目中认为是原作的弱笔或败笔,不免手痒难熬,抢过作者的笔代他去写"。林纾是个天分极高的人,虽然不懂外文,但在做了几次"笔述"之后,竟然"比直接读外文的助手更能领会原作的文笔",更进而悟到"天下文人之脑力,虽欧亚之隔,亦未有不同者"(林纾语,转引自钱文),于是便"把《左传》、《史记》等和迭更司、森彼得的叙事来比拟",以我之长济彼之短,浑不管翻译和创作的区别。这样做的结果是从翻译的领域跨入比较文学的园地。林纾当然不会梦想世间有所谓"比较文学"这门学问,但通过翻译实践,他结结实实地给中西比较文学提供了许多有趣的实例和不无可取的见解,他终于成为比较文学在中国的开山之祖。

我很抱歉,这篇浅陋的序文介绍林纾本人远比论述《林纾评传》为多,真是下笔千言,离题万里。但这也是出于无奈,因为张俊才同志确实费了很大力气,从各方面广搜资料,精研细磨,把与林纾有关的所有问题都挖掘得几无剩义,不给别人以插嘴的余地。单凭这点,我认为这本书也是很值得一读的,我谨掬诚把它推荐给读者。

1987 年 9 月 20 日

赤胆贞心的最好见证

——读《战火中的书简》忆彭柏山同志

　　彭柏山同志含冤逝世到现在已 16 年了。本世纪 60 年代初，他突然来到东海之滨的厦门大学当教师，几年后又悄悄地离去了。他刚来时，曾经在校园里引起了一阵惊奇的微澜，人们都知道他是个著名人物，当过将军，也担任过高级文职，只因受一次"政治事件"的株连，而栽了跟头。但他究竟是什么样的一个人，大家心里还无数。这个谜很快就解开了，他平易近人，表里如一，没有什么特别值得留心的地方。对学生，他既热心，又严肃，诲人不倦，改作业一丝不苟。对同辈，他胸怀坦荡，宠辱皆忘，从不摆架子，不谈旧事，而别人倘有一技之长，他会由衷地给予赞扬。他生活很有规则，一间宿舍收拾得干干净净的，上课以外总在那里埋头工作。但他有时会忘掉自己的处境，说些不该说的话，发表些不该发表的言论，以此犯了"错误"。记得有一次系里工会组织教师作环绕鼓浪屿的航游，归来后，有些人赋诗留念，柏山同志写的是一首七律，其中有一联云："内海无波天地阔，遥山有雨鬼神惊。"我看了着实大吃一惊！在那草木皆兵、无风起浪的严峻时期里，他竟然敢于这样没遮拦地掏出自己的心曲，这实在太出意料之外了。我一方面觉得他太天真，另一方面却也佩服他感觉灵敏，因为作为"文化大革命"前奏的文艺界整风，当时已在远处敲起战鼓来了。孔子说："观过知仁。"柏山同志的毛病是在气质上，而不在心术上，我对他始终怀着敬意和好感。

　　"文化大革命"时期，我从别人口里得知柏山同志遇难的消息，心中很不好受，但也只能搔首看天，默默无言。1980 年，随着党的政策的落实，他的平反消息终于飞来了。不久，我收到朱微明同志前后寄来的柏山遗作《战争与人民》和《战火中的书简》二书。关于前者，我因对军旅之事毫无所知，只能把它当作一般小说来读。但对后者，我却被深深地吸引住了，一读再读，越读越引起深思。我认为此书是他的赤胆贞心的最好见证，篇幅不长，仅包括 133 封短小的家信，而内容却极丰富。

彭柏山和厦大学生合影

　　这里有决定中华民族命运的八年抗日和三年解放战争真实情况的记载,其中有不少惊天动地可歌可泣的事迹,也有关于人事变迁的珍贵史料。作者对这些并不加意叙述或描写,而只如话家常似的轻轻一提,可见他的注意力并不集中在写日常发生的战斗事件上面,他不想借此来立身扬名。战争对他本人,正如他在《书简》中所郑重说明的,只是一种"使人进步的无限的推动力",是"发展的源泉"。

　　他自然也有所追求,但不是功名富贵,而是写作。他是左翼作家出身的,由于革命的需要投笔从戎达10年之久,"学会战争"并立下了不少功勋;然而他认识到在文艺创作方面,"对于人民的贡献,或较之其他方面为多,并且具备足够的条件",因此他明白宣告:希望战后从事创作,"把我们的光辉的战绩,用文字编织成一幅绚烂多彩的历史图画,让孩子们长大起来,看看父亲的一代,是怎样战斗过来的。如果要说我还有个人打算,这就是我的打算"。多么淳朴真挚的愿望啊! 为了争取这一愿望的实现,他可说是奋斗到生命的最后一刻。柏山同志严于律己,对家属也要求很严。特别令人注意的是,他对幼小孩子的教育抓得很紧,谆谆嘱咐:"要教育他们吃苦。告诉他,老百姓都吃煎饼,吃山芋干,吃窝窝头,如果不吃,就要饿肚子";"要送学校去读书,以免养成许多坏习惯",等等。他之所以如此叮咛周至,是因他认识到"孩子的生活,将体现着我们的理想和未来","我们要赋予孩子,以无比的智慧和善良。那时孩子们对于我们,不是憎恶和反抗,而是亲爱和尊敬"。这些话是有远见的。

也许和他的气质有关,柏山同志特别喜欢检查自己,他确实是属于"一日三省吾身"的类型。他说:"旧的因习,也还时常袭击我,这对我的进步是有重大影响的,我必须依照前进的意志和自己作斗争。只有克服自身的弱点,才具备说服别人的条件。"又说:"一面鞭策自己,一面约束自己。这便是我的生活。"直到解放战争胜利结束以后,他仍然认为"斗争是发展的源泉","过去我们是经过十分艰苦的内部斗争克服自身弱点,逐渐生长与壮大;今后,也必须继续克服自身的弱点,完成建设"。一个肯如此对自己毫无宽恕、勇于把自身的缺点错误暴露出来的人,必定是个光明磊落的人,值得钦佩。而那些以"一贯正确"自命的大憝巨奸,就像秦桧那样,"阴险如崖窜,深阻竟叵测",终也难逃人民法眼的照射,显出原形,留下骂名。

我们感到遗憾的,是柏山同志没能咬紧牙关活到拨乱反正后的今天,继续为党为人民建功立业,并以他那一枝朴素灵活的笔,为新中国描绘更加绚烂多彩的历史图画,这的确是不可弥补的损失。然而,微明同志多年来为保存这133封家信使其重见天日所做的努力,到底是功不唐捐的,因为读者可以从这里看到一颗真正的红心在跳动而获得许多教益,柏山同志虽然与世长辞了,他的一股浩然之气,也将因此而长留在人们的心中。

《李拓之选集》序

　　1978 年春天，在被迫离校整整二十年以后，李拓之先生重返厦门大学，他不胜感慨地赋诗言志：

　　　　扭转乾坤气象新，宏图更始喜逢辰。

　　　　昨非今是休回首，补短添长尽献身。

　　　　夺垒艺人能拔萃，攻关学子欲超伦。

　　　　王良一顾空原野，老骥犹期奋绝尘。

这充分表现出中国知识分子百折不挠永远向上的顽强精神。令人遗憾的，他虽有志而力不从心，长期的疾病把他折磨得不成人样，回来后只能勉强支撑五年便倒下去了！他生平写了不少东西，由于众所周知的原因，留在身边的全都付诸劫火。粉碎"四人帮"后，他亲自动手搜集了一些，后来又由他的家属想方设法补充了一些，现在收入这个集子的恐怕只是他全部著述和创作的很小一部分，虽还不至于人琴俱亡，但剩下的琴音确实不多了。

　　我认识拓之是在 1953 年下半季，那年春天章振乾、傅衣凌二位先生从北京回来，问我要不要给中文系增添一名教师。他们送来了拓之新近在报刊上发表的几篇论文和过去写的几篇历史小说，我读后觉得作者学殖丰富，笔下有功夫，便呈请王亚南校长审查决定。王校长一向重视人才，这回更破格录用，把一个未曾上过大学的人，单凭学力，痛快地定为副教授。事实证明这种痛快精神是正确的，拓之在以后四五年间所从事的中国古典文学教学方面完全称职，同时还在王校长主编的厦大学报（社会科学版）上发表了一系列颇有分量的学术论文。初次见面，我看出他是个脾气古怪的人，表面上彬彬有礼，而骨子里却蕴藏着一股咄咄逼人的傲气，这是有潜力而自负的知识分子的通病，不足为怪。但这种脾性终究是不祥之物，在教研组里和同事们讨论学术问题时，由于见解上的分歧，他常争得脸红耳赤，不欢而散。在 1957 年的那次运动中，他并没有发过多少议论，也只因为在一次会上态度失常，言辞激烈，终于铸成了大错。

拓之的这种脾性可能是与他的身世有关。他出生在福州一个知识分子的家庭里，父亲有两个妻子而他是庶母生的，地位低微，常受歧视，因此自幼精神便遭压抑。他父亲不幸早逝，在念完中学后，他被迫自谋生计。那时正是大革命时期，他在地方报社当编辑，还跟几位朋友创办文艺社，一次因刊登朋友的一篇语含讥刺的文章，被反动当局逮捕，在黑暗的牢狱里度过了三个月的囚徒生活。经保释后，他飘然远行，长期流落在外地，主要以教书为业，但也不忘学术文艺，授课之余总是埋首书丛，积累知识，或者辛勤练笔，试写各种文艺作品。他的资质本来高明，加上勤苦用功，因而能靠自学成材，不必乞援于高等学府。此外，朋友的熏陶启迪也使他受益不浅。邓拓是拓之中学时代的同学，两人交谊甚笃。邓拓在政治方面给他以影响，在学术文艺方面和他切磋琢磨，携手并进。抗战军兴，邓拓进入解放区成了革命战士，拓之经朋友的介绍到武汉国民政府军事委员会政治部第三厅任记室。当时以郭沫若为厅长的第三厅是在中国共产党的领导下进行抗日宣传工作的，拓之认真地编写了宣传小册子和《抗战联语集》，还给周恩来、叶剑英、叶挺等领导人物的讲演作记录。皖南事变，国共分裂，拓之被认为"嫌疑分子"送入六战区集中营审讯，以无证据获释。之后，他又流亡回重庆，再度充任中学教师，满腔悲愤借吟咏以发泄，因此结识了诗人柳亚子、潘伯鹰等，后来常在京沪周刊上发表诗作。三年解放战争时期，他在上海一面教书，一面写作，保留在本集中的历史小说就是那一时期他的代表作品。他是中国民主同盟的地下盟员，新中国诞生后，经过一段学习，被派到北京新华社工作。他的朋友邓拓认为他更适合于教书和从事学术研究，因此通过章振乾和傅衣凌把他推荐到厦大来。

从以上简略的介绍中，读者可想见拓之前半生走的道路如何坎坷，他总是在颠沛流离中过日子，两度入狱，屡遭困厄，这些能不在他的心头上留下了深刻的伤痕吗？他容易激动，神经又过敏，人们稍加考虑是能够给予原谅的。初来厦大，他很想从此专心一志在学术上大展宏图，每次我去看他，总见他在满屋子摊开的书卷里像蜜蜂采花酿蜜似的忙着搜集资料，他的一支笔又颇勤快，约定的学报论文总是如期交卷，决不拖延。照那样的劲头干下去，我想不消多少日子他会干出个名堂来的。只可惜那还不是一个注重学术的时期,没完没了的政治运动搅得人心烦意乱,稍有抵触情绪,一阵罡风就会把人扫到泥潭里去,一切宏图全都化为乌有,拓之的遭遇正是如此。

幸亏他还留下一些遗著,将由海峡文艺出版社整理问世,这些遗著大约可分为四个部分,即小说、诗词、论著、杂文,我不想在这里作详细的介绍,而只打算略谈自己读后的一些看法。这里面最能显示作者的才华的是小说,共九篇(《焚书》、《变法》、《听水》、《文身》、《投暮》、《惜死》、《阳狂》、《招魂》、《摧哀》)。这些都取材于中国历史,有根有据,却不胶柱鼓瑟,而是变化多端,有些地方作者的想象力大得可惊。笔墨的精妙,风格的多样,也令人钦佩不置,姑举一例,以概其余:

> 嵇康闭目凝神了一会,用长指甲在琴弦上只一拔,叮当一声,恍惚天地为之收拢,山川为之愁惨,本来阴晦的天色更加抹上一层黑暗。待他开始弹出曲调时,那声音,幽杳中夹着伤愤,悠远中混着悲痛,散入空气就像一匹中箭的野马在无边广漠中旋卷飞腾。那奔放的马蹄踢踏起滚滚灰尘化为一团一团的浓雾。令人闻之心耳浩茫,情灵震颤。这时,鹰隼在高空盘绕而不能下,虎豹在林壑低徊而不忍止,花草霏霏萎谢,虫鱼点点蛰伏,悲哀像利剪,剪断所有有生之伦的生机与欣意。忽而天也低压下来似的,云霾密布,景色愁惨,风雨吹飘,有如啜泣。最后暴雷一声巨响,那是琴被推落地下,嵇康的头也被刽子手砍下来了。(《阳狂》)

历史小说往往是有针对性的,所谓"目送归鸿,手挥四弦",言在此而意在彼。这些小说都作于抗战结束后的两年期间里,当时作者所思何事,大抵能从这里窥见一斑。但也不是篇篇如此,其中有一两篇似与时事无关,只是作者平日爱看杂书搜奇猎异编造出来的成果,读者切勿拘泥。拓之性喜吟咏,长期肆力研治我国旧体诗。他的诗主要学李商隐,所作以五七言近体为多,词藻妍丽,对仗工整,用事精切,颇见功力。从本集所选的几百首诗中,我们可了解他一生的经历和思想感情,全体看来实际是一篇韵文自叙传。《诗代序》(题黄花草堂别集)包括 36 首论诗的诗,从"三百篇"直至龚定庵,古今代表诗人一一加以评议,并附自己诗学主张,汪洋宏肆,堪称压卷之作。拓之兴趣宏广,于书无所不窥,诗词而外,历史、小说、笔记等都在涉猎的范围,因此他写学术论文不拘一格,手边有什么材料就做什么题目。本集《中国舞蹈史》一文,在厦大学报发表后,以资料丰富,考证详密,语言简洁,引起外间广泛注意。他严于治学,是非分明,不作违心的庇护。《〈骨董琐记〉质疑》一文,对前辈学者邓之诚先生一部撮录群书而成的类书摘瑕索瘢,毫不宽假,虽遭反驳,仍不退缩,这种学术上当仁不让的精神是值得赞扬的。对于众口交誉的一部古典名作,他也要吹毛求疵,指出其中不足处,《〈红楼梦〉的瑕疵》一文属于此类。这或许是"痴气"的一种表现,但对端正学风,进一步贯彻"双百"方针却是有利的。拓之遗下杂文不多,本集中回忆邓拓的两篇文章,情深意切,婉转动人,读者决不会因其语言质朴、事迹琐屑而淡然置之的,所谓真情无文饰,悼念亡友的文章本就应该如此。

光阴如逝水,拓之辞别人世不觉已满三年。他不及眼见长期困穷混乱的祖国如今正逐步进入承平昌盛的佳境,这是他的不幸。但他的生平志愿已经实现,他的心声和名字将随本集的问世而长留于人间,他并没有虚度了70年的时光,应该对此感到满意的吧。愿他的英灵安眠地下!

1986 年 7 月 23 日

笔记与文风

这几年国内出版界做了一件很有意义的事,便是有选择地大量翻印我国历代笔记。关于此类书籍的价值和重印的必要,鲁迅说得最明白,也提倡得最有力。他在逝世前不久还谆谆嘱咐,不要浪费闲钱买纸墨白布为他开追悼会或出纪念册,而要"选几部明人清人的野史或笔记来印印,倒是于大家很有益处的。"

我在这里想的与鲁迅稍微不同,鲁迅主要是从内容方面着眼劝人多看些笔记之类的书,而我注意的却是文风问题。文风之成为问题,由来已久。这种状态过去已不适宜,今天更不应让它继续存在。目前百废俱兴,社会上闲人不多,大家都忙得团团转的时候,试问谁有工夫经常去读万字以上的长文?倘使文长而言之有物,那总算还有可取之处,不幸的是长与空往往结合在一起,看这种文章恰似看慢动镜头或坐逢站必停的慢车,真叫人闷得发慌。读者倘嫌我言之过重,不妨认真重读毛泽东同志的名文《反对党八股》。

和别的坏东西一样,八股也有土洋之别。平心而论,土八股(或称老八股)多少还比洋八股强一点,其好处就是短,一般只有几百字一篇。洋八股可不得了,动辄在万字以上。试拿有关文艺理论的著作来说,陆机的包罗万有的杰作(不是八股)《文赋》一共才1600多字,假使请洋八股文艺理论家来写,同样内容,字数起码得增加十倍。这种文风实在要不得,受害最烈的是青年学生。现在大学里的文科学生写毕业论文甚至学期论文,非要1万字便不过瘾,而有些老师也往往以字数来衡量一篇论文的价值,仿佛写得越长越有本领。

要改革文风,抵制洋八股,办法自然很多,其中之一我认为是在大学里开一门"笔记文学"的课程,在中小学的语文教科书里不妨多选些精彩的笔记文。笔记文学,如同工艺美术,是我国的特产。这种东西别国也有,但就数量和质量来看,他们恐怕无法和我们相比。

就我看过的一些唐、宋、明、清四朝好笔记而言,我觉得其中在文风方面值得借鉴的有如下几点:第一是短而不空。每则笔记,少则几十字,多则几百字,或议论,或记叙,或写景,或抒情,都能令人读后有所得。以议论为例,这是最不易做到短而不空的,千载传颂的正规文章只有王安石的《读孟尝君传》达到了这个标准并夺得锦标,因为他只用86字说清了孟尝君不足以言得士的道理。笔记文中却不乏此例。拿纪昀的《阅微草堂笔记·箴书痴》一则为例,全文只有300多字,前面用200多字记一个患本本主义毛病的书呆子害人害己的典型事件,然后借别人的口发一通议论,也只用61字说清了书要读得活的道理,全无拖泥带水的弊病。第二是隽永有味,这与前面一点有联系。文章只有短才能精,如果短到不用发议论而读者却能从所举事例领会其中含蕴的道理,那就合乎隽永有味的标准。前人笔记中此种文章多不胜举,姑以沈括《梦溪笔谈·王荆公》一则为例:"王荆公病喘,药用紫团山人参,不可得。时薛师政自河东还,适有之,赠公数两,不受。人有劝公曰:'公之疾非此药不可治,疾可忧,药不足辞。'公曰:'平生无紫团参亦活到今日'。竟不受。公面黧黑,门人忧之,以问医,医曰:'此垢污,非疾也'。进澡豆令公靧面。公曰:'天生黑于予,澡豆其如予何!'"仅用108字讲两件事,把一个"拗相公"的形象活生生地描写出来了,真可谓"不著一字,尽得风流。"第三是精妙细致。有些人担心文章短了容易流于粗糙,其实恰恰相反,篇幅不长,下笔时定会惜墨如金,字斟句酌,这样更能写得集中、周到,而不致陷入粗制滥造的泥潭。前人笔记,如苏轼《东坡志林》、张岱《陶庵梦忆》、谢肇淛《五杂俎》等,提供了大量具有这个特点的文章。第四是多态善变。这是指词汇、句型和文章结构诸方面而言的。唐宋以后作家的文集,总的情况是,思想僵化,形式板滞,讲"义法",重模仿,没有什么可看的。他们倘有才华,多半是表现在自以为是小道的笔记里面,那里有丰富的词汇,多变的句型和灵活的结构;风格上各显神通,有的华丽,有的朴素,有的典雅,有的通俗,有的奇诡,有的平正,个别作家甚至能兼具各体。第五是活泼自然。这点无须多说,既然认为是小道,信手写来,毫无拘束,是理所当然的,一般不会"装腔作势,借以吓人"。吓人或骗人的笔记当然也有,但出自名家笔下的为数确实不多。

把笔记文的这些优点用于写别种文章,应该也行得通。即以鲁迅为例,他那大量短小精悍的杂文和用通俗文言写的著作，如《汉文学史纲要》、《中国小说史略》等，倘加以细心的研究，可看出他的文风得力于历代笔记者着实不少。他曾劝人"宁可将可作小说材料缩成速写，决不将速写材料拉成小说，"这也有可能是从"随便翻翻"历代笔记时领悟出来的。

鲁迅先生对历代笔记的重视，应该引起今天人们的注意，但我们的文学史家们似乎至今还熟视无睹，一直认为唐宋以后的诗文无足观，只有小说和戏曲当行出色，因而大讲特讲。这样做自然也是应该的，但把笔记文学完全撇在一边却不应该，因为笔记文学不仅是我国丰富的文学宝库的一部分，而且它所特有的那种优良文风，更可以在今天给我们不少启示。

1984 年 2 月 3 日

精读与博览

学习方法千头万绪,而归根结蒂不外二端,一曰精读,二曰博览。这两者是对立的,也是统一的,博览必须以精读为基础,而精读又须济之以博览,倘只坚持一边而忽略另外一边,则终究是学习上的缺陷。

什么叫精读?苏轼的答案是"熟读深思"。宋朝有个名唤安惇的秀才在科举上失意了,苏轼赠诗劝慰,兜头便说:"旧书不厌百回读,熟读深思子自知。"一本旧书要读百遍,还要加以深思。这不是太麻烦了吗?然而,对认真追求学问特别是学习写作的人来说,这种苦功夫非下不可,否则基础就不牢固。我省的林纾先生,不识一字外文却能用古汉语大量翻译西洋现代小说,大家都说这是一种奇迹,其实产生这种奇迹的原因并不奇。林先生在青少年时代就以惊人的毅力把《左传》、《史记》等读得烂熟,摸得深透,精通其文理,熟悉其文心,因此能借助旁人的口述,用古老的汉文学语言,来翻译摩登的西洋作品。再举一个例子,过去厦门大学外文系有个青年教师,未曾出国留学,却能写地道的英文,据系主任李庆云先生说,这主要是由于他精读了一本书,即史蒂文森的长篇小说《宝岛》。他日夕寝馈其中,故能下笔精纯。这两个例子说明,在学习写作方面,熟读深思的功夫是十分必要的。多年以来人们常慨叹青年学生的语文水平低落了,以至于有些人连文从字顺的标准都还没有达到,要消除这种现象,我认为只有从中小学做起,认认真真地在精读上猛下功夫。时代不同了,当然不要再去苦攻古汉语,现代文学作品中也有典范性的文章,把范文选好,教好,读好,这是有志于提高语文水平者的共同职责,不能专责青年学生。

"自古有基方筑室,未闻无址忽成岑"。对于有志攀登学术高峰的人来说,能否打好基础,事关全局,不容忽视。那么,怎样才能打好基础呢?还是那句老话,要扎扎实实地做好基本功,把与本学科有关的基本书籍认真读好,同时牢牢掌握一些必要的技能如写作、找资料之类。有些大学毕业生老是埋怨读了 4 年书,脑袋还是空空的。这恰好说明他们的基本功还未过关,虽然读了一些书,听了一些课,全部都浮在天空里,没有落到实地。

精读是基础,打好基础很有必要,但不能以此为满足,还要以博览来弥补精读的不足。一个人如果一辈子只读一本书,不管他读得如何深透,恐怕很难成为一个学者。要当学者,不仅要多读本专业的书,还要读专业以外的许多书,这样才能眼界开阔,思想明通,不至于成为鲁迅所指斥的言论"多悖"的专门家。

应该指出,所谓"博览"不能理解为只是不动脑筋地"随便翻翻"。《礼记·中庸》把"博学"与"慎思"摆在一起,用意良深。一面博览群书,一面开动脑筋仔细地加以思辨,哪些说得对,哪些说得不对,这样心中才有底。不然的话,读书虽多,很有可能满脑子装的不是知识,而是糨糊。

做学问是一种硬碰硬的事情,没有什么秘诀,也没有什么特别有效的具体方法。一位英国学者说得好,做学问主要是和书本打交道,而书是麻烦的东西,不能用口吃,只能用眼看,而且还要聚精会神,这样就无法求速成。这话对极了,世间只有名副其实的"快餐",哪有不骗人的"××百日通"? 至于具体方法,倒是有不少大小学问家天天都在传授,如怎样记笔记,怎样做卡片之类。这些也有必要,但毕竟只是次要的。我认为主要的学习方法只有精读与博览二者。把二者的关系摆好了,持之以恒,一定可以收到"真积力久则入"的功效。

书　声

　　我们祖国不愧"艺术大国"之称。自从拨乱反正以来,历史上流传下来的各种珍贵的艺术遗产,如书画、音乐、舞蹈、雕刻、园林建筑之类,都已渐次被重新发掘并加以宣扬,使广大群众能直接得到美的享受和教育。但我觉得还有一些在旧日盛行而如今却被湮没的传统艺术,也应该让它重见天日。这里只举一种——书声。所谓"书声",指的是前人朗诵古诗文的艺术。前人的朗诵和我们今天的朗诵大不相同。电视剧《徐悲鸿》里廖静文朗诵李白《早发白帝城》一诗,是今天的朗诵法,和平常说话差不多,没有多大音乐性。郑绪岚在电视片《话说长江·巫峡》里朗诵李白的同一绝句,音乐味道很足,但也与前人的朗诵不同,因为她是在唱歌。前人的朗诵(无论诗或文)却别有韵味,是区别于朗读和歌唱的一种吟诵的艺术。

　　学习古典诗文,下点吟诵的功夫是很有必要的。一篇古代杰作,倘只平平淡淡地读下去,虽然也可略知大意,却很难真正理解其中的妙处。古代诗文名家大都讲究声调,也讲究如何运用内气,这些只有在高吟朗诵之中才能体会出来。记得小时候,早上醒来,听父亲在朗诵《史记·淮阴侯列传》里蒯通说韩信那几段文章,觉得音调在不断变化,忽而高昂,忽而悲凉,中间或快或慢,快时如急箭,慢时如细流,真像一个满腔热情而又会说话的人,在劝告一位身处危境的贵人速下决心,而终归无效的情况,使我大受感动。后来上了中学,在课堂上听老师们吟诵古诗文,我又深深觉得吟诵比讲解有时更能起作用,吟诵得好大大有助于学生透彻了解作品意义。因此,我很惋惜吟诵的艺术已从今天的讲台上消失了。

　　古人十分重视吟诵,周密《齐东野语》卷二十里记有一事:"昔有以诗投东坡者,朗诵之而请曰:'此诗有分数否?'坡曰:'十分。'其人大喜。坡徐曰:'三分诗,七分读耳。'"本来只值三分的诗,因为吟诵得好,竟增加了七分,可见吟诵艺术的重要。对于吟诵得不好的人,古人也有劝诫的话。梁章钜在

《退庵随笔》卷三里说:"今三家村塾小儿读书,率多大声狂叫,聒耳不堪。秀才家读时文,亦复如此,每不惜气竭声嘶,而不知其有损无益也。"接着他引了一首关于吟诵艺术的诗,其中有云:"吾闻读书人,惜气胜惜金,累累如贯珠,其声和且平。忽然低复昂,不绝反可听。有时静似默,想见绅绎深,心潜与理会,不觉咏叹淫。"大抵吟诵的秘诀主要是在知道如何运用内气,所以这里一再提起要"惜气",不能"大声狂叫"。我想朗诵现代文学作品也应如此。

现在懂得吟诵古诗文的人恐已不多了,没有理由,也无必要,希望每个讲授古典诗文的老师,在课堂上把作品照古法朗读一遍。但我想精于此道的老先生各地都会有一些,如果能选择一些特别精彩的课文,请他们朗诵,录下来在课堂上播放,这也可作为教学方法之一,给讲台上添些生气。同时,也可在举行一般朗诵会的时候,插入几个古典诗文吟诵的节目,使会场气氛更活泼一些。这里,我想起了 50 年前在清华园开的一次晚会,那是由朱自清先生主持的朗诵古今诗文的书声大会,节目大约有二十几个,现只记得四个:即陕西泾阳的吴宓先生诵杜诗"风急天高猿啸哀"(《登高》),浙江德清的俞平伯先生诵杜诗"岁暮阴阳催短景"(《阁夜》),这二位先生的书声,一高亢,一平和,恰成对照;来自福建闽侯的历史系研究生陈壬孙兄用方言诵李华《吊古战场文》,苍凉激楚,一气到底,很有功夫;还有来自浙江永嘉的朱先生用普通话诵《给亡妇》,由于感情真挚,听来娓娓动人,如话家常。其他师友朗诵些什么虽已忘记,但南腔北调,蔚为大观,至今犹深印在我的脑海里。

不管怎样,我认为吟诵也是一种民族艺术,应该想方设法把它保留下来。这工作现在就要做,再过一二十年,老辈学人零落已尽,那就来不及了。

1984 年 4 月 22 日

古典文学向现代文学提供了什么？

——答《文艺学习》编者问

　　这是命题作文。让我表白一下，编者倘不给这个题目，我是不会主动来写这篇文章的。理由很简单，我对中国古典文学和现代文学都不怎么熟悉，不敢冒充内行。再说，做这样的题目，要是分寸掌握得不好，便难免"避堑而堕阱"，倒在一边，这更不妥当。但既已接受任务，也只好硬着头皮做下去。

　　直截了当地说，依我的看法，古典文学大约可向现代文学提供三样东西：文学语言、写作技巧、经验教训。

　　文学是语言的艺术，用什么样的语言来写文学作品，自然极其重要。我们提倡现代文学，毫无疑问，要用现代语言。新文化运动开始的时候，胡适写了一篇题作《建设的文学革命论》的文章，主张废除文言改用白话作为中国的文学语言。他立了汗马功劳，把顽固坚持文言的正统地位、讥笑白话为"都下引车卖浆之徒所操之语"不足以登大雅之堂的林纾压下去了。但是，胡适也有偏激的毛病，他一棍子打死了文言，干脆称它为"死文字"，又打死了中国二千年的传统文学，说什么"这二千年的文人所做的文学都是死的，都是用已经死了的语言文字做的。死文字决不能产出活文学。所以中国这二千年只有些死文学，只有些没有价值的死文学"。话诚然说得尖锐，但未免鲁莽灭裂，不合事理。他自己似乎也觉察到了这一点，于是赶紧补充说，二千年传统文学中有一些是有生气的，如《木兰辞》、《孔雀东南飞》、陶渊明的诗、李后主的词，杜甫的《石壕吏》、《兵车行》，以及《水浒传》、《西游记》、《儒林外史》、《红楼梦》等小说，这些"都是白话的，或是近于白话的"。时至今日，我们决不会像胡适那样单以作品是否用白话写的作为评判优劣的标准，这点无须细说。应该指出，胡适把文言比作拉丁文，断言它是"死文字"，这并不确切。文言至今还活着，只是不适宜于作为创作现代作品的工具罢了。经过二千多年无数有才能的文人的共同努力，我国传统文学，除了胡适所列举的那些"白话"作品之外，还有大量优秀的文言作品，至今仍脍炙人口。文言应该废除,但过去文言作品中的精粹语言,特别是那些已经变为成语、收入词典以供普遍使用的,如"守株待兔"、"胶柱鼓瑟","欲加之罪,何患无辞"之类,我们应该珍视它,占有它,并且适当地使它成为我们自己的文学语言。我这样说,是因为有些语言学界的老宿在这方面过于严格,他们要求作文要用纯粹的白话,一见引用从古书中来的成语便大摇其头。他们比胡适还固执。胡适说:"我们可尽量采用《水浒》、《西游记》、《儒林外史》、《红楼梦》的白话,有不合今日用的,便不用它;有不够用的,便用今日的白话来补助;有不得不用文言的,便用文言来补助。"他的所谓不得不用的文言,我相信就是指那些精粹的成语,干净利落而又富有表现力。据我所见,今天大、中、小学生作文的通病,就是掌握成语太少,一般只能生拼硬造,满纸荆棘,令人头痛,只有少数学生是例外。掌握足够的文言成语对已成名的现代作家来说也有必要,在这点上他们应该向鲁迅先生学习。鲁迅是坚定的新文化战士,但他并不完全排斥文言,在他的某些杂文(如《关于太炎先生二三事》、《忆韦素园君》等)中,他非常成功地运用文言成语来写现代文章,笔力雄健,语言简洁,令人百读不厌。这个例子是否可用以说明能否在现代作品中运用文言成语的问题,大家可以讨论。

胡适在《建设的文学革命论》中,一笔抹杀了我国传统文学的写作技巧。他说:"中国文学的方法实在不完备,不够作我们的模范。"接着,他把我国古代的散文、韵文、剧本、小说逐个加以否定,认为"我们如果真要研究文学方法,不可不赶紧翻译西洋的文学名著,做我们的模范",因为"西洋文学的方法,比我们的文学,实在完备得多,高明得多,不可不取例"。胡适提倡翻译西洋文学名著,这点无可厚非,但为了抬高西洋文学的地位而把我国古典文学贬为一文不值,这就未免暴露出一副西崽相。中国古典文学有几千年的历史,在漫长的封建社会时期里,中国知识分子一生的光阴几乎全都消耗在文学研究上面,别的事情他们可能不懂,但舞文弄墨的本领多少总会有一点。其中特别优秀的,则对写作技巧的掌握,可说是达到了出神入化的境地。试举一个大家熟悉的例子——杜牧的《阿房宫赋》。这篇作品一共只有513字,而体兼叙述、描写、抒情、议论。全篇文字的精粹美丽,有口皆碑,无须细说。我认为最难得的是一起一结。一起如奇峰突出,一共只有12字,"六王毕,四海一;蜀山兀,阿房出",包括全部的叙述部分,假如让俗手来执笔,至少得增加几倍的字数,说出许多可有可无的话。结处议论兼抒情,末后几句云:"秦人不暇自哀,而后人哀之。后人哀之而不鉴之,亦使后人而复哀后人也",婉转曲折,摇曳生姿,回味无穷,恰似逝川倒流,激起了一阵强烈的浪花。这种笔力恐怕在胡适所十分崇拜的外国作家中也不多见的吧。再举一例,吴均的《与宋元思书》和郦道元的《江水》都是写景的文章,一写富春江的景色,一写长江三峡的景色,两篇都很短(前者144字,后者155字),而佸色揣称,传神写意,各臻绝妙。他们二位似乎比《拉奥孔》的作者莱辛还更早地领悟到文学艺术和绘画或造型艺术在功能上的区别,因此不浪费笔墨去作无益的细描。胡适对中国古典文学中的小说和戏剧特别瞧不起,干脆下结论说:"至于最精采的'短篇小说','独幕戏',更没有了。"假如我们把眼光扩大一点,我们甚至可以在不是纯粹文学作品的历史书籍里找到例子来驳斥胡适。我指的是《史记·淮阴侯列传》书中蒯通说韩信那件事。在司马迁的天才文笔下,这段记载不仅是一篇最精彩的短篇小说,同时也是一篇绝妙的独幕剧。人物只有两个——蒯通和韩信,事迹只有一件——谋反。限于篇幅,不拟在此多费笔墨。我只想说这是一场心理战,针对着韩信的患得患失、反复多变的心理状态,蒯通步步逼紧劝他背叛刘邦,自张一军,以与刘、项三分天下,逐鹿中原,但由于韩信下不了决心,这个阴谋终于失败了,蒯通只得装疯去当巫师,而韩信终遭诛戮。作者只用了一千二百余字写出一幕惊心动魄的悲剧,在人物性格和心理的刻画方面着墨不多,而能真正做到了入木三分的地步,有这样的手腕,能说他不会写精彩的短篇小说和独幕剧吗?

当然,在我国二千多年的文学史中也的确出现过大量的废品和劣作,如胡适所指出的塞满历代文人集子中的墓志、寿序、家传以及《拟韩退之〈原道〉》、《拟陆士衡〈拟古〉》、《汉高帝斩丁公论》、《汉文帝唐太宗优劣论》之类虚伪无聊的东西:这些全是糟粕,毫无用处。此外,还有两汉的大赋、六代的骈文以及明清的八股和试帖诗:这些有的已完全报废,有的还在流行的文学史书中占一席位,但实际无人过问。现代的文学作者可从这里得到一些经验教训。文学作品是非常严肃的东西,它要充任时代的镜子,反映真实的历史情况;它要肩负促进社会发展的重任,努力传达人民出自内心的呼声;它也可以抒发作者个人的思想感情,但要真诚深厚,切忌油腔滑调,言不由衷;

它在艺术上应力求精美巧妙，但又不宜矫揉造作，虚有其表。用这些标准来衡量古典文学作品，我们看出其中有一部分是专门用以供奉媚悦皇帝和贵族，其作者与倡优实际并无多大区别，另一部分则是皇帝老子网罗天下士子入其彀中永远为他所利用的一种手段，只能扼杀士子的才智，毫无艺术价值可言；还有一部分专在形式上下功夫，骈四俪六，有句必双，这种体裁用以达意抒情，往往拖沓累赘，不通欠顺，过去有识的文人早已给予否定。以上种种都成陈迹，似乎不必再费精神去提防它。然而，旧时代的幽灵往往会乔装打扮以一种新的面目出现，这也不能不引起我们的注意。前人有言，鉴古可以知今，为了保持新文学的纯洁性并促其向健康方面发展，我们时时回顾一下以往的经验教训是很有必要的。

刘勰在《文心雕龙·神思》篇说："思表纤旨，文外曲致，言所不追，笔固知止。"我对《文艺学习》编者提出的问题实在没有什么可说的，勉强搜索枯肠，敷衍成篇，回头一看，自觉浅薄得很，早知如此，真该搁笔了。

魂气留痕泣送春

病中无聊赖,偶借旧籍消遣,在李宣龚校刊的《晚翠轩集·附录》中见散原老人的一首题词:"杀士之朝迹已陈,风姿曾列眼中人。此才颇系兴亡史,魂气留痕泣送春!"此诗 20 年前已在别处见过,是老人的亲笔题字。当时心情颇阴郁,今日回思,恍同隔世。我相信人类总是要进步的,绵延二千余年之久的摧残人才的"杀士"传统,如今不是已彻底终结了吗?

前清戊戌之变,帮助皇帝进行改革的"六君子"惨遭那拉氏的屠杀,其中年纪最小的是《晚翠轩集》的作者林旭,那时才 24 岁。就才情而论,林旭确实不可多得,石遗老人在《晚翠轩遗札题词》中说"古今殆罕其匹",此言不虚。他 19 岁就中了解元,留下的诗文不多,主要是古近体诗,另有骈文、四书文、试帖诗共若干首。后三种已成刍狗,古近体诗深受同光派的影响,大部分流于艰涩,不易为今人所欣赏。但一个 20 岁上下的小青年,文艺水平(包括书法在内)能达到这样"无往而不少年老成"(石遗语)的高度,不仅在当时迫使老辈折腰,即在今天看来其潜力之大也足令人惊佩的。这样的奇才倘让其正常发展下去,安知不能和林纾、严复相抗衡?然而,不世出的人才竟丧命于一钱不值的老瘟后之手,真令人愤愤不平!

散原老人的题词是一首血泪交迸的控诉词。他痛斥了残害才士的昏朝并庆幸其已归覆灭,他和他的父亲当年都是拥护维新派的,也因此而受到终身罢黜的处分;但在感情上他仍然忠于清王朝,认为维新之举倘获成功,清朝或可不亡。关于这些,今天没有再去议论的必要。我认为此诗最耐人寻味的是末一句:"魂气留痕泣送春。"据作者自注,是指遗墨中有效韩致光体送春二律。那两首七律是有寄托的,具体指什么很难确定,因为没有考据癖,不拟在此妄猜。但是否可作这样的解释:"魂气"指林旭的枉死之气,"痕"指遗墨,"春"指生机或青春。那么谁来"泣送"呢?春倘指生机,那应该是林旭自己,他的冤魂在遗墨里泣送被断送了的王朝的生机;倘指青春,那应该是我们读者,我们看他含冤留下的遗墨,不免为他的被摧残了的青春而下泪送哀。从大的范围来说,两者是可以统一的,因为他的青春也是国家生机的一部分,不管在什么朝代,滥杀无辜的才士总是于国不利的。"人之云亡,邦国殄瘁",我们的老祖宗不是在三千年前早已说过了吗?

妒贤嫉能,蔑视儒生,以至于残害才士的风气,历史上由来已久。数千年的封建愚昧统治,使得掌握书本知识的人奇少,于是这一小批人在统治者心目中或者是掌上珠、腰旁剑,或者是眼中钉、肉中刺,而且随时可以变更作用。一部封建时代的"宦海浮沉史",大约可用这几句话概括起来吧!

"魂气留痕泣送春"是一句好诗,但它所反映的黑暗时代已永远消逝了,这是大值得庆幸的。

1982 年 5 月 20 日

天才的预见

——读莎剧《裘力斯·凯撒》

　　《裘力斯·凯撒》据说是英国学校里一般必读的莎士比亚剧本之一(参见乔治·戈登编《六部莎剧》序。其他五个剧本是:《仲夏夜之梦》《威尼斯商人》《皆大欢喜》《哈姆莱特》《麦克白》),但在我们这里却遭了冷遇,不仅大学文科讲堂上绝口不谈这个剧本,甚至与莎士比亚有关的文学史书里也只点一点剧名而不加介绍,几十年来文学杂志上评论此剧的文章也真可说是寥若晨星。这不是一种正常的现象。

　　我以为从作品意义的重大和作者思想的深刻两方面来评判,这个剧本完全可以和著名的四大悲剧并列而毫无逊色。因此,我感到惊奇,有些国内外的评论家好像害了色盲症,竟然对此剧连起码的认识都没有。例如,有一个外国评论家这样说:"尽管悲剧中的凯撒形象缺少一道光环(他爱慕虚荣,为人既不伟大,身上也没有旺盛的精神力量),可是莎士比亚仍然认为,他被阴谋分子杀害这件事,是一个'历史性的错误'"。真的是这样吗?这位评论家恐怕还没有摸清莎士比亚写此剧的本意。他一看剧名叫做《裘力斯·凯撒》,便以为莎翁是把凯撒当作剧本的主人公,而对他的惨死抱着无穷的同情和悲愤。其实,凯撒只是此剧的"挂名的主人公",真正的主人公是勃鲁托斯。在一部5幕15场的剧本中,凯撒只在3个场面上出现,而且戏未进行一半他已被杀,给观众留下的只是一个淡薄的影子。这影子又并不怎样美妙,他既孱弱又暴戾,既自负又迷信,色厉内荏,极不自然,莎士比亚怎会对这样一个可笑人物的灭亡表示悲愤的呢?勃鲁托斯的情况恰恰相反,他自始至终在剧本中居主导地位,莎士比亚把这个所谓"阴谋分子"刻画成几乎和哈姆莱特一模一样的正面人物,所不同的是他比哈姆莱特坚强,尽管在行动之前也有一些犹豫,但决心一下则立即施行,不再迟疑。因此可以断定,两者都死于非命,莎士比亚的同情显然是在勃鲁托斯这边,而不在凯撒那边。

149

　　这样,我们就可进而追究莎士比亚的真正意图是什么了,直截了当地说,他的意图是在说明政治上的野心是万恶之源,必须铲除,从事这种铲除工作是可贵的,倘因时机未成熟或由于别的缘故而遭失败,那不是什么"历史性的错误",而是历史性的悲剧。一切不存任何私心杂念或偏见的人都会承认,这个意图是彻头彻尾贯串在全剧之中,皎如日月,不容歪曲。让我们来看看剧本是怎样说的吧。莎士比亚把凯撒和勃鲁托斯之间的矛盾始终集中在一点上,即一方野心勃勃地想称孤道寡,另一方则忧心忡忡地怕他真的登上王位,除此之外,他们之间别无芥蒂。凯撒在最后一次出场(第3幕第1场)时说的几句话已足够表明心曲:"我是像北极星一样坚定,它的不可动摇的性质,在天宇中是无与伦比的";"我知道只有一个人能够确保他的不可侵犯的地位,任何力量都不能使他动摇,我就是他";"你想把俄林波斯山一手举起吗?"如此傲慢专横,如此吹嘘自己的威力,不是明显地已把自己放在君临万众的地位上了吗? 至于剧中所描写的凯撒三辞王冠的丑剧,那也只是野心家的工于作态罢了。另一方面,勃鲁托斯一出场(第1幕第2场)就宣言:"我近来为某种情绪所困苦,某种不可告人的隐忧,使我在行为上也许有些反常的地方"。接着,他用一句话说明他的"隐忧"所在:"我怕人民会选举凯撒做他们的王。"和别的"叛逆"者不同,他对凯撒本人没有任何私怨,也不存丝毫憎恨之心,甚至还口口声声说他是敬爱凯撒的。在杀了凯撒之后,他还说:"我在刺死凯撒的一刹那还是没有减却我对他的敬爱。"(第3幕第1场)这些都不是谎话,因为他一再声明:"我自己对他并没有私怨,只是为了大众的利益。"(第2幕第1场)"要是我们能够直接战胜凯撒的精神,我们就可以不必戕害他的身体。"(同上)"我们因为不忍看见罗马的人民受到暴力的压迫,所以才不得已把凯撒杀死,正像一场大火把小火吞灭一样,更大的怜悯使我放弃了小小的不忍之心。"(第3幕第1场)"并不是我不爱凯撒,可是我更爱罗马。你们愿让凯撒活在世上,大家作奴隶而死呢,还是让凯撒死去,大家作自由人而生。"(第3幕第2场)"因为他有野心,所以我杀死他。我用眼泪报答他的友谊,用喜悦庆祝他的幸运,用尊敬崇扬他的勇敢,用死亡惩戒他的野心。"(同上)莎士比亚三番五次地借勃鲁托斯的口来表示可憎恨的不是凯撒其人,而是他的野心,这不违背历史的事实。历史告诉我们,凯撒是个相当出色的将军,在拓展罗马的疆域、安定罗马的社会秩序方面,他立过不小的功勋,在道德品质方面,他有过一些缺陷,但也不足以引起鄙视和憎恶。他的致命弱点只有,一个——野心,在当了任期10年的独裁者之后还嫌不足,于是进一步成为终身独裁者,仍嫌不足,于是因所谋不遂而遭刺杀。他的死完全咎由自取,不足称为"悲剧",真正的悲剧别有所在,那就是勃鲁托斯虽然消灭了凯撒的肉身,却无法"战胜凯撒的精神",反而被它所战胜了。在剧本的后半部,莎士比亚利用凯撒的幽灵在战场上出现这一神话来暗示"凯撒的精神"必将战胜勃鲁托斯的正义事业,勃鲁托斯面对着同伴凯歇斯尸体发出的哀鸣:"啊,裘力斯·凯撒!你到死还是有本领的!你的英灵不泯,借着我们自己的刀剑,洞穿我们自己的心脏"(第4幕第3场),加强了悲剧的气氛。最后,当勃鲁托斯势穷力竭不得不伏剑自戕时,历史性的悲剧达到了高潮。"出师未捷身先死,长使英雄泪沾襟!"有正义感的读者哪能不为这悲剧的主人公一掬同情之泪?莎士比亚仿佛深恐大家不了解他的真意图,特在剧终借反对派安东尼之口热烈歌颂勃鲁托斯:"在他们那一群中间,他是一个最高贵的罗马人……只有他才是激于正义的思想,为了大众的利益,而去参加他们的阵线。他一生善良,交织在他身上的各种美德,可以使造物者肃然起立,向全世界宣告,'这是一个汉子!'"(第5幕第5场)不知那位外国评论家听了这颂词作何感想?

这里,我们应该进一步弄清"凯撒的精神"一词的含义。上面说过,这是指存在凯撒身上的妄图南面称王的政治野心。不错,但这只是一面,它还有一面——个人迷信。如果只有前一面,那么杀了凯撒之后,事情就该完结了,不会引起后来的悲剧。有人说,悲剧的产生应该归咎于勃鲁托斯,他不听凯歇斯的劝告,当场放走了安东尼,以致招来对立派的反攻,终于兵败身死。这是一种浅薄的见解,因为产生悲剧的根本原因不在这里,而在于普遍潜伏于当时罗马公民身上的个人迷信的思想。莎士比亚在剧本中用淋漓尽致的笔墨描写当时处于蒙昧状态的罗马公民的心理,他们并不怎样关心国家大事,唯一追求的是吃喝玩乐,因此不管哪一个军事首领能从国外夺回了金银财宝,能给他们一些微薄的施舍,他们就要"放假庆祝"并把胜利者奉为至高无上的天神。当勃鲁托斯杀了凯撒之后,公民们首先希望的是再来一个新的凯撒,好让他继续享受施舍。他们高呼:"让他做凯撒。""让凯撒的一切光荣都归于勃鲁托斯。"(第3幕第2场)勃鲁托斯没有看清群众的心理,在生死存亡的关头上,把争取群众的机会轻轻地奉送给安东尼。这个狡猾的政治野心家耍了一阵花腔之后,终于亮出了一张王牌——凯撒生前预立的遗嘱。遗嘱说:凯撒要赠"给每一个罗马市民七十五个德拉克马",外加供他们自由散步游息之用的步道、花圃。就这样,一场风暴立即转移到勃鲁托斯及其同伴们的头上,群众起来造他们的反,于是他们只好"像疯子一样逃出了罗马的城门。"(第3幕第2场)勃鲁托斯刺杀了凯撒,实际只战胜了"凯撒的精神"的一半,而把另外一半(群众的个人迷信的心理)留给反对派去利用,这就是他的事业终归失败的关键所在,经过上面的分析,应该可以确信无疑了。

　　莎士比亚把古罗马历史上这一悲剧再现于十六、七世纪之交的英国剧坛上,不是没有深意的,也不是没有时代背景的。他确实是在借古喻今。莎剧的研究者们早已指出,"如果说莎士比亚所描绘的古典时代的生活图景不至于强烈地冲击历史感,这主要是由于罗马人物类型和英国人物类型之间有血缘的联系,由于凯撒时代和伊利莎白时代之间有类似的特点。在泰晤士河边,如同在台伯河边,一种以群众拥护为基础的中央集权的专制政治正在同贵族阶级的世袭权利及其由选举产生的议会发生矛盾。"(参见 F. S. Boas 著《莎士比亚和他的前辈们》第 456 页)当伊利莎白女王统治全盛时期,大英国势蒸蒸日上,莎士比亚和一般人一样也曾对女王怀着崇敬的心情,把她看作"开明君主"而写过热情洋溢的颂词。但是,到了女王的晚年,一片乌云笼罩了国土,宫廷里不断发生变乱,野心勃勃的封建贵族企图夺取王位,而广大的蚩蚩之氓仍然迷恋于微不足数的乐趣和施舍。莎士比亚陷入了深刻的悲观情绪,就在这个时期他写了以《裘力斯·凯撒》为开端的一系列的伟大悲剧。他当然还不能预料历史发展的总趋势,不能断定英国将变成什么样的一个国家。但有一点是明确的,他认为暴君必须打倒,专制政治必须消灭。勃鲁托斯在自戕之前说了一句话:"我今天虽然战败了,可是将要享有比奥克泰维斯和玛克·安东尼在这次卑鄙的胜利中所得到的更大的光荣。"(第5幕第5场)莎士比亚正是要借这话来表明,铲除暴主的事业虽然失败了,但其本身却是正义的,因而也是光荣的。莎士比亚死后33年,英国国王查理一世被宣告为"暴君、卖国贼、杀人犯、国家的公敌"而被公开处决。《世界史纲》的作者韦尔斯说:"英国被推向世界历史上没有过的一种新情况,一个国君因背叛人民而应正式受审和定罪。"(参见该书中译本第880页)。这种情况到了1688年,随着汉诺威王朝的到来,又有新的变化,即"英国变成了——如《泰晤士报》最近给她的命名——一个有君主的共和国。"(同上第884页)从此英国成为不再出现暴主的国家,但靠的不是武力而是法制和民主。这一点当然不是莎士比亚所能设想得到的,但他在那样早的时期能对专制政治进行猛烈的攻击,并为促使它的灭亡而奋勇创作,这却不能不说是一种天才的预见。

人格与文德

10 月 19 日是鲁迅逝世 50 周年。50 年的光阴在历史长河中不过一瞬，但在人的生命历程中却是很长的一段时间，足以考验人品和骨气，使那些曾经为众望所归而后来却大失人望，或者初时气壮如牛而后来却俯首帖耳于霸主的淫威之下的奸雄和懦夫们现出原形。这些人好比带着长尾巴的彗星，当其出现在天空之时，熠熠流烂，光辉万丈，气势诚然不小，可惜一闪即逝，只能引起愚昧者的一阵骚动。鲁迅则不然，他的光辉永不熄灭。像他这样自始至终不松劲不变心的硬汉子，在同时代的文士中确实很少能与比肩。我们可以设想，换个环境让他身居要津，他也决不会为了保全禄位，而在重大的原则问题面前忽然变成噤若寒蝉的立仗马。他的光辉的人格永远成为后人学习的榜样。

鲁迅在我国现代文学史中位居第一，这不仅仅由于他辈分高、资格老，而确实是因为他的成就比任何人都大。他博学多能，擅长各体文学，创作数量并不太多，而以质量取胜。他一生用力最多、产量最大的，众所周知是杂文。

杂文是我国传统文学的一大特色，源远流长。从春秋战国直到今天未尝绝迹，遗憾的是没有人用巨眼认真地加以研究。鲁迅熟悉我国古典杂文，取其短小精悍的形式，去其陈旧腐朽的内容，烹炼熔铸，自成一体，以此作为战斗的武器。他的思想最深刻，态度最严肃，文字最精练，因此当时敢于和他交锋的，没有一个不败在他的笔下。

这里想着重一提鲁迅的文德问题。有些论客没有认真阅读对手的文章便胡乱指责，有的甚至卑鄙到故意篡改对手的文章然后加以嘲笑，这些都是可耻的行径。鲁迅在作批评之前，总是先仔细阅读对手的文章，摸透他的真意，然后下笔；后来编杂文集时，也总是把对手的文章附在自己文章的后面。尤其难得的，他和别人论战也偶有失误的时候，遇着此种情况，他不待对方指出，而自己先在报刊上公开改正。这些并非小节，不可等闲视之。

十年内乱结束后，有一可喜现象，即多年被冰封雪冻的杂文，忽如雨后春笋，生意蓬勃。近几年报刊上出现不少篇幅小、文情并茂的杂文，鲁迅有知定当对此感到欣慰。但是，有人竟因有了一点成绩而头脑发热，高唱起"超越鲁迅"的调子来了。鲁迅未始不可超越，但在目前作此豪语，未免为时过早。我认为当务之急还是先虚心向鲁迅学习为好，即认真阅读他的全部杂文以求精熟，然后在社会主义精神文明建设高潮中继承他的遗志，试用坚锐利索的笔杆"有力地抵制资本主义和封建主义的腐朽思想"，等到行之既久确有成效的时候，再来谈如何超越鲁迅的问题，这样才不至于重犯以前常见的那种浮夸流行症。

1986 年 9 月 30 日

说申公巫臣

小时候读《左传》，对申公巫臣这个人物很感兴趣，他的形象至今仍深印在我的脑子里。申公巫臣是楚国的大夫，为人工于心计，口齿又伶俐，他一生的"杰作"是用哄骗的手段娶得了夏姬。

夏姬原系郑国公主，嫁给陈国大夫，丈夫死后，以"金枝玉叶"之身而行同娼妓。据刘向《列女传》记载："其状美好无匹，内挟技术，盖老而复壮者，三为王后，七为夫人，公侯争之，莫不迷惑失意"，真可算得一个绝代妖姬。她的事迹略同于古埃及王后克莉奥佩特拉，但其人格却比克莉奥佩特拉更要卑劣。

夏姬的儿子征舒，因不满于其母与陈国君主私通，便射杀了陈灵公。这就引起楚国出兵干涉。楚庄王在处决了征舒之后，想纳夏姬为妻，就在此时申公巫臣出来劝阻，说了一番大道理，什么"君召诸侯，以讨罪也。今纳夏姬，贪其色也。贪色为淫，淫为大罚。"楚王果然被他的大话吓住了，只得罢休。不久，楚国大夫子反也想娶夏姬，申公巫臣又连忙劝阻，这回却变换手法拿迷信作武器，说夏姬是个招灾惹祸的"不祥人"，许多王公大臣都只为迷恋她而身死国灭，万万娶不得。一向狡猾好色的子反竟也被他说服了。但是，做了这两件好事之后，他却自己迷上了夏姬，不惜耍出种种花招，先诱骗楚王把夏姬送归郑国，然后自己讨个差事出聘于郑，从那里带着夏姬奔往晋国，表演了一出精彩的"窃妻以逃"的闹剧。

申公巫臣这个人物，从道德方面看，卑鄙恶浊，令人作呕；但从艺术方面看，却有一定的"审美价值"（借用时髦话），因为他不平凡，不像幼儿园课本那样可以一目了然。这就是我对他感兴趣的原因。我常感我国人写历史传记比不上西方作者，他们不爱画脸谱，贴标签，把忠奸邪正刻画得太过分明；我们则一方面要为尊者讳为贤者讳，半点不敢怠慢，另一方面对反面人物又在魔鬼身上擦黑油，唯恐其不淋漓尽致，于是好人像木偶，而坏人也似怪物。

总之,不能给人以真实感。我国古代史书中似乎只有《左传》和《史记》是例外,这两部大书中人物很多,倘有人肯花工夫对其中写得特别精彩的做些心理分析,我相信完全可写成两部专书的。

申公巫臣是坏人,但也不是什么时候都坏。他有头脑,善于出谋献策,当事情与他的私欲不矛盾时,他也会出些好主意,把事情办妥,《左传》里有过这样的记录。

全体看来,这个人物很像鲁迅在《二丑艺术》一文里所描写的"二花脸"。鲁迅说这种人"身份比小丑高,而性格却比小丑坏。"其所以坏,就因为他并不随时随地都露出"丑"的样子,给人以"丑"的印象。把坏人描写成"丑"只能使人感到好笑,而不能引人深思,效果显然是不好的。同样是在做思想教育工作,艺术家有时比道德家更能见效,道理就在这里。道德家当然很重要,可惜的是,他们只一味相信说教,而不认识艺术的妙用。他们的见识还比不上"小百姓"。鲁迅说:"这二花脸,乃是小百姓看透了这一种人,提出精华来,制定了的脚色。"小百姓制定这样的脚色,不仅为了娱乐,实际也是用以教育自己的。

奉劝写小说和编剧本的作家们读一读申公巫臣的故事。

1985 年 3 月 29 日

说王善保家的

　　这些年来,《红楼梦》研究者们写的人物论之类的文章可真不少,从宝玉、黛玉、宝钗、凤姐直到晴雯、紫鹃等大大小小人物都曾有人给予评议,但我没留心过他们有没有在王善保家的身上耗费笔墨。如果没有,那是一种缺陷,因为这个人物在小说中出场的次数虽然不多,而却在极关键的时刻当了一名相当重要的角色,她的表演又是十分出众的,把她冷落了,实在太不应该。何况这个角色,对我们来说,又颇有现实意义,万万不可忽视。

　　王善保家的是荣国府大老爷贾赦夫人(邢夫人)的陪房,其地位是在主子之下奴才之上的,由于某种原因,她虽身居奴才班首,而威望和实力却还比不上与她同列的周瑞家的等几人,对此她一直心怀不满。有一天,她巴望已久的出头日子终于到来了,那就是在二老爷贾政夫人(王夫人)从她手里接过邢夫人送来痴丫鬟傻大姐拾得的"十锦春意香袋"的时候。王夫人深得老太太(贾母)的宠爱,掌握治理一家的大权,这个香袋事件的发生使她感到极大的惊慌,仿佛天塌下来似的,加上最近大观园里婆子媳妇们聚赌偷窃的事时有所闻,真是世乱奴欺主,家风败坏至此,非痛加整顿不可。于是她听从凤姐的劝告,把周瑞家的为首的几个贴心陪房传唤进来,吩咐她们"暗暗访察",弄个水落石出。王善保家的恰在此时又来打听消息,王夫人便叫她加入访察团。她福至心灵,来个偷梁换柱之计,把"暗暗访察"变为公开"搜寻"。你且听她说:"太太且请息怒。这些事小,只交与奴才。如今要查这个是极容易的。等到晚上园门关了的时节,内外不通风,我们竟给他们个冷不防,带着人到各处丫头们房里搜寻。"就这样,一幕极精彩的"惑奸谗抄检大观园"的闹剧便上场了,王善保家的从次要的角色一跃而成为奉命抄家的先锋闯将,连带队的凤二奶奶也要让她三分,更不用说其他陪房了。然而事情的演变并不像她所预期的那样顺利,在第一个关口上便受到宝玉房里丫鬟晴雯的反抗,她只得声明:"我们并非私自就来的,原是奉太太的命来搜察。"

晴雯指着她的脸说道:"你说你是太太打发来的,我还是老太太打发来的呢!太太那边的人我也都见过,就只没看见你这么个有头有脸大管事的奶奶!"她挨了一顿抢白,落得"又羞又气",败下阵来。哪知后面还有更丢脸的事,在搜寻到三姑娘探春院内时,她不仅连丫鬟们的箱子摸都没摸过,还因一时鲁莽得罪了探春,脸上挨了响亮的一巴掌,只得自认晦气,"躲出窗外"去怨命,又挨了探春的丫鬟侍书一顿尖锐的讽刺,仓皇退走。接着在四姑娘惜春和二姑娘迎春院内确实分别搜出了一些东西,总算不虚此行,然而惜春院内一案却由凤姐亲自负责处理,不让她插手,迎春院内搜出的恰恰是她自己的外孙女儿司棋的东西("一双男子的锦袜并一双缎鞋,又有一个小包袱。打开看时,里面是一个同心如意,并一个字帖儿"),还不只是贼赃,实际是奸情。这一下她真的是无地自容,"只好打着自己的脸骂道:'老不死的娼妇,怎么造下孽了? 说嘴打嘴,现世现报!'"一场闹剧,至此结束,遭殃的除了她的外孙女儿司棋之外还有晴雯,她们二人都被撵出贾府,一个病死,一个自杀。

文学创作有它的特殊性,它并不死板地受着时间老人的制限,其明显的证据之一是,它所叙述的事情和所描写的人物,哪怕是发生和出现在几百甚至几千年前,也会以某种形式再现在今天的历史舞台上。假如我们的脑子不太差,我们应该还记得不久以前在这 960 万平方公里的土地上也曾发生过"大抄家"的事件,也曾出现过王善保家的类型的人物。有一点却是不同的,前面的抄家从酝酿到实行只有一天的工夫,而后面的抄家则长达十年之久。再从效果方面来看,前面的抄家为害之烈还不显著,喧闹一场只牺牲了两个丫鬟,而罪魁祸首(王善保家的)也以丢脸告终;后面的抄家则几乎断送了一个国家的命脉,那躲在幕后出谋划策的人却以寿终正寝逃脱了人民的惩罚。事情的性质很相似,而主人公的命运却不一样,这个问题是值得研究的。王善保家的和她的现代同行者有个共同之点,就是彼此都唯恐天下不乱,都爱玩浑水摸鱼的把戏。除此之外,他们之间的差别可大呢。王善保家的是个卑琐而却愚蠢的婆娘,出身微贱,既无势力,又无学识,她促起这场抄家闹剧,只"因素日进园去,那丫鬟们不大趋奉她,她心里不自在",她的最终目的也只想借此机会抓出一些"把柄"来整那些丫鬟出口气,同时抬高自己的身份,求得与周瑞家的平起平坐,如此而已。她的最大不幸是,给她以权力的那个主子(王夫人),和她一样,也"是个心内没成算的人",行事轻率,不识大体,因此威信不足,遭到了家里人的坚决抵制,凤二奶奶是暗暗的,三姑娘探春则是公开的了,明言这抄家之举是"自杀自灭","这样大族人家,若从外头杀来,一时是杀不死的","必须先从家里自杀自灭起来,才能一败涂地呢!"这样一篇有深刻理论为基础的反抗之词注定了王善保家的所热心从事的大业定然归于失败。再说正因她地位不高,实力不足,她不能躲在幕后出谋划策而必须赤膊上阵,遇到麻烦问题(比方说抓贼抓到自己外孙女儿身上)时,又无法借势脱逃,这种种都是对她极其不利的。那位现代的王善保家的情况完全不同,他既有地位,又有学识,是个出类拔萃的"顾问"兼"理论家"。他足智多谋,在人前恂恂如也,老实得很,背地里却善于摇鹅毛扇,总是顺着主公的意旨,因势利导,使其于不知不觉之中按自己的方略办事。他挟天子以令诸侯,最终的目的不仅仅是为了能挤入勋臣元老的行列,而是异常巧妙地取得继承人的位置或者继续指挥继承人。他当然不屑于公开地过问打、砸、抢的勾当,而其实最关心打、砸、抢的就是他自己,遇着有什么奇珍、国宝如砚石书画之类,他总是有法子通过走卒运入自己的密室,绝对无人知道,即使知道了,也绝不会有谁敢闯入他的府内去挖贼赃。他真是当代天之骄子,造了一辈子的孽,临到该遭清算的时刻,却以病逝了事,还骗得一场"哀荣"!

尽管如此,他逃得了今世的惩罚,却逃不掉千秋万代的谴责,他的下场不会比200年前的王善保家的更好。对我们来说,一个活生生的教训应该吸取:别把眼光盯在下层的王善保家的身上,那是小虫豸,为害不烈,可千万要注意隐匿在上层队伍中的王善保家的,那是一颗定时炸弹,阴险毒辣,诡计多端,特别是他那一套挂羊头卖狗肉似是而非的"理论"会迷惑无数头脑简单的人,不可不用火眼金睛予以识破,否则将贻祸无穷。古人说过:"前事不忘,后事之师。"倘上过当之后又一再上当,那就真的是不可救药的了。

1986 年 8 月 4 日

火

如果说水是生命之源，那么火无疑便是文明之源。古希腊神话有普罗米修斯盗天火以苏民困的故事。我国古代传说也有燧人氏钻木取火教人熟食的故事，可见东、西方的圣人所见略同。没有火，人类便将永远停留在茹毛饮血的阶段；没有火，人类便将和其他动物一样永远进不了文明世界。

火的功用如此之大，准情酌理，世间该不会有反对火的人了？然而实际却有，尽管为数不多。这些人眼光短浅，胸襟狭窄，不是不知道火的用处，而是担心火太大了会烧掉他们的那一分可怜的家当，又担心别人有了火会使他们自己的火贬了值。因此一见火势太猛，他们便大声疾呼要用水泼，好像水是宇宙间最安全的东西，殊不知水多了也会成灾的，古人不是说过水能载舟也能覆舟的话吗？

对于新生的东西不应该采取排斥的态度，越是有用的新东西越要想办法把它吸取或引进。这里，首先要保持自信力，坚信我们自古就有取长补短、化腐为奇的本领，在陌生事物的面前，用不着忧心忡忡，自寻苦恼；其次千万别去追随那号称好龙而其实害怕真龙的叶公，以及比叶公还要叶公的叶公，那样做是只能贻讥千古，误尽天下苍生的。

文明是火带来的，但随着人类文明的发展，火所形成的能量形式，其地位逐渐被其他更高级的能量形式（如电能、原子能等）所取代了。然而火并不因此而完全丧失其造福人寰的神圣作用，它会继续把光和热传送给处在社会下层的穷苦无告的人，使他们能享受人间最起码的温暖和安全感。普罗米修斯和燧人氏的功勋毕竟是不朽的。

我很羡慕那些能办大事的伟人，他们会用满身的光辉照耀各行各业，使其兴旺发达。我是个渺小的人，自幼怕黑暗也怕寒冷，常常希望自己能变成一只萤火虫，用尾巴上的微光照亮行程。然而做人不能只顾自己，好歹总得有个于人有益的职业。那么干什么好呢？抱头苦想之际，忽然记起了小时

161

在小说上看到的伦敦街头的燃灯者。每当薄暮时分，街上一片昏黄，有时还带着浓雾，稀少的行人来去匆匆，生恐狭巷里跳出个拦路豪客。这时，忽然来了穿着号衣的燃灯者，他不慌不忙地把手里的火把往街灯上一点，立刻街的一头出现了光明，尽管它还很微小，但已足驱散先前阴冷恐怖的气氛，使行人放下心来。我十分喜欢这样的职业，但愿一辈子当燃灯者，在力所能及的范围内把光和热输送给需要这两种东西的人。

　　古人说"薪尽火传"，其实薪从来就没有尽过，火也一直在传，只是各人的力量有所不同，因而传薪的效果便有大小之分罢了。愿大家各尽所能地充任传薪的角色而莫作扑"火"的愚人！

说"狂"与"妄"

从李慈铭的《越缦堂日记》上看到一篇题作《复某书》的小文,内容如下:

> 仆息交绝游,正畏见妄人闻妄语。足下于仆非总角之好,无平生之
> 欢,乃以绝不相涉之言,妄附于诤友之列,诚仆所不解。顷复以长牍见
> 责,诋仆为妄,且恐仆不能句读而自句读之,吾知妄人自有所归也。足
> 下少年得意,读一二破碎书,自以为见理已深,狂谵百出,仆诚未闻道,
> 亦不足称文人,然如足下者,恐须息心静气从仆等游十余年,方可启齿
> 牙也。仆老多病,无闲气力与后生较是非,原书附还,以后见绝可也。

这篇小文实际是一封短信,把对方直称为"妄人",且极尽挖苦丑诋的能
事,其作者性情之乖戾跃然纸上。李慈铭是清末浙江会稽(即今之绍兴)人。
鲁迅在《华盖集续编·马上日记》中说:"吾乡的李慈铭先生,就是以日记为
著述的,上自朝章,中至学问,下迄相骂,都记录在那里面。"《复某书》便是记
"相骂"的好例子之一。《孽海花》的作者曾朴在该书第十九、二十两回中对
李慈铭的为人有过生动的描述,难免夸张一点,但也可供参考。总的说来,
他的特点是"狂",盛气凌人,目空一切。形成这种脾性的原因或许与他的生
平遭遇有关。他博览群书,擅长写作,而在科举上很不得意,直到晚年才中
了进士,眼看庸碌之辈纷纷爬到他的头上去了,心里怎能服气? 这些是为他
辩解的话,其实一个人长处逆境,狂也不必,古今中外与他同命运的才士多
着呢,为什么非让他单独出头不可? 假如他能拓大胸襟,他该会想到我国历
史上一些和他一样有真才实学的人。他们也是一辈子不得志的,然而他们
却能淡泊明志,不求闻达,默默地发挥自己的潜力为生民造福,恰似春蚕只
管吐丝,不计报酬,让后代的人为他们评功作鉴定。这样,心里不是会更舒
坦一点,日子会过得更愉快一点吗?

话说回来,一般人不加区别,把"狂"与"妄"合在一起骂人,统称"狂妄"。
这不妥当,狂与妄是有高低之分的。孔子说"狂者进取",自古以来被目为

"狂生"的人,大抵都有一些真本领。试举数例为证。三国时代的阮籍能作青白眼,专以白眼对待他所瞧不起的人,可谓狂傲已极,然而他兼长文哲,既是诗人,又是哲学家。唐代的李白在封建时代敢于高唱"我本楚狂人,凤歌笑孔丘",直斥圣人之名而谤议之,这胆子真够大的,但他毕竟是中国历史上屈指可数的特大诗人。生在李慈铭之前约一个世纪的汪中,也是狂人,他老实不客气地告诉前来求教者说:像你这样,"读书更三十年或可到不通地步",而他自己确是才学并茂的大通人,一篇题作《哀盐船文》的少作,文采照人,竟使老辈惊佩,甚至以左思和李华相许。至于妄人,则除了盲目自大,信口开河,骂倒一切之外,什么本领也没有。这种人只能欺骗自己,吓唬小儿,一遇明眼人便要原形毕露,当场出丑,怎能和"狂生"相比呢?

　　"狂"与"妄"既有高低之分,当老辈的为了有效地帮助这两类"后生",应采取不同的方法:对前者竭诚劝告,使其息躁平矜,但要注意勿挫其锐气;对后者严肃批评,使其反躬自省,幡然改悔。李慈铭简单地把所谓"妄人"拒之门外,这并不合与人为善的宗旨,实不足取。

1987 年 7 月 15 日

说"骄"与"傲"

　　恰似"狂"与"妄","骄"与"傲"二字也是常被凑在一起作为贬词来谴责人的。细细想来,这也不甚妥当。从表面看,骄与傲说的都是待人接物的态度问题,其共同的特征是自视高不把对方放在眼里,但两者之间似乎有个区别,即骄常用以对下即处于劣势的人,而傲则一般用于对上即处于优势的人。举个最早的例子,《论语·学而》篇说:"贫而无谄,富而无骄。"这些都是褒扬的话,后面一句无须解释,前面一句中的"无谄"即李白所谓"安能低眉折腰事权贵",宁愿饿死也不肯去巴结有权势的人,这里隐含着"傲"的意思,对下"骄",对上"傲",不是泾渭分明了吗? 然而"上","下"的界线实际也不易一笔划清。《孟子·离娄》篇说:"有个齐国人,家里有一妻一妾,他每日出去到处乞讨,总是吃得既饱又醉,洋洋得意地归来,骄其妻妾"。这情况颇像鲁迅笔下的阿 Q 欺负小 D,彼此处于同等地位,只是偶然占得便宜,还没达到真正"骄"的地步。"傲"也是如此,一个手中掌握实权的小吏,可以完全不理睬徒具虚衔的上司下的命令,这在旧官场中是常见的事。这种态度与其说是"傲"毋宁说是"横"——蛮横。撇开这些琐屑的区别不谈,我们试从大处着眼来分辨这两者的性质。自古以来,无论中外,对"骄"表示好感的可说是绝无其例,中世纪的欧洲人甚至把骄和妒、嗔、懒、吝、馋、淫并列为七种罪孽,而"傲"则是另一情况,毁少誉多,其所以如此,因为它和骄不同,不是以损害对方的人格尊严为目的,而是以保卫自己的人格尊严为主旨。鲁迅的名句"横眉冷对千夫指",深刻而又生动地表现了这种无畏的傲的精神。此外,古代有所谓"强项令"(即汉董宣),杀了为非作歹的豪门恶奴,皇帝令他叩头谢罪,几个卫士用力按他的头,而他的头终不着地,这种宁死不屈的精神也是傲的一种表现。再举一例,古希腊有个哲学家戴俄泽尼,穷修苦炼,以瓮为家,一天亚历山大大帝亲临访问,临去时问戴有什么要求没有,戴说:"有,请陛下站开,勿挡住我面前的阳光。"这跟我国古代传为美谈的"布衣傲王侯"的精神不是很相像的吗？

　　作为人的品质，傲与骄诚然有高低之别，不可等量齐观；但仔细想来，骄固然是全无足取，而傲也不见得是十全十美，无可非议。鲁迅所赞扬的"横眉冷对千夫指"的人恰好同孟子所说的"富贵不能淫，贫贱不能移，威武不能屈"的"大丈夫"属于同一类型，他们都具有真正的傲气，所以可贵。倘不是如此，而把一切敢于造反或无理侵犯位居自己之上者的行为通通称之为"傲"，那就大错特错了。须知无理取闹者实际不是保卫自己的人格尊严，而是严重损害自己的人格尊严，这与真正的傲气有何相干，只好称之为"蛮气"即野蛮之气罢了。

关于爱情和友谊的通信

晚芳同学：

收到来信，知你心情苦闷，正在为两大问题而伤透脑筋。这在和你年纪相近的晚辈中是常有的，我能理解。承蒙不嫌弃，把隐藏在内心深处的问题向所谓"敬爱的老师"请教，希望得到"圆满"的回答。老实奉告，"请教"不敢当，"圆满"也难兑现，但鉴于你的一片至诚，我想尽可能地出些主意供你参考，最后决定还是要靠你自己的。

你提出的第一个问题是关于爱情或者干脆叫婚姻——爱情而不以婚姻作为目标是我所坚决反对的。你说这些日子里有不少识与不识的青年同学写信向你求爱，使你大感为难，你不想作独身主义者，却又拿不定主意该选择哪一种人。这个经验并非你所独有。我在大学执教已将满 50 年。记得 40 年前有一位女同学坦白告诉我：正在追求她的男同学中有两类人，即可爱的和可靠的，她和他们都很熟悉。对于"可爱"和"可靠"的涵义她没有明说，但我知道前者是指仪表堂堂、善体人意的一类，后者则指老实厚道、不要手段的一类。她请我代作决定以选择哪一类较为合适。我考虑了一下，觉得天下男子不能这样截然分开，也有可能两方面都具备，只是程度不同罢了。她没有提到"才"的问题，因为她知道我有爱才之癖，不会劝她嫁给一个学业差的人。所以她实际是要我在"貌"与"德"之间作个选择。我老实告诉她："除非追求你的人丑陋到像庄子寓言中的支离疏、哀骀它或者像雨果小说中的钟楼怪人那样令人望而生畏，你就不必把重点放在这方面。须知世间好看的东西如小摆设之类，从古董店里刚买回来，头两天你会爱不忍释，把它放在书桌上仔细观赏，过了几天也就司空见惯、兴趣索然，最后收入古董橱完事。何况人和古董尚有区别，古董不会改变形象，而人则随着时光的消逝逐渐老化，愈变愈丑，即使是面如冠玉，也终于难免皱纹满脸，损尽容光。对比之下还是德更重要。一个真正有德的男子（女子也一样），不仅表

167

面上循规蹈矩、行为端正，更可贵的是心地纯洁、感情真挚，历久不变。这种人可与共患难、同死生，不管处在怎样困苦的情况下都不会三心二意。再说德高的人中怀耿介，正气外扬，自然会露出一种庄严色相，从美的观点来考察，恐也不见得比那些仅仅面目姣好的更难看。总之，选择终身伴侣是百年大计，要从远处着想，不能凭一时的爱好"。如今时移世换，社会风气也有一些转变，男女的离合比较自由，但我仍坚持过去的观点，认为选择对象应特别慎重，不可草率从事，是否妥当，请你自作定夺。

你提出的第二个问题是关于友情。你说得对，人生一世不能无朋友。《诗经》上早说，"嘤其鸣矣，求其友声"，可见上古的人便已注意这个问题。但你又感到惶惑，不知该与哪一类的人结成友谊最有益处。对这个问题我有个想法，一般的朋友不妨多一些，而真正知心的朋友能有几个便该满足。什么叫"一般的朋友"？这就是指与你坐在同一教室里上课的，与你住在同一宿舍或院子里的，与你在一块办公的，与你在旅途中偶尔相识的……你和这些人的关系深浅不同，认识的程度也不一样，但他们多多少少都会对你发生影响，并且在利害上也有各种共同之处，你应该和他们保持一定的联系，否则你会因孑立无援而陷于困境，一切懂得社交或是老于世故的人都深知此理。所以为人切勿过于孤傲，孤傲是不近人情的，必然会到处碰壁。这些道理料想你早已明白，我太唠叨了。至于真正的朋友，即所谓"平生同心之友"，那是非常难得的，古人常说"得一知己，死而无憾"。什么叫"知己"？就是说彼此心心相印，互相了解、信任到了最高的程度，不管一方蒙受怎样重大的诬陷，另一方决不会对他发生任何怀疑。这样的朋友是无价之宝。此外，你知道咱们都是搞学术工作的，应该在有真才实学的人中寻师求友，名声大小倒不必计较。遍观古今中外，凡是在学术上有所成就的人，可说是没有一个能单凭自己的聪明才智而攀登高峰，总是或多或少地受到名师益友的启迪熏陶。所以古代大师孔二先生谆谆训诲说："益者三友"，"友直，友谅，友多闻。"咱们的朋友，除了正直、信实之外，还希望能有广博的学问，这对咱们的事业是至关重要的。

以上所说都只是些老生常谈，聊供参考而已。顺便告诉你，由于秉性愚戆，我这一生走的不是平坦的道路，中间屡经颠仆，几乎不起。但我也有一般人享受不到的两大幸福，即家有贤妇，恰似梅尧臣诗所形容的"连城宝"，使我于困顿之中得到支持；又有几个心心相印的朋友，他们或则名声籍甚，或则不求闻达，但都在立身处世和学术探讨方面给了我以极大的影响和帮助，使我能有勇气继续活到今天。

祝你前途光明，万事如意！

郑朝宗

1987 年 2 月 16 日

为苍蝇画像

　　在上帝创造的万物之中，性格最突出的恐怕要推苍蝇。它个子很小而能量却无穷，大之可使全家甚至全村的人死在它所散布的疫菌底下，小之也能使你为了防御它的侵袭而一夏天无法安心工作。它既凶狠又顽皮，既放肆又机警，所有英雄豪杰都对它束手无策。而尤其令人难以忍受的，是它那狂妄自大的态度。它目空一切，把所有功劳全归给自己，就像伊索所描写的，它坐在战车轮轴上吹嘘："瞧，我掀起多大的灰尘！"

　　因为苍蝇有这许多恶劣的习性，所以古今中外的文学家几乎没一个对它有好的印象，没一个不尖锐地嘲笑它。意大利诗人但丁拿它冻僵的形象来比拟地狱冰窖中卖国贼鬼魂的狼狈相。英国文豪约翰生讽刺说："一只苍蝇也许能叮一头骏马而使其畏缩，然而前者毕竟只是虫，而后者却仍是马。"鲁迅在《战士和苍蝇》一文中也说过类似的话："有缺点的战士终竟是战士，完美的苍蝇也终竟不过是苍蝇。"

　　为苍蝇画像的诗文不少，据我所见，最全面而又精彩的，是约翰·拉斯金的一篇小文。我曾把它译为五言古体诗如下：

　　　　物之自由者，惟蝇为典型，匪特自由已，要亦勇且英。世间反侧子，持说颇峥嵘，当其恣睢处，翻为蝇所倾。蝇既不好礼，遂亦无重轻，帝王与伦父，一一遭侵陵。方其鼓翅起，上下肆飞腾，俄而集几案，逼视目瞠瞠。作止虽异趣，神态固难更，睥睨空一世，特立欲无朋。观其沾沾意，不语而自明，俨如造物者，辛苦为此蝇！有时困侵扰，举手欲敲搒，人蝇倘易地，此事亦足惊。何殊原野上，红泥十丈横，忽然拔地起，下击如雷霆！人意徒扰扰，蝇意自惺惺；寄身天地间，常为患所乘。但当知趋避，何用日兢兢？脱然出尔手，悠然落尔肱。不臣亦不惧，威武本天成，忠言终逆耳，箴谏讵尔聆？平生无所事，性不受拘绳。蚯蚓钻地穴，蜜蜂采芳馨，蜘蛛勤结网，蚂蚁苦经营：四者为形役，可怜太瘦生！蝇独无挂碍，逍遥天宇宏，或翔于空际，或集于房楹，徘徊恣玩赏，飞扬弄风情。察其轻巧性，毋乃佻之精？世人苦不饱，蝇食常充盈，屠户院中肉，饼师窗上饧，路旁遗矢秽，马背流血腥。偶然触之起，震耳作怒鸣，试问世间物，栩栩孰如蝇？

把苍蝇的面目、举止、思想、感情刻画得如此淋漓尽致，真可算得一大奇作。拉斯金不愧为杰出的艺术大师，他寓贬于褒，只从反面或侧面对苍蝇作皮里阳秋的鉴定，而不破口大骂。我想聪明的苍蝇先生看了，虽深知其真实含意，却也不能不感激他那温柔敦厚的文风，多少为自己留点面子。

以卫道自命的唐朝诗人韩愈则不然，他也有一篇谴责苍蝇（和蚊子）的作品，却是火气十足，不给对方一点回旋的余地。诗云：

朝蝇不须驱，暮蚊不可抑，蝇蚊满八区，可尽与相格？

得时能几时，与汝恣啖咋，凉风九月到，扫不见踪迹！

诗很短，而切齿之声仿佛可闻，末二句简直变为诅咒。

以上两种风格利钝如何，且留给文艺界的好辩之士去争论吧。

1981 年 1 月 10 日

乡　愁

在一切离愁别恨中,最难消受而又不易形容的是乡愁。江淹梦笔生花,用沉博绝丽的语言刻画了各种别离情绪,其中也包括远赴异国的乡愁。但他摹写的只是出发时与亲宾诀别的剧烈感情,如所谓"黯然销魂",所谓"使人意夺神骇,心折骨惊"。其实真正的乡愁比这更厉害,它不是迸发式的一纵即逝,而是像细菌似的侵入你的肌体,使你长期六神无主,气息奄奄,因此它的别名叫作"怀乡病"。

怀乡病大约有两种:一种发生在由于政治原因而被放逐者的身上,著名的例子如意大利诗人但丁。但丁酷似屈原,政治上"信而见疑,忠而被谤",终于被逐出佛罗伦萨宗邦,在外地漂泊了 20 年,然后默默死去。他眷恋宗邦,对流亡时期寄人篱下的生活痛入肝肠。在《飨宴》一书的引言里,他声泪俱下地说:"在意大利语言通行的几乎所有区域里,我到处流浪,像乞丐般违反己志展示命运给我的创伤……真的,我一直是一艘无帆又无舵的孤舟,被从极端穷困之区吹来的燥风驱赶到各处港口和海岸。"在《神曲·天堂》第十七章里,他又借一位祖先的口诉说流亡的苦痛:"你将离开你所最亲爱的,这是'放逐的弓弩'必将向你射来的第一支毒箭。然后你将体味到吃人家的面包心里是如何辛酸,在人家的楼梯上升降步履是多么艰难。"这种乡愁的况味确是江淹未曾设想到的。

另一种怀乡病发生在自愿出国去游学或定居者的身上。他们初到异邦时,耳目一新,兴趣勃勃,暂时不会有离乡背井的哀愁。但是习闻惯见之后,渐渐地有一朵乌云蒙头盖脸地侵袭过来,便觉得江山信美,终非吾土,人情不薄,究属异族,这时恰似《太平广记》里的薛伟化鱼或卡夫卡小说《变形记》里的主人公身化甲虫,那群居孑立、凄凉寂寞的痛楚,真非笔墨所能描述。这种怀乡病还有个特征,即来得突然。有时你精神稍微舒畅,正津津有味在读一本书,它如不速之客悄悄地来了,使你霎时坐立不安,兴趣全无,做什么事都不顺心，只好丧魂失魄似的往街上乱闯或到熟人那里去闲聊，希望借此消愁，然而一切都无效，又只好回到家里望空痴想，让奇愁啮碎你的心肠。这时，只有这时，你才真正体会出"守着窗儿，独自怎生得黑"是一种什么滋味！

江淹说："别虽一绪，事乃万族"；又说："别方不定，别理千名，有别必怨，有怨必盈"，就我自己来说，我宁愿在国内挨一千次别离之苦，而决不愿再去领略一番漂泊异邦的乡愁味道。

1982 年 5 月 6 日

负笈剑桥

海　色

苏轼《六月二十日夜渡海》诗："云散月明谁点缀？天容海色本澄清。"这是东坡先生从海南岛（崖州）遇赦北归途中所作，借景抒情，别有寄托，所以王文诰的案语说：上句"问章惇也"，下句"公自谓也"。

政治上的是非这里不谈。就诗论诗，有人认为用"澄清"二字形容海色似欠斟酌，澄清者，明净清澈之谓，海水浑不透明，除非变成江水，海色是决不会澄清的，自古只闻"河清"，不闻海清。

说也惭愧，来厦门已将 40 年，长期与海为邻，竟熟视无睹，不仅不知海色能否澄清，而且连海水有几种颜色也说不清。近几个月客居休养所，每日早晚都在海边散步，一遇退潮，本来还算干净的沙滩旁的海水，却被泥沙搅得浑浊不堪，倘若海上起了大风，那么整个海面都要变色了，一直要等到涨潮和风平浪静之后，海水才恢复原来的颜色。看了这种情况，我才省悟到东坡海色澄清的说法并不是完全无稽的。

由于朝夕观海，我逐渐看出海的颜色不是浑然一体和一成不变，而是随着视线的远近，天气的阴晴，日光的浓淡和环境的殊异而不断变化的。清晨太阳未上时，近处海面呈灰绿色，数百米外则转成青苍或浅蓝色，中间隔着一条线。太阳出来后，日光射处，海面闪闪发亮，颜色近白，附近倘有丛林或高丘，那影子映在海里便成深绿色。大晴天特别是在夏季午后的这种天气里，海上的颜色十分好看，近沙滩处是黄色，稍远则浅绿，更远则变成翠绿，那色泽恰同初春的嫩叶，浅绿和翠绿之间有一条粉红色的带子若隐若现。太阳下山后，满天云霞，海面微呈红色，随着日光的消失，逐渐变成深蓝色，还带着几点星光，上下相映，奇妙极了！海毕竟不同于江，三五明月之夜，江波在汹涌时，水面"浮光跃金"，风平浪静时则出现"静影沉璧"的奇观。海绝无此可能，只能在月光直接照射的地方闪闪发亮，颜色也近白，月的影子根本看不见。阴雨天或风浪大的时候，海简直像个病夫，颜色苍白，看了令人生凄凉之感。

以上说的是从休养所里看到的海色。那是内海，水不深，浪不阔，有一种颜色无由得见，就是黑色。我没到过黑海，不知那里的水黑到什么程度，但我想印度洋的水总算得够深够黑的了。黄遵宪有两句诗："大风西北来，摇天海波黑"，写的就是这里的景象。万吨巨轮到了这里竟像一叶扁舟上下颠簸，"摇天海波黑"五字真道尽海行的辛苦可畏。与此相反的是地中海，在晴和的日子里，那里的天是蔚蓝的，水是翠绿的，波平如镜，罗袜生尘，令人幻想有无数的仙女在海上嬉游，海行的乐趣当以此为第一，海色的可爱也当以此占居首位。

李白说过："清风明月不用一钱买"。苏轼也说：江上清风，山间明月，取之无穷，用之不竭。世间最廉价而又无害的东西是大自然之美，但要充分领略这样的美，你得多长出一双眼睛，勤于而且善于观察，否则即使奇景当前，你也将如《儒林外史》里的马二先生，逛了西湖却一无所见。我对于海色的经验就是如此。

1983 年 7 月 29 日

天痕与天容

　　前些日子写了一篇题作《海色》的小文,事后忽然想起《石遗室诗话》里寄禅和尚游浙东天台的两句诗:"袖底白生知海色,眉端青压是天痕。"一个下午天气晴朗,陪着一位远方来客登上日光岩,万里无云,长空一碧,淡淡的阳光照在海面上,海水果然变成白色,而蔚蓝的天空仿佛就压在眉头上,这时才深深感到寄禅这两句诗的妙处。我把自己的想法告诉客人,客人说出家人四大皆空,五蕴俱绝,此僧犹贪恋自然景色,可知尘心未净,终不得进入西方极乐世界。我说中国和尚无论如何要比中世纪西洋苦行僧高明一点,后者把宇宙间一切美丽的东西,如花鸟虫鱼之类,都看作魔鬼的幻影,这未免太过分了吧。两人相对一笑而罢。

　　寄禅的"眉端青压是天痕",真亏他想得出,这是瞬间的印象,稍纵即逝。那些无识之徒爱夸说印象派如何如何,其实这种手法我们早已有之,只是不小题大做,把三言两语说得清的意思扩大为一篇玄之又玄的"理论"。"天痕"二字格外别致,痕者迹也,自古只闻水有痕,月有痕,花有痕,哪曾听说天也有痕?作者从"青"字着想,把压在眉头上的天色叫作"天痕",遂成绝唱。要看天痕,得登高处,倘在平地上,定然无此感觉。

　　从天痕我又想到天容。"人生易老天难老",世间最好看的容颜毕竟是天容,这是万古如斯,一成不变的。长期以来,由于一种老年性的痼疾在作祟,我每日早晚总得费几个小时出去活动,与大自然结成难解的友谊。凌晨,从宿舍出发,一抬头便高兴地看见启明星像老朋友似的在向我招手。东方开始发白,渐渐地由白转红,这使我想起了荷马史诗里常用的一个比喻:"曙光女神用玫瑰色的手指点亮了东方"。人类在童年时代真是天真可爱,富于想象力。我一直认为清早最美丽的时光是在太阳未出之前,那时站在海边看东方一片苹果色的彩霞,金黄与鲜红匀和在一起,绚烂极了。过些时候,一轮红日喷薄欲出,始尚迟疑,终则迈大步上来了。这时,霞光渐渐被日光所吞,光景转趋平淡。但是,到了傍晚时分,西方又开始热闹起来,黄仲则说过:"晚霞一抹影池塘,哪有这般颜色作衣裳?"晚霞确实胜过朝霞,不仅颜色更鲜艳,更丰富多彩,而且时间也更长,特别是在夏季里。我常于此时,坐在菽庄公园长桥一角观看暮景。太阳下去了,英雄山后面发出万道金光,烧得半天红醉,有时还夹着一缕缕的彩虹,显出橙、黄、绿、蓝各种颜色。在天的另一方,浮云像魔术师似的在变幻着,有时堆积成高山,有时收缩为玲珑的盆景,有时描绘出飞禽走兽的模样,有时刻镂成仙女武士的形象,真是变化无穷,令人神往。夏天日长,尽可在这里盘桓个把钟头,犹嫌观之不足。秋天来了,情况起了一些变化。天气不像以前那么好,有时满天阴云,什么也看不见。有时傍晚多风,令人不敢久坐,而且晚霞散绮的时间也不长,一忽儿便过去了。但在特别晴好的日子里,我却看到了生平未睹的奇景——真正的黄昏。夕阳西下,天上彩霞由红转黄,随着日光的逐渐暗淡,黄的颜色愈变愈浓,令人觉得仿佛置身沙漠上。然而,就在黑夜到来之前,一线余霞忽又回黄转红,本来被昏黄模糊了的海上诸山,这时又一下子里变为轮廓鲜明。大自然真是善开玩笑,自夸"笔补造化天无功"的李贺,要与造物者争高下,恐怕是徒劳的吧。

夜间天容之美,自古颂声不绝,无须我再来多说。但有一节我想和古人商讨。《世说新语·言语》篇记:"司马太傅斋中夜坐。于时天月明净,都无纤翳,太傅叹以为佳。谢谨重在坐,答曰:'意谓乃不如微云点缀。'太傅因戏谢曰:'卿居心不净,乃复欲滓秽太空邪?"这个故事很出名,苏东坡《六月二十日夜渡海》诗:"云散月明谁点缀?天容海色本澄清",典故就出在这里。司马太傅以为只有"天月明净,都无纤翳"才是好风景,一有"微云点缀",便是"滓秽太空",大煞风景。这种看法自有道理,但未免太绝对了。须知"长烟一空,皓月千里",或"上下天光,一碧万顷"固然逗人欢喜,但日日夜夜如此,也会使人生单调之感,倒不如有时来个"微云淡河汉"或"孤云独去闲",无伤大雅,却别有风味,区区之意如此,未知地下的司马太傅以为如何?

1983 年 11 月 20 日

绝代佳人鼓浪屿

我国得天独厚，著名的风景区到处皆有，而且各具特色，不相雷同。即以渤海之滨的北戴河和东海之滨的厦门市来说，两者除本身的种种引人入胜的优点以外，还各拥一张无与比肩的王牌——在北戴河方面是雄伟盖世的山海关，在厦门市方面是精妙绝伦的鼓浪屿。从北戴河到山海关要坐一个多钟头的旅游车，而鼓浪屿与厦门市之间只有 5 分钟轮渡的距离，在这点上北戴河相形见绌了。

鼓浪屿是真正的"海上花园"，别称"海上明珠"。这"明珠"二字出自已故内政部长谢觉哉的一首七绝，谢老坐汽艇环游鼓浪屿赋诗云："春风一舸绕明珠，雾作钗鬟浪作趺。楼阁参差花正发，客来不复羡仙居。"诗很漂亮，但实际还只写出此岛的轮廓，而未深入它的内里，若要深入，你得在鼓浪屿省干部休养所居住一个时期。

我来厦门已将 40 年了，一向对鼓浪屿的认识也很肤浅，去年 4 月，由于高血压作祟，百事俱废，只得来这里休养，一住 7 个多月，病虽未愈而精神却颇愉快，对鼓浪屿妙处的认识比过去深刻得多了。西洋人写小说称赞地中海上岛屿风景之美的为数不少，英国现代小说家 Norman Douglas 的 *South Wind*（《南风》）是其中的一部名作，但那小岛的面貌简直无法和我们的鼓浪屿相比。香港号称王冠上最灿烂的明珠，其实她也有缺点，便是山多平地少；而那拔地 2500 多尺的太平山峰远远看去真像女巨无霸。鼓浪屿则堪称绝代佳人，若要形容她，只有曹子建笔下的洛神可以相比。她面积很小，还不到厦门岛的六十分之一，而厦岛本身纵横也都只有二十几公里。你试想想这样的小岛该像个什么？我说她像放在大海面上的一个小小的盆景。这盆景的布局十分匀称，平地虽也不多，却非陡然上升，而是徐徐向高处延伸，最高点的日光岩，大约只有七八层楼那么高，因此不太显得突兀，其两旁又各有一列小山峰作为屏障。盆景的东面是繁华地区，所有的名胜古迹、热闹市场以及漂亮的现代建筑,几乎都在这里,其西面则有如《红楼梦》里的"稻香村",颇饶田园风味。这个盆景和江南园林里所见的有个绝大不同之点,那儿的假山全是用太湖石砌成的,模样儿千篇一律,单调得很,而这里的岩石,不论大小,都来自大自然的恩赐,千姿百态,讨人欢喜。尤其难得的,用来点缀这盆景的不是简单的松竹,而是南国特有的奇花异木,有的连名字都说不清。

盆景而外,鼓浪屿也像一座迷宫。初来此岛的人容易自高自大,以为这弹丸之地不消几个小时便可熟识它的全部路径,闭着眼睛也能随心所欲走到哪里。其实大谬不然,这区区小岛对主观主义者来说确是一剂治病良药。她有的是歧路和穷途(死巷),你如按照常规以为方向对就一定能走到某处,结果十有八九是要碰壁的。因此现代的杨朱和阮籍肯定不会喜欢这个地方,但这样的人毕竟不多。我自己倒觉得这样更好玩,钉子碰多了也会聪明起来的。迷宫还有个意义,就是说它环境清幽,景色奇丽,令人神魂颠倒。在这点上,鼓浪屿确实压倒了我去过的许多著名游览区。就以我所居住的休养所一隅来说,其本身就是一个小迷宫。它坐落在海边,毗连菽庄公园,山上山下共有房屋二三十座,形式多样,布局错落不齐,其间多植树木花草,葱茏郁勃,充满生气。近海的两座房前有一片森林,夏天月夜在那里散步,令人想起了莎翁剧本《仲夏夜之梦》中的景色。山上有一座面对小金门的洋楼,多年无人居住,野草高可隐人,薄暮时在那里徘徊,也会使人想到狄更斯的小说《凄凉院》。特别令人心醉的是海边的那片沙滩,每天早晚我在那里闲步,我从没见过那样洁白那样细的沙,每逢潮落的时候,一切杂物被清扫一空,踏上去就像踩着精致的毛毯。就在这里,我研究了厦门的天容和海色,并且各写了一篇小品文。限于篇幅,我不想描写鼓浪屿的全部迷人之处,这其实是多余的,因为别人的文章已经说得够多了。但有一点不妨重提一下,就是她的音乐性,指的不仅是天籁(天风海涛之音),而特别是人籁(钢琴和小提琴之音)。这里是产生著名音乐家的地方,当你漫步到深巷里的小洋楼下面时,你往往会听到像仙乐般的熟练的琴声,那时你的魂灵儿会跟着飞往几千里的海外,飞往几十年前你曾在那里就学过的文化名城,这难道还不够使你陶然半日的吗?

鼓浪屿诚然有优于北戴河的地方,但也有不及之处,即人工还嫌不足。

北戴河给人以全新的面貌,而鼓浪屿则多少还存在一点破旧的痕迹。不错,这几年人民费了不少力量来整顿本岛,名胜古迹,如日光岩、菽庄公园、郑成功纪念馆等,焕然一新,龙头街的面貌也大大改变,成为厦门市最清洁漂亮的一条街。这些都应该肯定,但如认为这样就可以了,那么请你登上日光岩向下一看,那无数大大小小建筑物的屋顶上都是些什么颜色?有多少年不加修理洗刷了?我相信我们不会像英国人那样保守,让伦敦市上著名的建筑物几百年不加粉刷,而美其名为保护"历史色"!所以我们还要拿出更大的力气来美化这个岛屿,使其成为真正的"海上明珠"。

1984 年 3 月 10 日

我徂东山

　　读者不要误会,这里说的"东山"与《诗经》里那首《东山》毫无关系,我只是借用一句古诗作为题目罢了。我去的是地处福建省南端的东山岛。这个岛比厦门岛更大,而名气却小得多。我查阅了古今游记之类的书,竟然找不出一篇关于此岛的文章。这也不奇怪,因为它历来只是一个渔民聚居的荒岛。附属于邻近的某一县,明末的著名人物黄道周生于此岛,而却被尊称为黄漳浦先生,就是一例。此岛原名铜山,后改名东山,设置县治是民国以后的事了。

　　这回是重游,第一次来此早在 20 年前,那时随着厦门大学中文系的十几位教师有事到云霄县,趁便来此参观一天。此岛本来萧条,解放初期又经历一场特大兵燹,因此满目凄凉,残破不堪,所得的印象只此而已,其余已十分模糊。这回可真是换了人间,不禁令人想起了丁令威的故事。丁令威化鹤归辽东,有两句歌云:"去家千年今始归,城郭如故人民非"。1949 年后新中国的一个特点是,许多地方,去家才几年,归来一看,人民犹健在,而城郭的面貌已完全改观了。东山岛正是如此。这次我随着中国民主同盟组织的一个参观团重游旧地,从厦门乘车,一路经过龙海、漳州、漳浦、云霄,下了盘陀岭来到八尺门,这里和东山相隔一衣带水,20 年前是乘船渡海的,如今却筑起了长堤,汽车风驰电掣而过,一眨眼就到了岛上。东山的面积真大,汽车沿着田地走了许久才到城区。这可是过去所没有的新建的城区,一幢幢高楼大厦矗立其间,政府机关就设在这里,宽阔清洁的马路四通八达,其规模之大和气象之新虽还比不上厦门岛的特区,但也相当可观了。20 年前我在这里看到的只是一大片田地和陂陀起伏的丘陵,记得当时走过容易跌倒的地方还需要别人扶着上下。我们下榻的地方是在旧城区,汽车又沿着田地向东开了许久才到达。旧城区本身也已发生变化,大街小巷虽还保存旧时风貌,但居民中青年男女的衣着竟和厦门所见不相上下,现代化的高楼大厦也有几座，我们住的招待所是在百货公司的第四层，设备和卫生条件都还可以。有一座正在兴建的宾馆大约有七八层高，远远看去俨然是个庞然大物。最引人注目的是东山县图书馆，宫殿式屋顶的四层楼，这在小县中确实是罕见的。

东山是个天然良港，当海上起大风时，这里最便于避难；又面对台湾，舟行18小时可达，因此每逢台湾船舶在海峡遇风或机件发生故障时，船上的同胞常到这里来要求避难或修理机器。岛上设有接待站，专门为他们服务。我们到来的那天，恰好遇见一批台湾同胞，会说闽南方言的人便在海边沙滩上同他们拉起家常来，大家谈得很融洽。提起沙滩，我生平见过不少美丽的沙滩，如在厦门、崇武、北戴河等地。这里的沙滩别有风姿，正面对着一望无际的大海，两边各有一列小山，恰似张开的双臂；东边的山上山下布满了房屋，乍看颇似鼓浪屿，却比鼓浪屿差多了，因为那些房屋都是石砌的，朴拙矮小，只可远观；西边的山很矮，只种些树木。与别处不同的一个特点是在沙滩附近罗列着十来个大小不一的岛屿，除了其中一个高处建立一塔外，其余全是空空的；由于不受任何污染，这里的海水特别干净，也显得格外翠绿可爱。我忽然兴起一个念头，倘在这里设个旅游点，把附近的岛屿全部都利用起来，把沙滩好好整理一下，再把东边山上山下的房屋拆除改建现代住宅，一定能吸引远方游客到此度暑假的。我国幅员广大，名胜又多，凭借旅游业来筹措建设资金的路子到处皆有，贵在眼光敏锐，善于发现未受注意的迷人境界，东山可能就是其中之一。

我们在东山只逗留一宿，翌日午后便回来了。那天上午我们逛了庙山，那里有一座关帝庙，香火很盛。正对着此庙是明代留传下来的古城堡，当时用于防御倭寇的，现在修刷一新。我们从这里又一次观看大海和海上的岛屿，居高临下，景物显得格外壮观，精神为之一爽。附近有著名的"东山风动石"，一块几万斤重的大石头耸立崖边，据说小孩躺在地上用双脚推也能动，这恐怕是无稽之谈。石上刻着黄道周、陈瑸、陈士奇三个名字，他们都是明末的人。黄道周的故居就在庙山下面古称深井村的一条巷里，我们到那里参观，只见一座简陋狭小的屋子，和普通农民所居无甚差别。黄道周是历史上有些名气的一个人物，荒僻的东山岛能产生这样的人真不容易。

　　从厦门到东山,汽车开得快五个半小时可达。此地水产丰富,大家回去之前,都到市上买些紫菜、虾干、鱿鱼之类,价格比别处便宜,质量似乎也较佳,可算不虚此行了。

汀州杂忆

一别长汀不觉已将 35 年了！1970 年我下放连城县，我们的公社和长汀只有一岭之隔，两年间多次想到那里去旧地重游，终于没有去成。如今年老畏长途，再到山区是绝无可能的了。苏东坡诗云："人生到处知何似？应似飞鸿踏雪泥；泥上偶然留指爪，鸿飞那复计东西！"我在长汀待过几年，那里有无留下我的一些踪迹，不得而知。但我毕竟不至于像飞鸿那样无情，一去之后，便什么印象都没有了，虽然由于年代久远，这印象变得非常模糊。那么，让我重温旧梦，在回忆里来再现这古老的山城吧。

我初次到长汀是在 1938 年的秋天，那时厦门大学迁来这里刚满一年。记得那日清早从南平出发，一路上翻过无数高山峻岭，到县城车站已是薄暮时分。昏黑中看见一种奇异的现象，就是车站搬运行李的全是妇女，而在旁边指手画脚的却是男人。那天夜里和同宿舍的杨君闲谈，得知这地方颇有一些与别处不同的风俗习惯。杨君告诉我，经过兵燹，这个县城几乎每家都损兵折将，没有一家是完整的，我们租住的这家也只剩下了一个老太婆和她的小孙子。翌日我出去散步，眼见这劫后的山城残破萧条的样子，只有孔尚任的《桃花扇·余韵》差可形容。这里是府治所在，可想而知原先是相当热闹的。走入深巷，还可看到破败不堪的高门大户，这些大抵是所谓书香门第，门上贴着褪了色的对联，写得一笔好字，句子也漂亮。有一家的门联是："长岗日暖舒龙鬣，宝树风和起凤毛"，词翰双绝，令人注目。后来和地方上的人士熟识了，知道这里懂得旧学的人不少，文化程度是相当高的。大约与此有关，长汀的士子对瞿秋白同志都很敬佩，热烈称赞他的学问才情，对他的英勇就义也津津乐道。这是四十多年前我亲耳听到的公道之言，对于后来的一切诬蔑不实之词我早已嗤之以鼻！长汀人民喜欢大的东西，传说有民间"八大"。那天我在街上看到的豆干有小方桌那么大，又在酒店里看到比别处大两三倍的酒壶。冬天里，当地男女都在罩衫下抱着一个大火笼，借以取暖。另外，还有拖在妇女脑后的大椎形髻。其他四大，我记不清了。此地的妇女确实是勤劳的，一出郊区，在公路上熙来攘往，肩挑背负的，尽是娘儿们；在普通人家里，起早迟眠，包揽家务事的，也是她们，这种妇女真可算得中华民族的"脊梁"。时隔三十多年，不知这风气还存在否？

　　长汀地处万山之中，"一川远汇三溪水，千嶂深围四面城"，这两句宋人的诗准确地概括了这座古城的形势。在这千嶂之中，东面和连城县交界处的松毛岭，是著名的恶岭，又高又险。一条草草修建的盘山公路，既窄又陡，过岭等于过鬼门关，不仅乘客胆战心惊，连司机也异常紧张。他们照例在上岭之前，要加足了油，吃足了烟。特别是在春天多雨的季节，土软路滑，一不小心就要翻车。我们在长汀那几年，翻车的事件是家常便饭。现在听说松毛岭已完全改观了，这真是无量功德。和别处一样，长汀也有"八景"，可惜我已大半忘记，只记得龙山和苍玉洞。龙山在城的北部，毗邻厦门大学校址，是我们常去登临的地方，上面有个北极楼，从那里可以坐看长汀全境。如果我的记忆不错，山上长满了松桧，所谓"长岗日暖舒龙鬣"，写的大约就是这一景色。苍玉洞离城较远，是我们常去躲避日机空袭的地方，那里有什么好风景现在记不清了。印象最深的，倒是不在"八景"之列的梅林。它在汀江的彼岸，过了水东桥，还要走一段路。这儿有一片树林，大约有数百株，平时无甚可看，一到隆冬便不同了，树上长满红白梅花，远望如云霞堆叠，绚烂之极，到了近旁，则阵阵清香，爽心悦鼻，有林和靖之癖的人，一定会诗兴大作，高唱"幸有微吟可相狎，不须檀板共金樽"的。回到厦门后，再也看不见这样的奇景，因此每逢岁暮，我辄自然而然地想起了梅林。此外，长汀尚有一景，即纪昀在《阅微草堂笔记》里讲的试院堂前两株唐朝古柏，试院早已没有了，但我确实亲眼看到那两株古柏，长得庄严肃穆，令人起敬。我希望这稀有的古物，在十年劫火之中幸逃斧锯之灾，至今还活着。

　　长汀的水土是干净的，民风是淳朴的。抗战期间，厦门大学师生在这里待了八年多，听说前后只病死了两个，这几乎是一种奇迹。这里不仅没有受到大城市里流行的传染病的侵袭，而且也还没有严重沾染热闹地区常有的尔虞我诈的恶习。初到长汀时，由于校舍的欠缺，许多教职人员都租住民房，倘在别处，这种情况必然会引起高抬租金的事；然而这里没有，尽管屋宇简陋，而取费却是低廉的。同样，在一个偏僻小城里，突然增加了成千口人，按理物价一定要暴涨,然而这里也没有,食用东西非常便宜。记得有一家卖烟酒杂物的店铺,门口挂着一块木牌,大书"童叟无欺,言不二价"八字。这在别处也是常见的,但照例是骗人的话,决不认真执行,而这里却大体做到了。所以,抗战初期,厦大师生在长汀过的生活,除居住条件差以外,并不太艰苦。和别处不一样,长汀人不仅不歧视外地人,新来者总会受到热情接待。春节期间,他们有一种很有趣的风俗,客人上门贺年时,总要留下来喝酒,假如你不知道当地的规矩,不自动要求退席,这酒便一直喝下去,从清早直到晚上。长汀出产酒,家家户户都会酿酒,因此酒是喝不完的。但菜只有一味——白菜炖猪肉,你不自动退席,猪肉白菜便一碗接着一碗送上来了,多可贵的人情啊! 陆放翁诗云"古风犹在野人家",其实,在僻远地区,"古风"何止野人家有,便是城镇斯文人家里也有的。这是几十年前的情况,现在不知变了没有?

那一时期,从沿海城市移到内地去的学校,大部分都有损失,有的干脆散掉了,只有厦门大学得到发展。这自然与厦大全体师生的共同努力,以及已故校长萨本栋艰苦卓绝的办学精神有关,但也要归功于长汀人的精诚协作。他们在各方面为厦大提供了办学和生活条件,使大批人马很短的期间内就安顿下来。于是残破不堪的小山城一眨眼便成了粗具规模的文化城:文、理、工、法、商五个学院相继成立,几十座新校舍遍布龙山之麓,莘莘学子不远千里来自苏、浙、赣诸省,弦歌之声响彻山城。厦大固然因此一跃而成为东南一带著名的最高学府,而长汀人也功不唐捐,终于受到新文化的洗礼,接触了现代科学和文化。山城看不到电影,那一时期演话剧成为一时风尚,厦大师生中颇有一些擅长此艺,他们演出了许多中外名剧,如《雷雨》、《巡按使》、《清宫外史》等。人才是从实践中锻炼出来的,就演技而论,他们一般不会输于二三流的职业演员,个别的甚至比得上一等红星。长汀人对话剧也感兴趣,每逢演出,他们辄扶老携幼,蜂拥而来,座无虚席。回想起当时的情景,我心里有说不出的怀旧之情。

西方人有过这样一种说法:青年人希望在前头,所以爱做梦;而老年人则只能看见幻影,因为他的好日子已过去了。我现已届古稀之年,本来梦就不多,如今更少了,真是"和梦也新来不做"。然而,每日忙碌之余,有时还会被回忆所侵扰。生平去过的地方很多,这些像幻影似的一幕一幕地从脑海中跃过,上面对长汀的回忆就是其中之一。由于记忆力衰退,我的回忆支离破碎,不成片段,写在纸上也嫌杂乱无章,十分浅薄。但我对长汀的感情可是深厚的。我由衷祝愿这个古老城市随着时代的变更而不断前进,同时又坚持它固有的淳朴民风而加以发扬。

1981 年 1 月 13 日

往事漫忆

抗日战争胜利结束到现在已整整 40 年了。这 40 年间，风云变化，一言难尽，回想起来，真令人兴"世局瞥然如逝水，故人健在类晨星"之感。在这值得纪念的日子里，我不想在此多抒发个人感慨，而只想重温一段难以忘怀的旧梦。

就在抗战开始那年（1937 年），设立在闽南海岛的厦门大学，不怕路途险阻，远迁到闽西山城长汀去了。长汀新经兵燹，地阔人稀，残破不堪，几乎可说是一座"芜城"。而坚韧不拔的青年校长萨本栋博士，就在这里重建当时东南一带的最高学府。他一切亲自动手，身兼数职，既是教师，又是工程师，又是实际的总务长，白天忙个不了，夜里还有工夫搞他的科学研究。在短短的几年里，当附近各省的高等学校都因辗转流徙而渐趋衰微甚至消亡时，厦门大学独得发展，学生人数从原先的一百多人增加了好几倍，学院的数目也由 4 个变为 5 个，古老落后的长汀城俨然成为有现代文化的城市。萨本栋创造的奇迹告诉我们："天下无难事，只怕有心人"，这句老话确是真理。他本是一个养尊处优的学者，只因被爱国之心所驱使，便放弃个人的一切而勇挑重担，终至积劳成疾，以身殉职，年仅 47。他的人格感动了全校的师生，他的贡献至今仍深印在厦大人的心里，演武场边他坟头上的青草是万古常绿的。

抗战时期的厦门大学，以其特有的光辉，吸引了远方的学子，江、浙、赣、粤各省青年冒着千辛万苦来此求学。小小的山城仿佛变成战国时期的齐稷下，荟萃了一批正待培育的优秀人才。这些青年不负东风吹拂，果然成长茁壮，几十年来散布在海内外开花结实，其中有不少的人成为各方面的领袖人才。这里有杰出的科学家、文学家、史学家、经济学家以及卓越的行政管理人员，在校友名录上足够写上一巨册。应该着重一提的，在那个特殊的环境中出现了欧洲文艺复兴时期所谓"多面手"，举个例子，几乎所有的人都会演剧。长汀是个寂寞的山城,在厦大迁来之前,那里的居民从未看过话剧,厦大来了,演话剧便蔚然成风。短短的独幕剧不过瘾,非演五幕长剧不可,于是现代的中西名剧便接连搬上舞台。剧团是临时拼凑的,导演出在机电系,男主角出在经济系,女主角出在政治系,其他角色各系都有,后勤人员一半由职工担任。奇怪的是,这样九流三教组合的剧团竟然演得相当精彩,像《清宫外史》那样复杂的戏也演得有声有色,至今仍给人留下深刻的印象。当时常在校内演剧的同学,现在也分散在海内外,不知他们午夜梦回的时节,曾偶忆及几十年前的往事否?

抗战胜利后一年,厦大从长汀迁回鹭岛,海滨邹鲁毕竟不同于落后山区,三十多年来,学校面貌变化之大,培育人才数目之多,远非当年所可比拟。然而,人们决不会因此而低估长汀时期的成就,那是在十分艰苦的环境中奋斗得来的。一切事业的完成总要靠两个条件,即精神的与物质的,长汀时期的厦大靠的主要是前者,因而很值得夸奖。我相信当年从长汀出去而现在分居在海内外的厦大同学,一定会同意我这看法的。

1985 年 7 月 21 日

西行途中

　　1949年夏天，我从厦门动身往英国。《江声报》社长叶清泉，嘱咐我把沿途见闻陆续写成文章，寄给该报发表，我接受了这个任务。文章从香港写起，到了地中海入口处的波赛城便结束了。这是因为国内情况起了变化，《江声报》不再需要这样的文章了。我一生走过不少地方，大抵都未留下记载，这篇东西算是例外。苏东坡诗云："人似秋鸿来有信，事如春梦了无痕。"三十多年前的往事，回想起来，真如一梦。我已年逾古稀，要想像秋鸿那样旧地重游，断无可能，却喜文章犹在，春梦留痕，总算不虚此行了。

一、走笔话香江

　　来香港已10天了，只能用"镇日昏昏醉梦间"一句现成话来概括这些日子里的生活。也许是我的运气不好，这里的气候据说并不太热，这几天却常在华氏90度以上，加以寄居的地方小如鸽笼，因此便不能不感到"昏昏"了。作客异地，应酬是免不了的，天气热，又喝些酒，内外夹攻，自然只好在醉乡与梦境里混过日子。不过度着这种生活的恐怕不止我一人，所差只在睁眼与闭眼之间。这里的典型人物，据我的观察，可有下列三类：高高在上的当然是所谓"国际冒险家"，他们是天之骄子，无须费什么力气，就可在此颐指气使，大淘其金；其次是从国内各地逃难来的"高等华人"，报纸上尊之为"白华"，他们是十足的消费者，给这块殖民地增添了不少"繁荣"；最下是各种各式的"走私专家"，他们没有国际冒险家那么幸运，只好靠"八字"和机智来发点横财。这三类人虽然身份和境遇绝不相同，其生活方式与人生哲学则大抵如一，所谓"举世尽从忙里老，几人肯向死前休"，应该是为他们说的。忙来忙去，无非为钱，酒能醉人，钱亦如是。我看这里的人全给钱灌醉了：上焉者"醉"在汽车里,疯狂地在不算宽阔的街道上飞来飞去;下焉者"醉"在斗室里的麻将桌上,通宵达旦,牌声不绝,仿佛在跟性命为仇。这种情况上海也有,但这里比上海小得多,所以愈益显得人们在过着昏天黑地的"醉"生活。

香港的居民,按照但丁的分类法,可分为三等,即住在天堂里的,住在净界里的,和住在地狱里的。"地狱"我没去过,不知糟到什么地步,只听说住在那里的人经年累月不见阳光,大晴天还得开着电灯。"天堂"我去过一次,那是在山上,一条光可鉴人的柏油路,直从平地盘旋到高达 1805 尺的维多利亚峰,散布在山中各处的花园别墅,一层压着一层,远远看去,真像琼楼玉宇,"天堂"之称,名不虚传。香港是个美丽的地方,晚上从平地望山上,真像中秋节看鳌山,遇着烟霭低迷的日子,这景象尤其瑰丽。只有"净界"的名称不甚合适。以位置论,它的确是夹在天堂与地狱之间;论干净也还可以,因为这儿蚊子绝迹,苍蝇也不多,但这是洋人统治下的香港特点之一,全岛都如此,不仅"净界"而已。此外,它也不见得比"地狱"高明多少。这里的拥挤、喧闹、燥热,只有但丁笔下的地狱堪以比拟,"净界"云云,怕只是住在这一带的人聊以自慰罢了。不用说,"天堂"是洋大人和"高等华人"的世界;"净界"是洋机关和洋公司里中下级职员的世界;"地狱"是一切出卖劳力、脑力,以及挟着两袖清风而来的新来者的世界。

香港有一个眼不碧、发不黄的大阔佬,家里有座花园,雅号叫××别墅,俗名却称×××花园。一个偶然的机缘使我有幸来此瞻仰一番。这儿面积并不怎么大,罗列的东西可真不少,笼统说来,天地人三界,一切应有尽有。上自仙佛鬼神,下迄珍禽异兽,全是人工制造的,而且等级不分,性质莫辨,弥勒与一见大吉同龛,浮屠与十字牌坊并立。这家花园富有"教育"意义,劝善则有活灵活现的二十四孝图,惩恶也有触目惊心的十殿浮雕。总而言之,到这儿来的人,不仅目迷五色,而且白昼可见鬼,眼福真不浅。其中的装置虽已尽美尽善,却还未完工,我来的时候,一个平民艺术家正在给一尊新塑的猪悟能上彩色。假如这座园林需要一件东西作为象征的话,我想这尊八戒大仙的法像倒是顶合适的。据说园主人已蒙大英国王荣封准爵了,愿上帝保佑他的灵魂!

"香港物价之廉甲天下",这是一位新从国外回来的留学生说的。据他估计,此地物价比伦敦便宜 3 倍,在伦敦卖 4 先令的东西,这里只需 1 先令就可到手了。这话的真实性如何不大清楚,不过东西便宜确属实情,至少比厦门便宜得多。在厦门做一套西装,单说工钱就要银元 15 枚以上,这儿有了 100 元港币(约合银元 24 枚),夏季的全套服装(包括上衣、裤子、领带、衬衣、皮鞋)就可具备了。一帧英国制造的又厚又大的骆驼毛毯只卖 28 元港币,一枝蓝宝石二号的派克自来水笔也只卖 28 元,其他可推知。用的如此,吃的更便宜。在厦门贵得不得了的美国柑子,这儿只值两毛钱一枚(约合银币 5 分),面包一磅只值 5 毛,上等的西餐一客也只索价 4 元。

根据上述,读者当可推知目下干走私生意的人何以那样多,那些被大批没收货品的走私专家又何以永不破产。当利润超过成本四五倍时,一切风险是值得去冒的,何况有些地区根本没有什么风险。这免税的口岸确是冒险家的乐园,只要他们袋里有钱而到处又可搭上关系的话。

在香港待了 10 天,我觉得这里一切都有,只缺少“文化”二字。书店也有几家,书籍却少得可怜,原来住在这里的人是不需要什么精神食粮的。一天,偶然经过一座平房,被挂在门外的牌子吸引住了,进去一看,有一扇房门上写着:“请进来,不必敲门。”我心想这又是在推销什么新奇的货品了吧?及至推开房门,却原来是一间小巧的图书室,四壁琳琅,尽是西籍。英国人真会宣传,连公立图书室里展览的也只限于本国著作家的产品。但在一片尘嚣的城市里有此一个清静的场所,真像沙漠上出现了绿洲,令人精神为之一爽。

从一位老仆欧口里听到一个消息:香港快到末日了!理由是洋大人们方寸已乱,也在不择手段地赚钱,以前山顶上是绝对不许华人居住的,如今连这也不管了。华人可以上“天堂”,自然意味着洋鬼子要准备下“地狱”了。但是,鬼子手里办的一些好事,如环境卫生、马路工程之类,应无条件地加以保留。这是老仆欧的意见,姑且把它记录下来,以备未来的行政长官的采纳。

二、一艘载着离恨的邮船

8 月 5 日下午 1 时正,一艘从香港开往伦敦的邮船“迦太基”号悄然离埠了。船里载着一群从华西南撤退回国的英籍传教士女,也载着一群到英国去追求知识的中国学生,此外,还附载着些到南洋去谋生的华侨,以及从东方满载而归的印度商人。这些人品类不同,志趣各别,所以彼此的心境大相悬殊;但单就那一群中国学生来说,却真的是大家一条心,都被一种莫名的深愁占据住了。他们在香港会面时,谈起出国的事,彼此还觉得高兴。可是邮船一离开码头,他们的心仿佛挂上了石头渐渐地沉重起来,及至出了港口,海天弥望,恶劣的情绪便跟波涛同起伏。有些人巴不得船中机件出了毛病,好让他们回到岸上去。

那天晚上,淡云掩着快要圆满的月,学生们在甲板上散步,交谈彼此的心事。大家都认为心中难过并非为了想家,他们是奔波惯了的,而且年纪都在 30 以上,儿女之情早已淡薄,只是这番出外,情形不同往日,世界正在不断扰攘着,说不定哪一天第三次大战爆发了,他们这些人要十年八载漂泊在异域,那才糟糕呢。国内情况也不安定,他们的家多半未安顿好,有的籍贯湖北而家口却抛在台湾,也有老家在江苏而妻子却暂寄广西,谁能担保两三年后回国能平安地见到家人?想起杜甫的"老妻寄异县,十口隔风雪","入门闻号咷,幼子饿已卒"等哀痛的诗句,他们不禁黯然魂销了。

本来出国留学是一件好事,而这批学生才出国门便心事重重,不胜其忧戚,好像不是去求学而是被放逐一般,记者在船上口占的一首诗中有云:"了无破浪乘风意,难禁怀乡去国情",说的就是这种心境。

为了缓和心中的苦闷,大家把话题转到英国人的办事精神上去。这批留学生共 11 人,其中 8 个是英国文化委员会保送留英的,其余 3 个则得了克利浦斯夫人主持的英国联合援华总会的奖学金。经济的来源虽不一样,而选拔和保送的手续却都由驻南京的英国文化委员会分会负责办理。解放军攻占南京后,文委会的活动并没停止,他们仍尽量设法和分散在各地的本届选取的研究生保持联系,但主要的任务却移交给驻香港的英文委会分会。这时期国内情况十分混乱,等待出国的留学生们以为事情已吹,英国人乐得省他几文。哪晓得他们仍按步就班地把一切应办的事,如指定集合场所、接洽交通工具等,一一完成,这真是想不到的。在香港办理这种事务的实际只有一个人,即从南京文委会派来的一位洋太太。在过去几个月中,她不断跟这批中国学生通信,仔细地吩咐,认真地安排。在香港的那些日子里,她更日夜不懈地招待着,计划着,进行着。这期间恰好有一批留英学生期满回国,她还得挤出一点时间去照顾他们。同样两只手,这位洋太太确实比我们衙门里的老爷们有用得多了。

但是,假如我们因此相信英国人都是天生的好人,都有一副热心肠,那又上当了。他们有的只是一种责任感,已诺必然,负责到底,如此而已。他们可以细心地为你服务,却不一定对你有什么深厚的感情。前面说的那位洋太太一直把学生们侍候到船上去,还叮嘱他们途中应注意些什么,看样子好像是一位慈爱的祖母。可是,事情办完了,她只跟大家握一握手,道声珍重,掉转身便向扶梯走去。有几位特别多情的学生一路跟出去,口里说些惜别和感激的话,结果却挨了白眼,这才恍然大悟,原来洋太太爱的是自己的责任感,与他们这些宝贝儿无干。这真是地道的不列颠精神!

三、狮子城

天到珠崖尽,波涛势欲奔。地犹中国海,人唤九边门。

南北天难限,东西帝并尊。万山排戟险,嗟尔故雄藩。

黄遵宪《新嘉坡杂志》十二首之一

8月9日上午8时,"迦太基"号邮船靠了新嘉坡码头。从海面望去,这个热闹的小岛跟厦门、汕头、香港等处并无多大区别。上得岸来,情况尤其相似,只不过商店多为二层楼罢了。这里的气候不像传说中那么热,我们在街上逛了半天,觉得比在国内还凉快。原来这里最高的温度,平均只有华氏86度左右,这不能算热!但最低的平均也不下于华氏76度,因此全年的气候无甚变化,兼以湿度甚高(全年雨量平均95英寸,通常隔日一雨),令人昏昏思睡,热带之所以无太高的文化,原因多半在此。这几天恰好是农历七月中旬,夜月明如画,坐在甲板上,仰望清辉,凉入心脾,颇有祖国中秋的气象。

这里值得一看的东西并不多,我们只参观了博物院和动物园。博物院坐落在一条热闹的市街上,一共才两层楼,陈列的物品很少。我们看到了一点马来和爪哇土著的生活状况,如服饰、器皿、宗教、习俗之类;也看到了一些本地出产的珍禽异兽的样本,以及新出土的原始时代的武器、瓮缸等。这些在别处已惯见了,所以不甚感兴趣。倒是植物园令人喜欢。园在岛的北面,和码头恰成两极。新嘉坡的市街如同普天下一切市街,没有什么可看的。我们逛了一早晨的闹市,以为全岛都如此,感到厌倦,很想立即回船。后来经人劝说,才勉强登上 17 路公共汽车,到植物园去参观。一出闹市的边缘,光景便截然不同。这里是住宅区,幽静、整洁,酷似上海的愚园路、贝当路,但以上两处没有这么多又密又厚的树林。及至进入园门,不禁大吃一惊,谁会料想到这恶俗的殖民地竟然有此一片神仙境界!这园很像上海的兆丰花园,只是树木不同,游人较少。园中的游客几乎全是碧眼黄发之辈,难得遇见几个华人和本地人。据说到南洋来的多数华侨,一心一意在谋生,闹市是他们活动的场所,游憩之地根本与他们无缘。

记者在星洲访问了一个英国人和一位华侨,从他们口里得到一些零星的知识。这个海岛原先只有 150 个居民。1819 年,英国东印度公司的一位职员,名唤拉夫尔斯,首先来此开垦。到了 1860 年,便有人口 81724 人,其中华侨占 5 万以上。去年普查人口的结果,总数共 961886 人,华侨占 747817 人,约合全体四分之三强。

此岛面积仅 217 平方英里,不算太大,但去年一年的进出口生意,却占马来联邦全部的进口生意 72％和出口生意 65％,其重要可知。岛上的主要出产品是橡皮与锡;工人种类计 115 种,从以拆除罐头盖子为业的老妪到最新式工厂里的机器工人,应有尽有。

太平洋战争发生以前,此岛的统治权全操在英国人手里,连半点民主的样子也不装;战事结束后,洋人深知顺应潮流的必要,便也弄些花样,组织什么评议会、参政会之类,请人民推选代表,其实全部的实权仍操在总督老爷手里。华侨的地位比战前略见提高,经过日本鬼子的教训,英国人改变作风,竭力拉拢华侨,不再摆从前的臭架子。现在的富裕华侨也和以前不同,敢于装阔和讲究生活享受,岛上新盖的花园别墅多半是属他们所有的。

岛上学校不少,但最高学府尚未出现。属于专科学校性质的,只有一个文理混合的拉夫尔斯学院,和一个爱德华七世医学院。据说这两个学院将于今年 10 月合并为马来大学。

新嘉坡如今也有一个徽章,上面画着一头狮子和一座城墙,原来"新嘉坡"三字,在马来语里,其意义就是"狮子城"。

四、如此印度

惟佛大法王，兼综诸神通。声闻诸弟子，递传术犹工。

如何敛手退，一任敌横纵。竟使清净土，概变腥膻戎！

黄遵宪《锡兰岛卧佛》（节录）

邮船在孟加拉湾中颠簸了三天两夜，终于在 16 日上午 9 时半抵达锡兰岛的科伦坡。这里没有天然港湾，英国人费了 1000 万金镑筑成一条伟大坚固的防海堤。仅仅一堤之隔，竟把海的威力挡住了，堤外浪涛汹涌，一进了堤，却是波平如镜。人定胜天，果非虚语。在船上，记者眼见许多旅客吃尽晕船之苦，不禁起了痴想，为什么不把制造原子弹的资金和精力，用以修筑万里长堤，把世界各大港口连接起来，使一切旅客免受晕船之苦？

锡兰岛古称狮子国，是佛教的圣地。记者自出国门，一路所经皆殖民地，充耳接目，无非靡靡之音，庸俗之态，满拟到此，可借佛门梵磬，象教威仪，一清耳目，获得苏东坡所谓"云水光中洗眼来"的乐趣，哪知道现实与理想相去竟如此之远！此地不仅无古文化可言，甚至连一般殖民地的现代文化也很缺乏。上得岸来，只见二物——乌鸦与乞丐。乌鸦大约是唯一可以代表古印度的东西，因为它被尊为"圣鸟"由来已久。乞丐则无疑是英帝国主义者带来的礼物。科伦坡市上乞丐之多，只有上海的二马路可与比肩。

在科伦坡我们上了一大当。经过新嘉坡、槟榔屿时，我们都是自己摸索着去游览的，只有这次听任船老板的摆布去加入什么游览队。老板替我们唤来一个秃顶的向导。印度人的狡猾我们早已听说，这次才算亲身领教。这位老秃翁，领着我们在大街和小巷中兜圈子，我们所得的印象是：科伦坡有点像南京——大而无当，尽是走不完的空荡荡的马路。之后，他带我们到一家饭店的门口，强请我们进去吃午饭。我们打听一下价钱，午饭不敢吃，只各自吃了一杯高价的冰结涟。之后，他又领着我们去参观比普通商店稍大的一座佛寺，里面有一尊站着的如来，又有一尊躺着的如来。我们脱了鞋子进去，毕恭毕敬地听印度和尚以蹩脚的英语解说壁上富有西洋气味的油画。和尚倒很和蔼可亲，只可惜我们阮囊羞涩，拿不出香火钱来，未免辜负了秃头翁的盛意。秃头翁又领着我们浩浩荡荡地奔回海口，那里有几家专卖本地出产的工艺美术品的店铺。我们中有一位花了4个卢比买了一只红木雕的小象，记者也花1个先令买一挂相思子串成的念珠，总算对得住秃头翁了。三处逛毕，秃头翁自认功德圆满，便欲打道回船，经我们严重抗议，才勉强吩咐司机开车往博物院去走马观花，就这样每人白白地奉送8个先令！

　　回到船上，时间尚早，有人提议到唐人街去吃中餐。所谓唐人街，只有几家中国商店。我们进了一家叫"四海饭店"的小菜馆。店东是广东人，看见我们，如逢亲友似的，非常高兴。菜已没有了，我们只好各自点了一碗汤面或炒面来解馋。说句老实说，这位老板的烹饪技术实在不高明，中国菜到他手里竟是桔化为枳，味同嚼蜡。经他的介绍，我们到对过去拜访一位当地的侨领。此人名林百全，以发明一种叫"红花油"的药品而出名的。他有自备汽车，据说籍贯广州，来此地已40年。他的普通话带点山东土音，原因是此地的华侨以山东人为最多，广东人次之。科伦坡的华侨，连小孩在内，共有300人左右。

　　科伦坡到孟买只有890海里，邮船两日半可达。亚拉伯海的风浪确实可畏，记者从香港来到锡兰岛，自以为已炼成金刚不坏之身，哪知道在此海中颠簸了一昼夜，到第3天几乎成了"卧佛"，幸亏强撑过去，除不断觉得头昏脑涨之外，竟也没有别的什么。

　　在孟买我们这一干人本来是不准登陆的，因为事前未向印度大使馆或领事馆请求入境签证。船靠岸后，地方当局给我们一个通融的办法，即临时发给一纸通行证，把护照扣下作为保证，这样我们才有机会上岸去观光。

　　如果说科伦坡像南京，那么孟买便好比上海。这儿有的是高楼大厦，市面的景象也还繁荣，有一点跟上海尤其相似，便是——脏。这儿满街都是垃圾，臭气冲天。不脏不臭的街道自然也有，那是在洋人住宅区或洋行所在地。孟买还有个特点——瘦。街上所见的印度人，十有九个是瘦子，所谓"鸠形鹄面"，竟成常态。当然，并非所有的印度上都是天生的瘦猴皮，有些买办之类的人物照例也是肥头大脑的。印度人的血和肉不是被太阳晒干，而是被白色吸血鬼吸得精光的。

　　我们一路摸索着去参观维多利亚花园。这里珍禽异兽倒还不少，只是园子破旧不堪，管理也不得法。在东方诸民族中，印度人是以聪明著名的，但好行小慧，有点不长进。路上我们遇着一连串可笑的事。有两个长胡子的泼皮拉住我们中间的一位，要替他看相，只称"阁下喜神甚重，不久即将有两个女友"。过了一条街，又有一个瘪三悄悄地跟在我们后面，口里喃喃着"印度俏姑娘，18 岁"。记者和几位同航的朋友进入一家百货商店去买一件衬衣，那店东见是外路人，便高抬价钱，我们老实不客气地还了价。他摇头叹气说："China is hard guest"（意思说中国顾客很难对付），但又乖乖地把东西卖给我们。

孟买有华侨千余人，以来自山东者为最多，广东次之，湖南又次之。山东人干绸缎生意，广东人干皮鞋生意，湖南人则从事象牙制造业：这是中国菜馆里一位堂倌告诉记者的。

五、渐入佳境

印度洋的风浪比亚拉伯海更凶猛，从孟买到亚丁整整费了两昼夜。一路澜翻波海，把万吨重的巨轮当作摇篮般颠簸着。记者这副临时炼成的金刚不坏身，到此全无用处，只好乖乖地学作卧佛了。说实话，船上的搭客，除几个特殊人物外，几乎全部病倒，膳厅里冷落得不成样子。幸亏第三天风平浪静，大家挣扎着起来看海景，只觉得身上焦躁，跟前两天阴冷的气候大不相同，原来红海已近，明天就要到亚丁了。

亚丁位于红海的南端，是一座具有 2000 多年历史的古城，不知几经沧桑，如今已成了大片英帝国的殖民地。"迦太基"号于清早 6 时抵埠，站在甲板上瞭望，只见四山濯濯，一片昏黄，原来此地靠近沙漠，雨量极少（每年只有两英寸左右），所以寸草不生，荒凉如此。英国文化委员会在此地设有分会，主持人派一个代表来迎接我们。此人名唤沙蒂，籍贯本城，操英语甚流利。他引导我们去参观古代遗留下来的蓄水池，这些水池建于公元后 600 年，原先有 50 口，现大半已湮没了。市街离码头 5 英里，我们乘汽车入城，沿途沙坡起伏，骆驼成群，颇有我国长城一带的景象。城内人口约 8 万，亚拉伯民族占四分之三，其次为犹太人，欧洲人仅 300 余。东方国家的市容大略相同，此地也不例外，唯一特殊的现象是，所有年轻妇女面上都罩着纱。

沙蒂君向我们大发牢骚，说当地文化落后，英国人要负主要责任，百余年长期统治，未给本土人民开设一所大学或专科学校，还奢谈什么扶植殖民地文化。这话是针对英文委会分会主持人欧爱尔的话而说的。牛津大学出身的欧爱尔,毫不客气地在他下属面前大骂亚丁无文化,意思是要我们同情他万里投荒的不幸遭遇。我们很钦佩沙蒂君的骨气和热血,但我们更希望亚拉伯民族能发愤自强,毋永远仰人鼻息。

从城里回来的途中,看见一队亚拉伯士兵,在英国军官的指挥下,正在演习射击,那种耀武扬威的样子引起我们无穷的感慨。你这失去自由的人民啊,"飞扬跋扈为谁雄"?!

出了亚丁港,轮船便向红海驶去。事前我们得了警告,说红海热得吓人,因此大家都耐着性子准备受烤。但是,事情却远不及所预料的那么严重,热固然热,但并不可怕。此时是阳历 8 月尾,季节风还在吹着,减去不少暑气,同时风轻浪静,船身十分稳定,和印度洋相比,大家都说宁愿在此多走几天。此海的名字使人误会,以为水的颜色必定是红的。其实不然。据船上人的解释,每年有一个时期,水落礁出,带着棕红色的萍藻浮于海面,把水色映红了,红海之名大约由此而起。

真是巧妙的偶合,在看到孤星伴月(埃及国旗上有此标志)天象的翌日午后,我们来到了苏彝士。这座位于红海北端的城市,名义上是属于埃及王国的,实权操在谁的手里,那只有天知道。轮船在运河口停了 3 个钟头,于晚间 7 时进入河内。

这条运河,谁都晓得,是 19 世纪中叶法国天才工程师雷色布费了 10 年之力辛苦挖掘出来的,结果却经过的士累利的手轻易地落入大英帝国的口袋里。英国人虽然诡计多端,在别处却多少总要流些汗血才能夺到一块肥肉,唯独在这条运河上,仅仅花了一点臭钱,便把它抢过来,真可谓不劳而获。的士累利的手段固然可鄙,的士累利的眼光确实值得钦佩。

这条运河,南起苏彝士,北止波赛,长约 100 海里,过去渡河需 36 小时,现在只要 15 小时就够了。河身原宽 72 英尺,后来慢慢扩充到 118 英尺以上,拐弯处有宽达 180 英尺的。河深 33 英尺,吃水 30 英尺的巨舶可以畅行无阻。但由于河身太窄,只许轮船鱼贯而行,不许它们并肩而过,因此全线另辟湖泊三处,专供船只让路之用。这条河管理极严格,设有总办事处一,指挥站十三,来往船只的行动全听它们调度。每日过河的船大约有 10 艘,其中半数以上属于英国。一艘 16000 吨的轮船,过河一次须纳税 3000 英镑。这数目真大得可惊,但这条河也委实太娇嫩,一年到头都在出毛病,不是河堤坍了几处,便是河床上积了泥沙,修理挖掘,种种需钱,也就无怪其取费之昂。

一到苏彝士,气候变了。那天下午站在甲板上,只觉得天高气爽,极像北京初秋的天气。离香港后,一路所经无非蛮风瘴雨之区,不待晕船,头脑已失效用,及到此地,骤然清醒,仿佛从醉梦中归来,大家都感叹气候和文化关系之密切。夜里渡河,可惜无月(一弯眉月早已下去)。昏黑中但觉船在两道矮墙之间前进,速度极慢,每点钟只许行 5 海里半,沿途靠探照灯指引。翌日上午 9 时终于到达终点——波赛。

波赛位于地中海口、运河西岸,无论战时平时,都可算得一个重要的地方。从香港乘船至此,一路上深感英国人心灵手敏,你看他巧取豪夺的城市,如新嘉坡、槟榔屿、科伦坡、孟买、亚丁、苏彝士、波赛,全是军事据点,一个都丢不得。其他帝国主义国家,如法国、荷兰等,全要仰其鼻息,否则便有断头折尾之忧。然而,历史是无情的,这个头号老帝国如今也已到了日暮途穷的境地了。她不得不把波赛名义上交还给埃及,这便是一个明显的证据。

波赛地跨三洲,以前是个著名的危险口岸,各色人种中亡命之徒集合在此,旅客上岸被抢被害,那是常事。现在情况较好,但危险性仍然存在。这里商店的伙计极善拉客,拉得很凶,一两个生客上街行走,难保不被拉去硬敲竹杠。普通商店不见得都很安分,我们走进几家,店伙悄悄地把妖精打架之类的照片塞过来,口里还喃喃地说些不干不净的话。这地方太可怕了,我们不敢在岸上久留,略一徘徊,便下船去了。

此地据说有人口 10 万,绝大多数是属于非洲和中东人种,英国人只有1800 名。

海滨寻梦记

人生难免偶然发生的事情,遗憾的是,并非所有此类事情都能令人惬意,而如果惬意了,那就正如诗人济慈所说:"一个美好的事物能使你毕生愉悦不尽。"

突如其来的一阵热风把我吹回别去 31 年的惠安县。31 年前,我曾在此逗留 3 个月,这次只有两天,一天用以讲话,半天用以走路,剩下的半天则在海滨寻梦。

我寻的是中年时期的旧梦,那是英雄辈出的年代,身上穿着破烂衣服,口里嚼着地瓜渣,却人人胸怀壮志,誓要把眼前的穷山恶水改造成米粮仓、花果山。31 年过去了,这里的情况大有改善,人民生活比过去富裕多了,然而当年那种一往无前的勇猛气概似已消失。难道"绚烂之极归于平淡"的文学创作规律也可应用于人事方面吗?果真如此,我认为这倒是一种好现象,在建设时期,沉着苦干应该要比大轰大嗡牢靠一些。

旧梦既已落空,我只好降格以求,去向山水之区寻觅新梦。惠安的崇武城闻名已久,31 年前也曾来过,但那时为了预防海上来的突然袭击,只在薄暮时分飘然到此,翌日清早又飘然离去了。昏黑中什么也看不清,只觉得身临一个渔村,除住户之外,还有几家店铺。这回旧地重游,海滨一带只剩下沙滩和无数岩石,不知是由于记忆上的错误呢,抑或此地也经历了沧桑之变?这些无须追究,且尽情玩赏眼前的奇景吧。

我大半生居住在海滨。对沙滩和岩石,因每日相见,已无多大感觉。所以,当惠安的朋友们热情地扶着我在岩石和峭壁之间上下,并把远处的名胜古迹指给我看时,我并无同等的热烈反应,只是机械地跟着行动罢了。直到过了那块刻着"海门深处"四字的大磐石,前行数十步,豁然开朗,平生未曾经眼的一片大沙滩扑面而来,这才倒吸了一口气,总算不虚此行,梦境就在身旁。

　　这片沙滩不同于厦门的,也不同于去年在北戴河所见的渤海湾沙滩。它不仅面积大,而且白茫茫一片全由莹澈无比的细沙组成,真够迷人的!它的名字叫"半月湾",因为它面对大海,背负着迤逦曲折的古城墙,恰成半月的形状。城墙和大海之间的距离有几十丈,前面种着一列高大的防风林,远远看去,令人想起了"平林漠漠烟如织"的景象。天公作美,六月里来了台风,把暑气全吹走了,我们来时恰在台风过后的第二日,天上白云追逐,看不见日影。不然,在这酷热的季节里,上有骄阳,下有银沙,两面熏灼,谁受得了?如今盛夏变深秋,海风吹在身上顿生凉意。伫立海边,看无数浪花冲击岩石,发出奇妙的音响。不管有无人听,大自然总是这样不辞辛苦地唱着永恒、单调的歌曲!海上有两峰对峙,惠安的朋友告诉我,这是著名的"虎豹关",500年前防御倭寇的坚强堡垒。回过身来望着庄严肃穆的城墙,不禁发思古之幽情,想当年远方岛夷呼啸而来,狼奔豕突,烧杀掳掠,把这绝顶美丽的风景区霎时间化作了血雨腥风的修罗场,多亏戚继光、俞大猷等抗倭名将,统率军民,痛歼顽敌,把外来的丑类赶回狼窝,这才赢得了几百年的太平日子。为国家建立功业的民族英雄是永不会被遗忘的。我们沉醉于沙滩上的迷人景色,竟致流连忘返,越看越舍不得离去。白天尚且如此,倘在明月之夜单独到此,我想当更有趣。这个地方本来富有魅力,在朦胧的月光下一定更神秘,风声涛声,林影月影,空荡荡的沙滩上会出现各种幻象,特别是在城墙下的幽暗之处。那时仰望城头俨然是中世纪的古堡垒,无数骑士正围绕着封建领主在寻欢作乐,而城下的幽灵也顿时活跃起来了,载歌载舞,谑浪笑邀,闹成一团。面对着这样的奇景,你能不作新的"仲夏夜之梦"吗?

　　我们的祖国真是一个伟大的区域,不管走到哪里,总会有不拘一格的大自然之美呈现在眼前,供你任意选择,尽情领略,而无须钩心斗角,劳神费力地去争取。要紧的是,除了一定的审美能力外,还须具备一副不存势利之见的胸怀,这样才能兼收并蓄,博取众长,而不至于挂一漏万。欣赏自然之美是培养精神文明的方法之一,正如江上清风,山间明月,取之无穷,用之不竭,一次圆满的山水之游往往会把印象深深地铭刻在你的心头,使你一生难忘。在这意义上,济慈的名句可算是一条真理。

1982年8月10日

图书在版编目(CIP)数据

海滨感旧集/郑朝宗著. —增订本. —厦门:厦门大学出版社,2014.5
(凤凰树下随笔集)
ISBN 978-7-5615-5017-5

I.①海⋯ Ⅱ.①郑⋯ Ⅲ.①散文集-中国-当代 Ⅳ.①I267

中国版本图书馆 CIP 数据核字(2014)第 063216 号

厦门大学出版社出版发行

(地址:厦门市软件园二期望海路 39 号 邮编:361008)
http://www.xmupress.com
xmup @ xmupress.com

厦门集大印刷厂印刷

2014 年 5 月第 1 版 2014 年 5 月第 1 次印刷
开本:720×1000 1/16 印张:13.25 插页:2
字数:200 千字 印数:1～3 000 册
定价:30.00 元
本书如有印装质量问题请直接寄承印厂调换